# GOSICK

ゴシック

# PINK

角川書店

## CONTENTS

装画　カズモトトモミ
装丁　大武尚貴

## CHARACTER

**ヴィクトリカ・ド・ブロワ**――超頭脳〈知恵の泉〉を持つ銀髪の美少女。ヨーロッパの小国ソヴュールより戦火を逃れ、一弥とともに新大陸・ニューヨークに渡る。

**久城《くじょう》一弥《かずや》**――留学生時代にヴィクトリカと出会い、以後、行動をともにする東洋人青年。

**武者小路《むしゃのこうじ》瑠璃《るり》**――一弥の姉。国際警察機構に勤める夫についてニューヨークにやってきた。

**緑青《ろくしょう》**――瑠璃の子供。一弥に似た面差しを持つ、整った顔立ちの男児。

**ウィリアム・トレイトン**――元ブルックリン市長の息子で、ハンサムなボクシング全米チャンピオン。

**エディ・ソーヤ**――南部で貧しい少年時代を過ごした、母親思いのボクシング全米チャンピオン挑戦者。戦争中、ウィリアムと同じ部隊で過ごした。

**ミッチー**――エディのマネジャー。エディと同じく南部出身。

**ルーク・ジャクソン**――かつてウィリアム、エディ、ミッチーとともに従軍していたボクシングの全米学生チャンピオン。〈クリスマス休戦殺人事件〉で死亡した。

**トロル**――小柄ながら立派な口髭を持つ名士。〈デイリーロード新聞社〉のオーナー。

**スパーキー**――〈回転木馬《カルーセル》〉管理人。

「わたしは木こりで、ブリキでできています。だから心がないので、愛することができません。ほかの人間と同じになれるよう、どうかわたしに心を与えてください」

――『オズの魔法使い』角川文庫
ライマン・フランク・ボーム著　柴田元幸訳

〈デイリーロード〉

——一九三〇年七月十日　朝刊一面

〈マンハッタンの夜にワンダーガール現る！〉

昨夜行われた世界一の超高層タワー〈アポカリプス〉完成披露パーティに、なんと、コミック界のスーパーヒーローことワンダーガールにそっくりの謎の少女が現れた！　たなびく銀の髪に青いコスチュームドレス姿のきれいな女の子！　彼女が星条旗模様のウルフカーで登場すると、タワー前広場に集合したコミックファンは大騒ぎ！

そのあと……タワー最上階のパーティ会場で起こった連続爆破事件で大活躍したのが、なにをかくそう謎のワンダーガールだったとの……噂で……？

（詳しくは二面の特集記事へ）

〈デイリーロード〉

——一九三〇年七月十日　夕刊八面

〈迷子のお知らせ〉

ホワイトブロンドの長い髪、濃い緑の瞳《ひとみ》。身長約百四十センチメートル。性別・フィメール。ソヴュール系移民。英語とフランス語が話せます。ドイツ語、イディッシュ語、ラテン語、サンスクリット語、ポーランド語、イタリア語、スペイン語などが読めます。ピンクの花模様の布を巻いて、水色の硬い布を腰に縛って固定したＹＵＫＡＴＡという民族衣装を着ています。イーストビレッジの大通りで保護者とはぐれました。

（みかけた方は〈デイリーロード〉編集部までご一報を）

# 一章　グッドモーニング・アメリカ

## 1

ピーチチチ……

窓の外で小鳥が気持ちよさそうに鳴いている。

赤と金のオリエンタルな模様の壁。四角くておおきな部屋。高い天井には石灯籠《どうろう》の形をした東洋風シャンデリアが下がっている。鏡台や椅子などの調度品も異国を感じさせるデザイン。

真ん中に天蓋《てんがい》付きのキングサイズベッドが鎮座している。やはりオリエンタルな柄の薄布で覆われている。

そのベッドから……。

一見、誰もいないのに……。

「ぷすー。くー。ぷすー。くー……」

子供のような無邪気な寝息がした。続いて「ぐじゃっ！」とおかしなくしゃみまで聞こえてきた。

開け放された窓から、朝の光とともに、夏らしい熱気を帯びた風がふわふわと吹きつけてきた。薄布がゆったり揺れてはもとにもどる。

「ぷすー。すー。くぅー。……がっ。くーくー……」

寝息は続いている。

小窓にかかった簾《すだれ》がかすかに揺れている。時間がゆっくりと流れている。まるで昔々の素敵なおとぎ話の中に紛れこんだようだ。

部屋の手前からべつの寝息もする。

朝日にやわらかく照らされる天井と壁。廊下に通じるおおきな緑の扉があり、虎の形をした金のドアノブが光っている。小型の寝椅子にほっそりした東洋人の青年が横たわっていた。短い漆黒の前髪。閉じられた瞳。生真面目そうに腕を組んでいるが、疲れているらしく体の力は抜けている。眠りこんでいるようで身動き一つしない。

夏の朝の風が気持ちよくまた吹いて、天蓋付きベッドの薄布とともに、青年の黒い前髪までゆっくり揺らしていく。

平和な、夏の朝……。


——部屋の外。

東洋チックな柄の緑の絨毯《じゅうたん》、山や川が描かれた墨絵、有田焼のおおきな花瓶などに彩られた幅広の廊下。

と、奥からなにかちいさなものが姿を現した。「ウー。ウー。ウー。ウーウー!」と唸《うな》り声を上げながら幼い男の子が這ってくる。

# 一章
## グッドモーニング・アメリカ

玉のような膚《はだ》。黒髪は長く、大人びて整った顔つきをしている。寝椅子にいる青年と面差しが似ているようである。真っ白な褌《ふんどし》一丁。おまけに英字新聞を兜《かぶと》形に折ったものを頭に載せ、右手にはウルフカーのミニチュアを摑《つか》むという勇ましげな格好である。

不敵な笑みを浮かべながら、ミニチュアの車を走らせ、近づいてくる。

「ウー！　ウー！　ウー！」

緑の扉の前で立ちあがる。背伸びして虎形のノブをつかみ、ひねる。

扉が開く。男の子はまたよじよじと這って部屋に侵入していく。

まず隅の寝椅子で眠っている青年を横目で見る。やはり面差しが似ている。が、男の子は興味なさそうに「ふんっ」と鼻を鳴らすだけ。また「ウーウー」とウルフカーを走らせながら這っていく。右に左に蛇行しながらベッドに近づいていく。

「ウー！　ウー！」

そのとき……簾越しに夏の風が吹いた。天蓋付きベッドの薄布を揺らし始めた。男の子が目を丸くし、ウルフカーを取り落とす。

ベッドの上に、見たこともないほどうつくしい女神が眠っていた。

朝の光にとろけるホワイトブロンドの髪を扇形に広げている。大人なのか子供なのかわからないほどちいさな体である。光り輝く髪だけを地上に残して、やわらかな羽布団にほとんどすべて埋もれている。海岸に打ち上げられた謎の姫君の棺桶《かんおけ》のようである。

閉じられた金色の睫《まつげ》毛がかすかに震えている。形のいい鼻。さくらんぼのようにつやつやしたちいさな唇。ほっそりと彫刻のように優美な首。白モスリンの寝間着のフリルも夢の中の花びらのような優美さで揺れている。

「くー。くー。ぷすー。ぷっすー……」

なぜか枕の横に星の模様が散る青い携帯ラジオを添い寝させている。ベッドサイドでトカゲの形をした金のパイプが輝いている。

男の子はぽかんと口を開けて見入っている。それから新聞製の兜を脱いでポイッと捨てた。きょろきょろし、天蓋の薄布をみつけると体に巻いた。小首をかしげたり、髪をかきあげようとしたり。子供なりに麗人の真似をし始めたらしい。と……。

「あっ！」

ついひっぱりすぎてしまったようである。天蓋に薄布を固定していた木の棒がまっさかさまに落ちてくる。ごんっと鈍い音が響く。

「……むぎゅっ？」

ベッドの奥からちいさな動物のような悲鳴が聞こえてきた。男の子は不思議そうに見上げた。

不吉な沈黙が続いた。と……。

「……あー！」

怒りに満ちた低いしわがれ声が部屋中に響いた。

男の子が硬直した。

ふかふか羽布団の上に、何者かがゆっくりと起きあがってくる。

光り輝くちいさな女神がびしりと正座する。ついで両目をカッと見開く。

瞳は古い湖のような深い緑色を湛《たた》えていた。百年の時を生きた老人の如く静かな表情。長い髪は窓越しの朝日に照らされてところどころ金色にとろけている。

ちいさな女神は痛そうにおでこをさすりだした。震える手を伸ばして枕元の携帯ラジオを手に取る。と、なにかに気づいた。かわいらしい唇をぶるぶる震わせる。

「な、なんということだ……」

容姿とは不釣り合いな、老女のものとしか思えない低い声。

「きっ、貴様、よりにもよって恐ろしいことをしでかしたものだな！　貴様はわかっていないのだ！　己の罪の深さを！　この、小僧。小童《こわつぱ》。できそこないの愚か者……久城《くじよう》如きのミニチュアの……」

女神の声がますます不気味に轟《とどろ》く。

「河童《かつぱ》の子野郎めが！」

どうやら棒がぶつかったせいでラジオの端が欠けてしまったようである。女神の白い額が憤《ふん》怒《ぬ》に青白く染まっている。ゆっくりと振り返り、さくらんぼのようなつやつやの口を開けた。

そして伝説の妖獣《ようじゆう》が吠《ほ》え声で生きとし生ける者を石に変えてしまうかの如き大迫力で、

「きーさーまぁぁぁぁー！」

窓ががたがたと揺れた。男の子はとっさに両手で耳を塞《ふさ》いだ。

「きのうー、くじょうがー、わたしにー、くれたー、らじおをぉぉぉぉー！　きょうー、こーわーしーたぁぁぁぁー！」

その声に、入り口の寝椅子で、東洋人の青年——久城一弥《かずや》が飛びあがって起きた。

「河童の子供が！　こわしたぁぁぁー！」

「わっ、ん？　ヴィ……？」

と、一弥があわててきょろきょろする。と、

「きーさーまぁぁぁー！」

ばっちーんっと音が続く。子供の泣き声が響きだした。もの悲しくて哀れな……。

「なに？　ヴィク……。えっ、ちょ、ちょっと……。ヴィクト……」

「河童！」

「うわぁぁん！　うわぁぁん！」

「ヴィクト、リ……？」

と一弥はぽかんとして眺めた。

欧州最後にして最大の頭脳、ソヴュール王国の人間兵器とまで呼ばれたヴィクトリカ・ド・ブロワが……豪華な天蓋付きベッドの上で、白銀の髪を逆立て、ちいさな両拳《こぶし》を右に左に上に下にめいっぱい振り回している。

「ヴィクトリカ！」

褌一丁の緑青《ろくしょう》と喧嘩《けんか》をし、しかも大人と幼児だというのにほぼ互角の戦いになっている。枕を持ちあげたものの、重すぎたのか枕ごと後ろに倒れてしまう。自分の失敗に自分で怒り、真っ赤な顔で起きあがる。

一弥はあわてて駆け寄って、

「なにしてるのさ、やめな、さ……。緑青くんもヴィクトリカから離れて。いや、ヴィクトリカのほうこそ、手を離しな、さ……。痛い！　ぼくに噛《か》みついたのはどっち！　両方？　こら

ーっ、二人ともいい加減にしなさーい！」

「河童！　河童！　河童の子供！」

「うわぁぁぁん！　うわぁぁぁぁん！」

「やめなさいっ。灰色狼と、河童……じゃなくて、緑青君……？　うわぁ、止められない……」

間に入った一弥を、左右からヴィクトリカと緑青が泣いたり喚《わめ》いたりしながらぽかぽか叩き続ける。

一弥の悲鳴が屋敷中に響き渡った。

「いたっ、いたい！　こら！　ちょ、ちょっと、る、瑠璃《るり》……。瑠璃ーっ！」


——時は一九三〇年代初頭。二度目の世界大戦終結《グレートウォー》からまもない夏。

東洋のちいさな島国で生まれ育った久城一弥は、西欧のソヴュール王国に留学し、謎の囚《とら》われ人ヴィクトリカ・ド・ブロワと出逢った。しかし世界大戦の始まりによって二人は離れ離れになり、戦争の終わりとともにようやく再会した。二人で暮らせる場所を求めて移民船に乗りこみ、ようやく新大陸アメリカに辿《たど》り着いたのが、昨日のこと。

到着早々、ニューヨークを震撼《しんかん》させた〈アポカリプス事件〉に巻きこまれた二人は、力を合わせて解決したのち、一弥の姉である武者小路《むしゃのこうじ》瑠璃と合流した。瑠璃もまた国際警察機構《インターポール》に勤める夫と息子の緑青とともに引っ越してきて間もない身だった。

そして一弥が瑠璃の家に転がりこみ、一晩厄介になった翌朝早々の出来事である……。

「はぁ、ラジオ？　河童？　噛まれた？　早朝からなんの話をしてるんです？」

広々としたリビング。お屋敷街グリニッジビレッジに建つ高級アパートメント。

高い天井から東洋風ボンボリが釣り下がり、窓には金と紫の派手な御簾《みす》がかかっている。部屋の真ん中に丸い舞台のようなものを置いて畳を敷き、靴を脱いで上がる仕組みになっている。

リビングテーブル代わりの黒檀《こくたん》製ちゃぶ台の前に、紫の着物姿の若い女性――武者小路瑠璃が正座していた。漆黒の長い髪と、同じ色の瞳。女学生のころとほぼ変わらぬ容姿である。善良で賢いが、若干大人げない表情も見え隠れしている……。いまはあきれた顔をして頬杖《ほおづえ》をついている。

背後に開け放されたフランス窓があり、緑生い茂る中庭がよく見えた。植えられたばかりのおおきな松と巨大すぎる石灯籠が夏の朝の日射しを浴びてぴかぴか光り輝いている。

「えっと、瑠璃……」

ちゃぶ台の前に、右から、ヴィクトリカ、一弥、緑青の順に並んで立たされている。

ヴィクトリカはぷくぷくした薔薇《ばら》色のほっぺたをさらにふくらませている。真ん中の一弥は困ったように頬をかいている。そして緑青は……。

瑠璃が目をぱちくりさせて、

「あらっ。緑青、おでことほっぺたが腫《は》れてますよ。誰に叩かれたんです？」

緑青が悔しそうに顔を歪《ゆが》め、「ウー！」と歯ぎしりまでしてみせた。一歩前に出て右手を上げ、ヴィクトリカを差そうとした。

ヴィクトリカがきまずそうにつっと目を逸《そ》らした。

そのとき……。

朝の気持ちよい風が吹いてきた。秘密のトカゲの背のようになまめかしく光るヴィクトリカの白銀の髪が、ところどころ金色にとろけながらふわーっとたなびく。つめたいエメラルドグリーンの瞳も、人形の顔にはめこまれた硝子《ガラス》玉のようにひときわきらめいた。

緑青は黙りこんだ。それから腕の角度を変え、男らしい迷いのなさで一弥の顔をびしりと差した。一弥はしんみりと、

「そうなんだよ、瑠璃。ヴィクトリカがこともあろうに緑青君に……。って、えっ？　ヴィクトリカじゃなくて、ぼく？　ちょっと緑青君？　えーっ？」

ぎょっとする一弥の横で、緑青が重々しくうなずく。ヴィクトリカはすましている。

瑠璃があきれ声で、

「一弥さんったら、朝から甥《おい》っ子とケンカしたんですの？　まぁまぁ！　まぁ！　この瑠璃サンはね、久城家の男の中でも、一弥さんだけはよ、いばりんぼのお父さまや暴れん坊のお兄さまがたとはちがうって、かたーく信じてましたのに。まー。朝から、こんなちいさな甥っ子をブッ叩くなんて。とんだ乱暴者の大人になっておしまいなのね。わたしのかわゆい一弥さんが、陰惨な成長を！　まー。まー。まー」

とお説教が始まった途端に、緑青が走って逃げていった。健康そのもののぷりぷりした桃色のお尻が遠ざかっていくのを、一弥が呆然《ぼうぜん》と見送る。

「陰惨……。確かに陰惨な朝だ……」

ヴィクトリカがぼんやりと一弥を見上げた。朝の風にホワイトブロンドの髪がやわらかく揺れている。さくらんぼのようにつやつやした唇を開いたと思うと、

「まー。まー。まー」

どうやら庇《かば》ってくれるつもりもないらしい。一弥があきらめ半分で「なんだい、君」と聞くと、ヴィクトリカは顎《あご》を上げ、冷静に、

「ほんとうにあきれたやつだと思ってな。久城、君という男はおそろしい大人になったものだ」

「きっ、君ねぇ！　君こそ！　新大陸一、あきれたレディじゃないか、ヴィクトリカ！」

「まぁ、一弥さんったらヴィクトリカさんに八つ当たりして！」

前と横から、勝手知ったる女性たちに怒られる。

一弥は二人の顔を交互に見て、（朝からどうしてこうなったんだっけ。解せないな……）と肩を落とした。

ちゃぶ台に色鮮やかな朝ごはんが並び始めた。

赤えんどう豆の真っ赤な煮物が入った有田焼の器に、細長い米をおおきな緑の葉で包んで蒸したものなど、料理と器のどちらかが東洋風、どちらかがアメリカ南部風という異文化の入り混じる食卓である。どうやら瑠璃と黒人の料理婦による適当な合作らしい。

ヴィクトリカは瑠璃が出してきてくれた浴衣《ゆかた》に着替えている。桜の花びら柄のピンクの浴衣。淡い色彩がサラサラ流れる白銀の髪によく映える。瑠璃が水色の帯をせっせと締めてやってい

る。

一弥はちゃぶ台に向かってきちっと正座している。ちゃぶ台の上には料理のほかに新聞も三紙置かれている。

一流紙の見出しは〈アポカリプスで爆破事件発生〉、〈恐るべき真相　ラーガディアの正体〉など深刻なもの。一方、B級紙〈デイリーロード〉は〈マンハッタンの夜にワンダーガール現る！〉。同じ事件でも新聞によって切り口がさまざまである。

緑青が勇ましくちゃぶ台の前によじのぼってくる。と、〈デイリーロード〉一面にでかでかと載るワンダーガールの写真を見て、びっくりして後ろにひっくりかえる。そのままおむすびみたいにころころ転がっていく。這ってもどってきてヴィクトリカと見比べる。

それから、ヴィクトリカのちいさなうつくしい顔に改めてぼけっとみとれる。

緑青の視線に気づき、一弥もヴィクトリカを見た。桜模様の浴衣に身を包んだ姿にたまらずにこっとする。小声で「瑠璃が子供のころ着てた浴衣だ。家族で上野公園にお花見に行ったのを覚えてる」とつぶやく。瑠璃も「そうでしたねぇ。これも持ってきてよかったわ。ヴィクトリカさんにぴったりですもの」とうなずいた。

窓から吹きこむ風に煽《あお》られ、新聞がふわりとめくれあがる。

瑠璃がにこにこして「それにしてもヴィクトリカさんはすごいですよ。新聞の一面に載るなんて」と言う。ヴィクトリカが「う」と唸る。

瑠璃は両手で新聞を広げて読み始め、

「あらら、よく見たらうちの一弥さんも載ってるじゃありませんか？　さっそく切り取って額に入れてっと」

　一弥があわてて止める。

「瑠璃ったら、そんなことしなくていいって」

「だって！　せっかくですもの。あとで同じのをもう一紙買ってきて、海の向こうの久城家にも送らなくては」

「そ、それはもっとだめ！」

　瑠璃が広げた新聞の向こうから顔を出して、

「えー、どうして？　だってお父さまもお母さまも心配してますもの。乱暴者のお兄さまたちだってきっとたぶんそれなりに……」

　と身を乗りだしてくる瑠璃に押されて、一弥がいやいやと腰を引く。

「新大陸に着いて元気でやってるって連絡をしなくちゃ。ほら、ここに便箋《びんせん》と封筒と筆と墨がありますよぅ」

「あ……」

「ほーらほーら、こうして昔みたいにお姉ちゃんが墨をすってあげますからねぇ。一弥さんが御勉強するときにこうしてあげたことがありましたねぇ。ほんとうに懐かしいわねぇ……。昨日のことみたい」

「そんなこともあったねぇ。硯《すずり》をひっくり返して教科書を真っ黒にして……」

「なぁにそれ？　お姉ちゃまは知りません。お母さまでしょ？」

「ちがうよ瑠璃だよ」

「もぉ！　そぉんなことより！　先週届いたお父さまからの手紙にもありましたよっ！」

と瑠璃がむりやり話題を変える。一弥が「えっ、父上から手紙？」と心配そうに聞く。

瑠璃が果たし状めいた毛筆の手紙を探してきて、ばさりと開いてみせた。

元女学校の教師らしく、急にぴしりと姿勢を正す瑠璃を、ヴィクトリカがきょとんと見上げる。

瑠璃は感情を込めて表情まで作り、妙に朗々たる声で読みあげだす……。

「『あやつが！　どこに向かったのかは知らんが！　どうせ！　泣き言を言ってもどってくるに！　ちがいない！』……ですって」

一弥がびっくりして黙っている。瑠璃はもっと恐ろしい顔をしてみせ、

「それからね……『男らしい兄たちとちがい！　末っ子の一弥は！　気の弱いひ弱な子供だからな！』」

父親の真似をするのが楽しくなってきたらしく、片膝立ちにまでなって天井を見上げ、田舎芝居の殿様よろしく、

「『一弥自身の力ではー！　まともな仕事など到底みつけられまいッ！　それどころか！　住むところさえ！　ないはずだーっ！』」

「えーっ……」

一弥が不満そうに聞いている。

「『あってもな！　せーいーぜーいーがぁ……』」

瑠璃は華奢《きやしや》な肩をめいっぱいいいからせ、片腕を天に伸ばして、

『『物置みたいな！　掘っ立て小屋だァー！』」

「ずいぶんひどいなぁ。父上も相変わらずだね……」

「『それから！　あの悪戯者《いたずら》で！　意地悪な！　お饅頭《まんじゅう》泥棒の！　毛唐のお、ん、な……』……お饅頭泥棒？　毛唐？　……おっと、いや、これで終わりですよ！　ほんとに！」

瑠璃が真顔にもどってあわてて手紙をしまった。

心配そうにちらっとヴィクトリカの様子を窺《うかが》う。

一弥が瑠璃から手紙をむりやり取りあげた。と、みるみる怒って「なんだって？　父上、ヴィクトリカのことをこんなに悪く言って。ヴィクトリカはなんにもしてないのにひどいじゃないか……」とつぶやく。瑠璃も「そうですよねぇ。おかしいわねぇ……」と肩を落とす。

ヴィクトリカは興味なさそうである。そのぶん一弥がうつむいて考えこんでしまう。

瑠璃は正座し直しながら、ふと真顔になり、

「でもねぇ一弥さん。最後のほうは横暴ですけど、すくなくとも最初のほうはお父さまのおっしゃる通りですよ。この国では移民が多すぎてなかなか仕事がみつからないらしくて。アパートメントの空きもなくてねぇ」

一弥がだんだん不安そうな顔になる。

その隣でヴィクトリカが眠そうに目をこすり、ふわーあと欠伸《あくび》までしている。

緑青がヴィクトリカの着ている浴衣を熱心に眺めている。それからヴィクトリカを座布団から押しのけようと両手で押し始める。

ヴィクトリカは眠くてコロリと丸まる。

その横で一弥が思案の海に沈んでいく。

瑠璃は「それにしても、まったくお父さまったら！」と拳を振り回してから、弟の異変に気づく。「一弥さん、おかしな顔してどうなさったの？　なんでもないの？　そう、じゃお返事をお書きなさいな」と便箋と硯をグイグイ押してくる。

一弥はゆっくりと首を振った。ヴィクトリカのほうを見て、

「まだ書かないよ。ぼく、まず仕事《じょぶ》を、つぎにおうち《ほーむ》をみつけてからにする……」

「えーっ。でもそうそうないのよ？　お姉ちゃまがさっき言ったでしょ」

「……わ、わかってるよ！　でも！　父上に手紙を書くのはそれからにしようと思う！　うん！」

一弥は拳を握ってうなずく。

「あらまぁ。それじゃいつになるのやら。うるさくて感じの悪いお父さまはともかく、お母さまも心配してらっしゃるのに……」

「ぼ、ぼく！　がんばる！　ヴィク……の……ため……。男と、して……。いや……。なんでもない、よ！」

と、ヴィクトリカを見下ろす。

ヴィクトリカはいつのまにか蒸し米の葉っぱ包みを握って、葉を剥《む》こうと四苦八苦していた。でも剝けないのであきてまた眠くなってしまう。

瑠璃はちゃぶ台に片肘《ひじ》をつき、黒髪のさきっぽをぐいぐい引っ張りながら弟の顔を見ている。

一弥はヴィクトリカの葉っぱ包みを受け取って剝いてやりながら、しょんぼり肩を落とした。

瑠璃と料理婦の手で朝食が片付けられる。湯飲みに番茶がなみなみと注がれる。外の日射しが強くなり、一日の始まりを本格的に告げ始める。

ヴィクトリカはこっくりこっくりと居眠りし始めている。ホワイトブロンドの豊かな髪が畳に広がっておおきな渦巻きを作っている。輝く豊かな髪の間からちょうちょ形の水色の帯がほの見える。縁側で船を漕《こ》ぐちいさなおばあさんのような姿である。

緑青がちゃぶ台に人形を並べ始める。ウルフカーのミニチュア、黒衣の怪人、オートバイ、白髭《ひげ》を伸ばして薄衣を羽織った仙人のような集団、帆船。いざ戦いだとヴィクトリカに向かって並べたてる。ヴィクトリカが眠ってばかりで気づかないので、肩を摑んで乱暴に揺さぶりだす。

ヴィクトリカが「ほっ?」と、目を覚ます。半目のまま、目の前の緑青の顔にぷくぷくの手のひらをつけて押し、

「あっちいけ。すごく、邪魔、だ……。ぐぅ!」

緑青が「ウーウー!」と怒りだした。髭の仙人の人形をつかむと、ヴィクトリカの頭をぶっ叩く。

と、ヴィクトリカはびっくりして目を開けた。

両目に涙をため始める。金色の睫毛も悲しげに震える。

「い、い、い……?」

瑠璃がリビングを右に左にばたばたと働いている。黒人の若い料理婦も、小柄な体軀《たいく》に似合

わないおおきな胸を揺らしながら瑠璃にくっついて走っている。

一弥は窓辺に立ち、立派な庭とその向こうに広がる摩天楼を眺めている。(ずいぶん遠くにきちゃったものだな。ぼくたち……)とうなずく。(不安でいっぱいだけど、とにかくぼくがちいさくて頼りないヴィクトリカを守らなきゃならない。だから……)不安に満ちた横顔に決意がよぎる。唇を引き結んでうなずく。

風に御簾が揺れる。

御簾越しに届く日光が床を這っていく。木々の緑も眩しい。

「いたい……」

ヴィクトリカの声に一弥ははっと振りむいた。努めて胸を張り、腰に手を当てて、

「ねぇ君、こうしてぼくがいるから安心してね。まず君のおうち《ほーむ》をみつけなくちゃね。あと、できたらお菓子と、退屈しのぎになるちょっとした謎もあるといいんだけどなぁ！　そのためにはまず仕事《じょぶ》だな」

と、だんだん声をちいさくしながら、

「男たるぼくが……君の素敵な楽園をつくり、守、る……。あれれヴィクトリカ？　聞いてる？　君、緑青くんと遊んでるの？」

ヴィクトリカは右手に金のパイプ、左手に電車のおもちゃを握り、不器用に振り回していた。だが形勢不利のようで、髭の仙人と帆船のおもちゃを振りあげる緑青に叩かれどおしになっている。

一弥があきれて「またけんかしてるの。言っとくけど、君たちは何歳も齢がちがうんだから

ね。お姉さんの君がなんでも譲ってあげて……」と注意しかけ、首をかしげる。

緑青がヴィクトリカの頭頂部を仙人の人形でごつんと叩いた。ひるんだすきにヴィクトリカの座布団を取りあげ、「ウー！」と勝利の雄叫《おたけ》びとともに振り回す。桃色のお尻でどっしりと座り、勝ち誇る。

ヴィクトリカはそんなものはどうでもいいようで、気にせずべつの座布団に座る。

座布団はどれも赤やピンクやオレンジなど色鮮やかだが、柄は髑髏《どくろ》、虎、蝙蝠《こうもり》など不気味なものばかりである。ヴィクトリカはまたこっくりこっくりと老猫のように船を漕ぎだす。緑青がヴィクトリカの頭を乱暴に叩きだす。ヴィクトリカがたまらず威嚇の声を上げる。緑青がつぎの座布団も取りあげてしまう。ヴィクトリカはまた居眠りし始める。

一弥の表情が曇っていく。こっそり座布団を取りもどそうとするが、緑青に気づかれて「ウー！」と唸られる。

一弥はヴィクトリカの隣に腰かけると、肩を落としてしょんぼりし、

「ねぇ……。今日からぼく、君を守るために猪突猛進《ちょとつもうしん》で走り回ることにするからね……。それでね、父上にきちんと報告するんだ……。君とぼくが！　この街で！　立派に生活してるって！　その！　えっと！　う、うん……」

「ほ、ほ、ほぅ？」

「ヴィクトリカ、君、なんて興味のなさそうな返事を……。おや、もしかしてまた寝ちゃうの？」

ヴィクトリカは半分寝ながら、ひどく偉そうに返事をした。

「いや、さっきから退屈しのぎに聞いてやってはいたぞ。せいぜい感謝したまえよ、君」

「ど、どうして感謝するんだよ……。待って、えっ、君、それじゃさっそく退屈してるの？」

ヴィクトリカは夢見るようにエメラルドグリーンの瞳を見開いて、はるか遠くをみつめていた。一弥をつめたく一瞥《いちべつ》し、機械仕掛けの人形のように唐突にパカリと口を開け、

「君が解せんのだよ、久城！」

一弥はびっくりして聞きかえす。

「えっ、どうして？　ぼくのどこが？　どうしてどうしてどうしてさ？」

ヴィクトリカはうっそりと目を細め、いかにもうんざりと、

「昨日上陸した直後から、君は『がんばるぞ』『がんばるぞ』『がんばるったらがんばるぞ』とおどろくほどしゃにむに張り切っていたが。久城、いったいなにをそんなにがんばる気だね？まったくもっておかしな主義にかぶれたものである。なんという堕落っぷりであろう」

「おかしな主義？　かぶれた？　堕落？　あ、あのねぇ！　だ、だって、だから、なにより君のおうちが必要で……。そのためにぼくはじょぶを……。そして父上にも……」

と言おうとする一弥の顔を、ヴィクトリカがぷくぷくの両手のひらで乱暴に押さえる。

「むぐぐ？　ヴィクトリカ？」

「わたしはな、寿命がくるまでずっとここで居眠りしていてもよい。それはなかなか快適な虚無である。君の父上もさぞうらやましがるであろう」

「だっ、だっ、だめだよー！」

一弥がおおきな声を出したので、ヴィクトリカは本気でびっくりして瞬きした。手のひらを

離し、奇怪な物体をみつけたように一弥の顔をじろじろと眺め回す。

一弥は焦って両手を広げ、

「だって、ここは義兄《にい》さんと瑠璃のおうちだもの。義兄さんが働いて賄ってるんだから」

「働く？　賄う？　いったいなんだね。久城、面妖に面白い事態かね」

「いやっ、面白くは……ないよ……きっとたいへんだもの……」

ヴィクトリカは真剣に数秒思案する。それから手を叩き、「そうか……。つまり君の義兄さまは変わり者なのだな」と結論付ける。

「ちっがう！」

「えぇい。じゃ、君はいったいなにが言いたいのだ？　このとうへんぼくの流木めが」

「流木ぅ？　だ、か、ら！　ぼくたちのいまの立場は居候だろ。いまだって君が座っても座ってもお座布団を取られちゃう始末……、君が座ってたお座布団なのに、ぜーんぶ！　だからぼくは、その、えっと……。ヴィクトリカのお座布団を守る……じゃなくって、えっとなんの話だったっけ。君の！　大切な君の！　えっとですね？」

「なにを赤くなってる？　しかもお座布団なんかの話で。さっぱりわからん。今朝の君はじつに不気味極まりない。あぁまったく気に食わん！」

と言いながら、ヴィクトリカは無気力にコテンと真横に倒れた。緑青に浴衣の帯までぐいぐい引っ張られだす。気にせずずるずる引きずられながら「ふわーあ」と欠伸をする。

「つまりだな。お座布団だのなんだの、君はどうでもよさそうなことで忙しいというわけだな！　久城！　あぁわたしは退屈だ！　君がつまらんから退屈だ！　おやすみ新世界一の凡人青年！」

「ヴィクトリカったら！　君もすこしぐらい忙しくなってよ。だってぼくらは新大陸に到着したばかりで……家も生活費もなくて、すっからかんのかんで……。君はこんなにすごい子だってのに、父上はなにか勘違いして、悪戯者だの意地悪だのと言い続けるし……」

　するとヴィクトリカはなぜか気まずそうに瞬きをし、すっと目を逸らした。一弥はそれには気づかず、

「ぼくは悔しいんだよ！　だけど実際、いまのぼくらにはなんにもないだろ？　君のお菓子代も、君の書物も、素敵なお洋服も、退屈しのぎの事件も、それどころかごろごろするための床さえない！　わー！　ぜんぶない！　ぼくのせいだよ！　ごめんよヴィクトリカ！　わー！わー！　わー！」

「だって、わたしはどこでも。教会でも、あの崩れかけたタワーでも、船の中でも、瑠璃のうちでも、つまり、そこに君がいれば……お座布団なんかいらんよ」

「だからお座布団の話じゃなくて！　君にはこの新世界で新たにいろんなものが必要で！　その！　あの！」

　ヴィクトリカは急にむっつりした。赤くなりながらも不機嫌になり、

「……人の話も聞かずに朝から大騒ぎかね。フン」

「えっ？　君、いまなにか言った？　ごめんよ。いま聞いてなくて……」

「茄子《なす》め！　西瓜《すいか》め！　ほうれんそうめ！」

「って、どうして急に怒りだしたんだよ。眠かったり、機嫌を悪くしたり。まったく朝からお

かしなヴィクトリカだね」

ヴィクトリカはますます腹を立てる。意地悪そうな声色で、

「貴様こそ奇々怪々だぞ。よくわからんことで変質者のように異常に張り切って。気味の悪い霊長類め。なにか新しい病気だろうな。医者に行きたまえ」

「いや、ぼくはごく常識的なことをですよ……」

「はん、常識だと？　そんなの堕落の権化だ！」

ヴィクトリカは床に転がったまま右に左に転がりだす。「しおれかけの白菜！　しょっぱいお漬物！　鼠に齧《かじ》られた鏡もち！」とブツブツ言う。「……ほぅ！」うっすらと目を開け、急にどこか遠くを見る。

一弥は「あっ……」とつぶやいた。

ヴィクトリカの陶器のようにうつくしいちいさな横顔に、かすかに不安そうな影がよぎったように見えた。だがそれは一瞬のことで気のせいかもしれなかった。瞳の奥で夢のような緑の光が淡く瞬いている。

窓の外が陽光にきらめく。木々がたっぷり茂り、ピンクの花が風にそよそよと揺れる。

一弥がふと表情をやわらげた。

「まぁ、これからのぼくたちのことをゆっくり話そうよ。ヴィクトリカ、君とぼくにはいままでは時間がちゃんとあるんだもの。いっしょにいろんなことを探せる時間が、ね」

ヴィクトリカが再び床を転がり回りながら、ぎろっと見上げる。一弥は続けて「こうなるまでにずいぶんかかったんだ……」とつぶやく。ヴィクトリカはころころ転がるばかりである。

窓からの陽光が眩しい。木々が揺れ、夏の風も心地よく吹いてくる。

一弥はちゃぶ台の前に正座し、姿勢を正した。気分を変えようと新聞を取りあげて、ばさりと広げる。

「英字新聞を読むのも久しぶりだなぁ。おや、後ろのほうにいろんな記事があるぞ。尋ね人の広告に……。求人欄もある！　空アパートの紹介欄も。これはありがたいなぁ！」

と熱心に読み始める。

ヴィクトリカが起きあがり、膝歩きでのそのそ近づいてきた。覗きこみ、おやっとつぶやく。一弥が顔を上げ、ヴィクトリカの顔がなにかへの興味で輝きだしたのに気づいて「どしたの。さては退屈しのぎの謎でもみつかったのかい」と聞く。

「ふむ、謎というほどでもないが。これだよ、君」

とヴィクトリカがぷくぷくした指で熱心に指し示す。

〈注目のボクシング戦！　チャンピオンVS挑戦者、今夜ついに対決！〉というボクシングの試合の告知である。

一弥はうなずいて、

「拳闘《けんとう》かぁ。国の兄さんたちが得意で、ぼくもやらされたものだよ。ほら、旧大陸での君との冒険ではちょっとは役に立ったけど……。って君、ほんとに興味しんしんのご様子だね」

ヴィクトリカはフンフンと鼻息荒く記事を読んでいる。一弥も気になってきて、ヴィクトリカとほっぺたをくっつけあって読み始める。

「……ふーん。記事によると、チャンピオンは有名な元ブルックリン市長の息子さんなんだね。

挑戦者は南部の貧しい家育ち……。写真も載ってるけど、見た目も対照的だね。チャンピオンはスマートでハンサムな青年。挑戦者のほうは恐い顔をしてるし、おまけに顔におおきな傷がある……」

　ヴィクトリカがぷくぷくのほっぺたで一弥を押しのけようとしながら、

「うむ。出逢うこともなさそうな二人だが、じつは知り合いらしいとも書いてあるな」

「うんうん」

「二人は二度目の世界大戦《グレートウォー》のとき同じ部隊に配属された。そして部隊内で起こった謎めいた殺人事件――。それはいまも未解決という説がある。そのせいでチャンピオンと挑戦者は因縁の仲らしいと。うむ……。謎の事件が解決されないまま、戦争が終わって帰国し、まだモヤモヤしているということであろう」

「そっか……。それってぼくにもわかる気がするよ。なにせあの大いなる世界的どさくさの最中だもの。世界中でいろんなことがあって、それを抱えたままつぎの生活にもどって……」

　とつぶやきながら、自分の右足をさすり、うつむく。

　ヴィクトリカがそんな一弥の様子を見ている。

　一弥ははっとする。空気を変えようとするように努めて明るく、

「あっ、君の気持ちもわかる気がしてきたよ？　ヴィクトリカ」

　と鼻をつっつく。ヴィクトリカはくしゃみを我慢するような顔になる。一弥は顔を近づけてにっこりし、

「ヴィクトリカ、君は早くもほんとうに退屈し始めてるってところだろ。まったく、あんな大

事件に巻きこまれてたいへんな思いをしたばかりだっていうのに」

ヴィクトリカが新聞に顔を突っこんで黙る。

「そうか。君にとってはこういう新聞も役に立つのかもしれない。また書物が手に入るようになるまではね」

ヴィクトリカが「これもだろう、君」と袂《たもと》から青いラジオを取りだしてみせる。一弥が「なるほどね」と合点する。

瑠璃がばたばたとリビングにもどってきた。料理婦も後ろにくっついて小走りである。二人して淡いピンクの花束を抱えている。

一弥が「おや、きれいな花だね」と話しかけると、瑠璃が振りむいて、

「でしょう？　中庭から切ってきたんですよ。新大陸の夏の花なの」

と、有田焼のおおきな花瓶にせっせと生け始める。「クランベリーの花よ。ねぇ、ヴィクトリカさんもご存じ？」と笑顔で聞く。

ヴィクトリカと一弥は並んで、よく似たポーズで首をかしげて花瓶を見ている。

淡いピンクの細長い花弁が無数に広がっている。濡れたように光りながら軽々と風に揺れる。花瓶の周りを白銀の蝶が舞っている。

「——別名〝移民の花〟」

ヴィクトリカが興味があるようなないような微妙な顔つきで聞いている。

「いまは昔、十七世紀初頭のこと。英国から移民船メイフラワー号に乗ってアメリカ大陸を目指した最初の移民《ピルグリムファーザーズ》たちがいたのです。あっ、ほら、この人形が彼らですよ」

緑青が散らかしている人形の中から、古い帆船と、仙人のような白髭の男たちをみつける。片手に髭の仙人を、片手に帆船を握って、大海原を旅するように揺らしながら、女学校の先生にもどったように朗々と講義し始める。

「真面目で信心深い英国の清教徒たち。彼らの大冒険によって新大陸の発展は始まったのでした。静かなる英雄たちの冒険物語は、歴史の教科書にも出てくるし、昔から人気があるの」

生真面目そうに背筋を伸ばした姿勢が、弟の一弥とおどろくほどよく似ている。

「移民船メイフラワー号が、恐ろしい思いをして大西洋を渡って、ようやく新大陸に着いたとき。季節はちょうど夏で、大地いっぱいにピンクの花が咲いていました。それを見た彼らは、故郷の豊かな自然を思いだしたり、新しい世界に希望を持ち、この花を希望と郷愁の象徴として大好きになったんです」

ヴィクトリカと一弥は生徒よろしく聞いている。一弥が「へぇ、それで別名〝移民の花〟なんだね」と感心する。

「そう。彼らは固い大地を耕し、冬を越し、翌年の秋にようやく収穫の時を迎えました。感謝の宴を開いて御馳走《ごちそう》を囲んだのが感謝祭の始まりと言われています」

「感謝祭って、新大陸ではクリスマスと同じぐらい大事な祝日なんだっけ」

「ええ。それで、このとき料理に使われたのがクランベリーの実を煮込んだソース。だから感謝祭の七面鳥にはクランベリーソースをかける伝統ができたんですよ」

料理婦が横から口を出した。

「クランベリーの花は有名なカントリーソングにもなってますネ」

「そうだったわね。えっと……」

と瑠璃が歌いだす。「『クランベリーの……花咲くころ……君の……』なんだったかしら。忘れちゃったわ」料理婦も首をひねる。「君と……踊りたい？　いや、君と……走りたい？　なんでしたっけネ」と考えこむ。

一弥がヴィクトリカを見下ろして「ヴィクトリカの浴衣と同じ色だ」とにっこりする。ヴィクトリカも花と浴衣を見比べて「ほぅ？」とつぶやいた。

クランベリーの花びらと桜模様の浴衣の裾が風に揺れる。時間がゆっくりと過ぎている。甘いいい匂いが漂う。日射しが眩しく射しこんでくる。

と、そのとき。壁にかかっている古い大名時計が、ボーン、ボーン、ボーン……とおおきな音を出し始めた。八回鳴って、止まる。

一弥が「おっと、もう八時だ！」と姿勢を正し、立ちあがった。

〈デイリーロード〉

――一九三〇年七月十日　朝刊二面

〈注目のボクシング戦！　チャンピオンVS挑戦者、今夜ついに対決！〉

大注目のイベント、今夜開催！

なんとブルックリン橋を貸し切っての屋外ボクシング戦だ！


ボクシングには詳しくない年配の方々も、全米チャンピオンのウィリアム・トレイトンの父親の名前を聞けばきっと興味を持つことだろう。

元ブルックリン市長トレイトン氏――！

昔話を知らない若い読者諸氏のために解説すると、いまを去ること二十五年前、誇り高きピルグリムファーザーズの子孫たるトレイトン氏がブルックリン市長に就任し、マンハッタン島と北米大陸を近しくする巨大橋の建設を計画した。無茶だと言われたものの、一九一〇年に完成！　これにより、マンハッタン島と北米大陸に繋がるブルックリン市が近しくなり、いちいち船に乗らなくても橋で簡単に渡れるようになった。市民はとても便利になり、流通業の飛躍的な発展にも貢献した。

今夜の試合は、偉大なる父の造ったおおきくて歴史的な橋の上で息子が防衛戦をするという、なかなか洒落《しゃれ》たイベントなのである。

しかし……。二度目の世界大戦《グレートウォー》帰りの若者にとっては、ブルックリン橋建設を巡る逸話のほかにも注目する理由があるというのが、今夜のもう一つのお話。

チャンピオンのウィリアム・トレイトンと挑戦者のエディ・ソーヤのあいだには、さきの戦争を巡る妙な因縁があるという噂が流れているのだ。チャンピオンとは対照的に、挑戦者のほうは南部で貧しい少年時代を過ごしたらしい。この二人は戦争中に起こった未解決殺人事件……ほら、若い者なら都市伝説として聞いたことがあるだろう……〈クリスマス休戦殺人事件〉……あれは噂ではなく実話で、チャンピオンと挑戦者のどちらかが目撃者、もう片方が容疑者だとか……？　真偽のほどはわからず、またその件についての取材に対してはどちらも答えず、不明である……。


（事件詳細は八面の記事に）

〈デイリーロード〉
――一九三〇年七月十日朝刊　十五面

〈ニューヨーク・今日の求人広告〉
・誠実なる事務員募集。なるべく遅刻しない方／勤務地　イーストビレッジ
・生き馬の目を抜く金融業界を勝ち抜くガッツあふれる株式仲買人を求む／勤務地　ウォール街
・正確なタイピスト求む。コミュニケーションは苦手でも問題なし／勤務地　アッパーウエストサイド
・異常なほどの綺麗《きれい》好きで気味が悪いと女性から敬遠されているそこの君、君の応募をこそ待っている！　異常なほど綺麗好きな旦那《だんな》様のお屋敷の掃除夫募集。高給優遇／勤務地　グリニッジビレッジ
・子供と遊ぶのが好きな小学校教員募集／勤務地　ブルックリン
・明日を夢見るドブネズミ一匹、いや新聞記者見習い求む／勤務地　ニュースペーパーロウ

# 二章　マンハッタンで迷子

## 1

「……うーん。新聞に求人広告は出てるけど、よく読むと条件が厳しいなぁ。一件を除いてほかは移民一世不可。そして空室情報によると……本日は空室なし、か！」

グリニッジビレッジの朝。天気もよく通りは光に満ちている。

舗道には立派な街路樹が茂っている。高価なブラウンストーン製の家々も玄関前のどっしりした階段も、植えられた立派な木々も、なにもかもがおおきい。

新しい世界の夏の息吹に満ちている。

武者小路家の建物。六枚パネルのおおきな玄関扉と表通りのあいだに十段のコンクリート階段がある。鉄製の手すりには栗鼠《りす》を象《かたど》った贅沢《ぜいたく》な飾り。本物の栗鼠が何匹も手すりをよじ登って走っていく。

と、玄関扉がゆっくり開いて、

「いや、とにかくめげずに仕事探ししよう。うんうん……」

と、ズボンの尻ポケットに新聞をぎゅうぎゅう入れながら一弥が顔を出した。

玄関扉と壁の隙間を潜るように、ヴィクトリカも這い出てきた。まるで子猫の脱走である。ピンクの浴衣が朝日に照らされて光っている。

一弥は朝日の眩しさに瞳《め》を細めていたが、

「ヴィクトリカもついてきてくれるの。心強いなぁ」

「この路傍の小石めが。わたしはたまたま出かけようとしていただけである」

「おや、それなら君はどこに行くの」

ヴィクトリカは黙ってそっぽをむく。

一弥がしゃがんで新聞の求人欄を開いて見せながら、

「ぼくはね、まずこのイーストビレッジで誠実なる事務員を募集してる会社に行ってみようと思ってる。これだけは移民一世不可って書いてないから、もしかしたら雇ってもらえるかも……」

「もしやまたじょぶの話かね？」

問われて、一弥はちいさなヴィクトリカをじっと見た。

新しい世界を前に、ヴィクトリカは退屈そうに大欠伸《あくび》している。淡いピンクの浴衣がきらきら光り、髪もところどころ金が混じってとろけて見える。水色の帯は小川の流れを不思議な魔法で結んだように涼しげである。右手に金のトカゲ形のパイプを、左手に青い携帯ラジオを持っている。並外れてうつくしい容姿と相まって、珍しい生き物のように見える……。

舗道を通りがかる人たち……外出用ドレスにパラソル姿の貴婦人然とした女性や姿勢の良い

紳士が、不思議そうにヴィクトリカを眺めつつ歩きすぎていった。

と、ヴィクトリカがしゃがんでなにかを見始めるので、一弥もつられて覗きこむ。

マンホールの穴に栗鼠が一匹落っこちていた。辺りの明るさと打って変わって真っ暗な穴の中は不吉だった。一弥が腕を伸ばす。栗鼠は指先から腕、肩をつたって出てきて、背中を這い降りて逃げていった。

一弥はヴィクトリカと顔を見合わせて笑った。「穴に落ちるとは間抜けな栗鼠である」とからかわれ、栗鼠が振りかえってチューッと鳴く。

玄関扉が重そうに開き、瑠璃が顔を出した。「ヴィクトリカさん、一弥さん。マンハッタン島の地図ですよぅ」と渡してくれる。

一弥が広げて、おどろく。瑠璃お手製らしく毛筆書きの和風地図だが、ところどころ不思議な絵もついている。中央には太古の森、下のほうには中世の宮殿や恐ろしい大蛇、それに自由の女神も、槍《やり》を振りあげる戦乙女の如く勇ましい……。

黒人の若い料理婦が横から顔を出して「その絵、あたしが描きましタ」と会心の笑みを浮かべた。瑠璃が「絵ですって？」と覗きこむ。

「ほんとだ、いっぱい落書きがあるわ。あなたったらいつのまに！」

「くすくす」

「こら、使用人が奥さまの書きものに落書きしちゃいけません！」

「くすくす」

「あ、ありがとう、瑠璃。さて行くよ……」

ヴィクトリカがまたあくびをしながらとことこと一弥のあとをついてくる。

「……うーん。わかってきたよ、ヴィクトリカ。マンハッタン島は縦長の島でね、真ん中の緑の一帯が巨大公園セントラルパーク。この地図だとアフリカ大陸の大密林みたいに描かれてるけど。あっ、よく見たら怪獣や空飛ぶ恐竜まで。ぼくたちがいまいるのは……ここだね。真ん中よりすこし左下のお屋敷街グリニッジビレッジ。って、この地図では貴族のお城がいっぱい描いてあるけど。……まったくおかしな地図だなぁ」

と生真面目そうに説明しながら、一弥が舗道を歩いていく。

「島の左端にはハドソン川がある。さらに左下にはエリス島。ほら、昨日船で辿《たど》り着いたちいさな島。青い門《ブルーゲート》の移民局があったよねぇ。で、島の右端にはイースト川があって……」

ぴーちちち、と小鳥が街路樹の上で鳴く。

ヴィクトリカが下駄を鳴らして歩く。からんころんと軽い音が響く。ホワイトブロンドの髪と頭頂部に結ばれた濃いピンクの和風リボンが夏の光に輝いている。

「……つまりマンハッタン島とは、ふたつの川にはさまれた縦長のちいさな島。左下にぽつんとあるエリス島が、いわばアメリカ合衆国の玄関の役目。マンハッタン島を左から右に横切ると、左のハドソン川から右のイースト川に着くんだね。イースト川を渡ると、北米大陸の広大な大地に近づいていく。……ということはだよ」

と顔を上げる。

「ニューヨークとは、新大陸の玄関を『おじゃまします！』と入ったところにある最初の小部屋かな。って、ずいぶん華やかな小部屋だなぁ」

「ふむ」

「右のイースト川にかかるブルックリン橋で、ちいさなマンハッタン島は広大なる北米大陸と近しくなっている。……あっ、君がさっき熱心に読んでいた記事に、橋を造った元ブルックリン市長の話が載ってたね」

「うむ。市長の息子がボクシングの全米チャンピオンなのだったな」

「そうだね。……おやおや、この地図では、橋が長い白髭《ひげ》を垂らすおじいさんの絵になってる」

「じつに面妖《めんよう》な地図だなぁ、君！」

「う、うん……。それでね、ブルックリン橋を渡るとユダヤ系移民の町ブルックリンがあるんだ。地図にはなぜかピンクのケーキと黄色いパイナップルとオレンジが描いてある……」

ヴィクトリカが「ほぅ、ケーキかね！」ととつぜん背伸びして覗きこんでくる。

夏の熱い風が吹きすぎる。

でもヴィクトリカはすぐに飽き、右手に握る金のパイプと左手でつかんだラジオを交互に見ながら、

「……ところで我々はどこに向かってるのだね」

「えっと、ぼくらは、マンハッタン島の左下にあるお屋敷街グリニッジビレッジを出て、右に歩いてるところだよ」

と一弥が進行方向を一生懸命指さす。

「こっちにイーストビレッジっていう下町があるんだ。チェコ、ウクライナ、ルーマニア、ポーランドなど東欧系移民の多い町。ちなみに地図には崩れかけたドラキュラ城みたいなのが描いてある」

地図を熱心に見ながら、

「さらに下のほう、マンハッタン島の南端にはリトルイタリーやチャイナタウンも。つまり世界各国からきた移民が島のあちこちにちいさな町を構えてるんだね」

そう言いながら、にこにことヴィクトリカを見下ろす。

「そして、島の右端を下に向かっていって、ブルックリン橋近くになると、銀行が集まるウォール街、新聞社の多いニュースペーパーロウなどのビジネス街が広がってる。……うーむ！」

「なんだね、君。大声を出して」

「いやぁ、まだよくわからないなと思ってさ」

「そうか、君もかね」

「うん。……あっ」

一弥はヴィクトリカの横顔に浮かぶ不安そうな表情に気づき、口を閉じた。地図をたたむと、自然と手を伸ばす。二人は仲良く手を繋いで歩いていく。

一弥がゆっくり歩きながら、

「ねぇ、どこか行ってみたいところはない？　イーストビレッジの用が終わったら散歩してみようよ」

「ピンクのケーキの町である！」

間髪入れず答えが返ってくる。びっくりして「ケーキ？　あぁブルックリンだね。よし行ってみよう」と話しているうちに、当の一弥も楽しくなってくる。うきうきと、

「ブルックリン橋を渡って、二人で散歩かぁ……。新聞記事によると、橋ができて便利になったんだよね。上でボクシング大会も開催されたり。ぼくは橋そのものも見てみたいなぁ。さぞかしおおきいんだろうなぁ！　ねぇヴィクトリカ？」

ヴィクトリカもかすかに温度の上がった声で答える。

「うむ。朝からじょぶ&ほーむの話ばかりですこぶるつまらん男だったが、ようやくちょっとは面白いことを言いだしたようである」

「そ、そう？　だってさ、おおきな橋って……人と人、町と町、個人と社会……いろんなものを繋ぐものだし……いいものだよ……」

「では橋とは文明の良心の象徴というわけか。ふん！　つまらん！」

「もう、ヴィクトリカったら！」

と話しながら、手を繋いで歩き続ける。

お屋敷街グリニッジビレッジは、建物も舗道も通行人も品がよくお金がかかっているように見える。優雅で満ち足りた空気が流れている。

おおきな交差点を渡る。マンハッタン島を右へ。

と、急に喧騒《けんそう》が広がりだす。

馬車や二階建てバスや警官の乗る馬。勤めに向からしき通行人や登校中の子供たちも増える。新世界の住人らしい通勤スーツの男たちと、色とりどりの民族衣装の子供たちが先を急ぐ。

交差点を渡りきると、そこはもう……。

下町イーストビレッジだった。

一弥は辺りを見回した。ヴィクトリカもエメラルドグリーンの瞳を細めて観察する。

不思議な魔法を使って、通り一つ隔てたグリニッジビレッジとはべつの国にやってきたかのように、まったくちがう情景が広がっていた。

立ち尽くす二人の目前を……。

ガラガラッと乱雑な音を立てて、真っ黒な荷馬車と真っ白な荷馬車が猛スピードですれちがっていった。どちらも古くていまにも壊れそうである。黒いほうには石炭がゴロゴロ積んであり、スコップを片手にした真っ黒に汚れた顔の男が立って乗っていた。朝から酔っているらしく、大声でウクライナ民謡をがなり立てている。白いほうには〈MILK〉と赤い字の記された牛乳タンクが並べてある。金髪碧眼《へきがん》の痩せた男の子が乗り、古い柄杓《ひしやく》を振り回している。

レンガ造りの古いビルがいまにも倒れてきそうなほど密集している。色とりどりのくたびれたシャツや下着やシーツがたなびき、へんな形の旗のようである。

食べ物、埃、汗、油の匂いがもわっとかかってくる。

通りを行きかう人は、金髪に白い肌、肩幅のがっちりしたおおきな体をしているか、黒髪に浅黒い肌をしたエキゾチックな外見だった。瞳の色は、緑、青、赤みがかった不思議な色などさまざまである。古き東欧の地から流れてきた民……。

白銀の髪とちいさな体を持つヴィクトリカと漆黒の髪を揺らす東洋人青年の姿は、イーストビレッジではさらに浮いていた。

通りのあちこちに、荷馬車を停めただけのボロボロの即席屋台が並んでいる。世界各国の古着を積んだ荷台に中年女がどっしり腰かけている。

箱に積まれた果物や野菜を売る店では、荷台の上に真っ赤な瓶も並べてある。痩せ細った男が汚れた布で磨いている。なにが入っているのかはわからない。

薄汚れて建物ごとかたむいているのに、ウインドウ全体が奇妙なほど真っ白に染まっている店もある。いったい何屋なのか……。

ヴィクトリカと一弥は立ち尽くし、見回していた。大柄な移民たちはそれぞれ忙しそうに労働に従事している。二人の姿を気に留める者など一人もいない。

（こんなたいへんそうな街で、じょぶ&ほーむをみつけられるのかな。ぼくは……ヴィクトリカのために……）

と、一弥の足元に正座していた垢《あか》だらけの黒髪の男が叫びだした。「あしがー、ないー。ないったらー、ないー」おどろいて見下ろすと、戦傷者らしく、なるほど襤褸《ぼろ》服の中の片足がないように見える。「ほんとにー、ないーよー」と歌いながら、片手にした空缶を振ってみせる。中にはコインが三枚ほど入っていた。どうやら物乞《ご》いらしい。なにもくれないとわかると、ヴィクトリカを叩こうと太い腕を振りあげた。一弥があわててヴィクトリカを庇《かば》う。

ふっ、と影が横切った。鳥にしてはおおきい影。

一弥がヴィクトリカを抱えたまま、見上げた。ヴィクトリカもつられて顔を上げる。ホワイトブロンドの髪がさらりと揺れる。

と、なぜかビルとビルの間をジャンプしていく人影が見えた。なにかを落とした。撃たれた鳥のようにオフホワイトの物がふわふわと落っこちてくる。ちょうどヴィクトリカの足元に落下する……。一弥が手を伸ばして拾いあげた。今朝の〈デイリーロード〉だ。青いコスチュームドレス姿のヴィクトリカの写真が載っている。しかしどうして新聞が落ちてきたのかはわからない。

女王の威厳を持って髪をなびかせるヴィクトリカの写真に、一弥はじっと見入った。

昨夜の活躍を思いだして、目を細める。

星条旗色のドレスに身を包んだ正義の味方、ヴィクトリカ・ド・ブロワ。でも一夜明けたいまは、昨夜の新世界の女王も混沌《こんとん》とした街にいて……。なにも持たず、家もなく、書物もお菓子もドレスもなく……。

風が吹いて新聞紙がめくれていく。また〈注目のボクシング戦！　チャンピオンVS挑戦者、今夜ついに対決！〉のページが開かれる。

「……わわっ」

配達の自転車に突き飛ばされそうになり、一弥がヴィクトリカをまた庇った。「ぼやっとしてんじゃねぇよッ！」とルーマニア訛りの英語で怒鳴られる。

ヴィクトリカの老女のようにしわがれた声が、低く響く。

「混沌《カオス》だな。久城」

顔を見ると、ヴィクトリカのちいさな横顔にべつのなにかがよぎっていた。

それはなにか本能的な、畏《おそ》れか、苦手意識のようなものであった。ひどく暗く、不安で、苛立ちをも伴う感情。新大陸に辿り着いてからずっと彼女の顔に隠れたり現れたりしている、いま立っている場所への……。

ヴィクトリカはうつむき、呻くように、

「わたしは旧大陸における数千年の歴史、古き英知を集めた書物に目を通してきたが。いまこの通りで見ているものは、まったく未知の……！」

「う、うん……」

「おや！　あれを見たまえ、君！」

と、ヴィクトリカがボロボロの建物の一階窓を指さした。

貧しそうなイタリア系の家族が朝の食卓を囲んでいるのが見えた。マンマと子供たちがなぜか部屋の中で黒い蝙蝠《こうもり》傘を差し、空いているほうの手でにんじんの漬物を齧《かじ》ったり茶色い豆料理を手繰り寄せたりしている。

一弥もびっくりして、

「家の中で傘をさしてごはんを食べてる！　いったいどうして？」

「うむ、まったく気に食わん！」

「うーん、君に用意してあげるべきアパートメントってどんなものなんだろう……？」

と一弥が首をかしげる。ヴィクトリカと顔を見合わせ、また歩きだす。

――目当ての会社はイーストビレッジの裏通りにあった。崩れかけたような雑居ビルの前に粗末な身なりの若者が並んでいる。一弥が着いたとき、ビルの三階の窓が乱暴に開いた。黒髪に浅黒い肌をした壮年男が顔を出し、「ボーイズ！　事務員はもう決まっちまったよ。グッドラック！」と叫んだ。行列から一斉に怒声が上がると、肩をすくめて「はいはいッ、グードラーック！　失業者たち」と怒鳴り、窓を閉める。

一弥は肩を落とし、若者の群れに交ざって表通りにもどった。

元の喧騒のただなかを歩いていると、ヴィクトリカが話しかけてきた。

「まぁ、橋を渡ってだなぁ。わたしたちはだなぁ、ピンクのケーキの町にだなぁ。ケーキ、ケーキ……」

一弥がむっつりと顔を上げる。

「久城、どうしたのだね。鼠に足でも踏まれたのかね。ちいさなことをいちいち気にするとますますどてカボチャになってしまうぞ」

「あのね！　どうしてって！　じつは、さっきの求人が今朝の朝刊では唯一の、移民一世不可と書いてない会社だったんだよ。……まぁいいや、また探そう。そりゃすぐにはみつからないよね。うん、うん」

と一弥はむりに元気を出してうなずく。ところがヴィクトリカはさらに不思議そうに、

「そうか、貴様はそんなに仕事《じょぶ》とやらが好きだったのか」

「だから！　ぼくが仕事をみつけないと、君のお菓子も書物もドレスも買えないんだってばぁ！　もう！」

一弥が拳《こぶし》を振り回し、生真面目そのもので、

「ヴィクトリカ、みんな家賃を払って暮らしてるんだよ。たとえばですよ。瑠璃と緑青くんのことは、武者小路さんが国際警察機構で毎日働いて養ってる。昨夜出会ったボンヴィアンさんは、毎日コミックを描いてる。君にも家《ほーむ》が必要だから、ぼく、ぼく……」

「うーむ。家？」

「うん！　家！　その……」

一弥がうつむく。

それからちいさな声で、

「君が安心してお座布団を敷いて、飽きるまで楽しくゴロゴロしていられるところをね……ぼくの手で……。君に……。そうしなくっちゃ……。ぼく、男の子だもの……」

と沈みこむ。

するとヴィクトリカが急に顔を上げた。

一弥はそのちいさなうつくしい顔を見下ろした。

ヴィクトリカのエメラルドグリーンの瞳から表情らしきものがかき消えていた。夜明けの向こう側を見るようにむなしく見開かれているばかりである。出逢ったころのような、空虚で残酷な瞳の光……。幾千の時の流れを過ぎたような……。

ヴィクトリカはゆっくりと瞬きをしてみせると、

「家？」

と空虚なしわがれ声で繰りかえした。

一弥が拳をかためて力強くうなずく。

「うん！」

「家……」

「うんっ！」

「家」

「んっ！」

「……家」

「って、君、どしたの？」

「しかし……」

「なんだい？」

　ヴィクトリカは真剣に、

「――家とはなんだ《What is Home》ね？　久城」

　一弥はえっとみつめかえした。

　ヴィクトリカは苛立ったようにちいさな形のいい鼻を鳴らしてみせた。両手の人差し指をぴんとさせて、右、左、上、下とむちゃくちゃな方向にぐるぐる回しながら、

「君、君、君は、忘れたのかね？」

「いや、うん、えっと、よくいろんなこと忘れちゃうけど、でもなんのこと？」

「わたしは家なるものに住んだことがほとんどないのだ。もちろん古今東西のさまざまな書物を読み耽《ふけ》り、知恵の泉のあふれるままに過ごしてきた。だが……このわたしが実際に暮らしていたのは、だ……」

「うん。あぁ……！」

　一弥の脳裏に、その昔、ヴィクトリカと出逢ったときの懐かしい情景が思いだされた。

　それはとつぜんの追憶だった。若くまだやわらかな一弥の心を嵐のようになぶった。

怪しい東洋人だと貴族の子弟から差別された、孤独な学園生活。憂鬱《ゆううつ》な灰色の毎日。プリントを持って駆けあがった塔の階段。吹き抜けの天井と荘厳な宗教画。ようやく辿り着いた、光と緑に満ちた秘密の植物園。そしてそこにいた、まるで誰かの手で床に投げだされた磁器人形のような、不思議な不思議なヴィクトリカ。

彼女がゆっくりと顔を上げ、彼の姿をみつけた。そのときの氷のような無表情。追憶の中で変わっていったのか、いまでは、彼女が続いてうれしそうに微笑んでくれたような気がする。……しかしほんとうはどうだったのだろうか。それはもう誰にもわからないことである。遠い過去のことなのだ。

一弥の宝物、一弥の金の蝶、一弥の人生における永遠のうつくしき謎――ヴィクトリカ・ド・ブロワ。

そう、ヴィクトリカがいたのはあのときだって……図書館塔の秘密の小部屋で……。

「そうとも、君」

という寂しげなしわがれ声に、一弥は我に返る。現在のヴィクトリカが、髪の色以外はあのときと寸分ちがわない、まるで人形のようなひんやりした姿で、老女の如きしわがれ声で、

「このわたしは、ブロワ侯爵家の塔、聖マルグリット学園の図書館塔と、個人寮であるお菓子の家、首都ソヴレムの監獄、そして……君の実家の離れしか知らん。ゆえに、今朝から君があほみたいに繰りかえしている、家……家……家……というものが、だな……」

「家……。そうか、君……」

ヴィクトリカは緑の瞳をけぶらせてじっとしている。ピンクの浴衣が風にゆっくりと揺らぐ。

一弥は胸を締めつけられる思いでちいさな相手を見下ろした。

この町ではやはり、ちいさくて獰猛《どうもう》な獣のようなヴィクトリカの姿は、とても変わって見える。

と、そのとき……。

――パン！　パン！

とつぜん近くで短い銃声が響いた。

一弥が「ヴィ、ヴィクトリカ！」と呼びながら、銃声のしたほうを見た。

電話ボックスのガラスが粉々に割れ、あちこちに赤い血が飛んでいた。洒落たハットを被《かぶ》った若い男が血まみれで倒れていた。

血なまぐさい事件は日常のことらしく、おどろいて大声を出したのは一弥だけだった。周りの人々は首をすくめるばかり。と、屋台や道端からブツブツ文句を言う声が聞こえてきた……。

「またガルボ・ボスの粛清かねぇ……。まったくあきないねぇ、ギャングどもってのはよォ」

というため息交じりの東欧訛りが聞こえてきた。続いて「アメリカ司法省に連邦捜査局《FBI》が発足して、血なまぐせぇ問題を解決してくれるって噂だぜ」「そんなことより、さきにNY市警をなんとかしろよ」とぼやく声が遠ざかっていく。

（うっ……）

一弥は銃声と血の匂いになにかを思いだしたように体を縮め、首を振った。それから我に返り、「ヴィクトリカ、こっち！」と急いで呼んだ。ヴィクトリカが振りむいた。ホワイトブロンドの髪がたなびいた。うむとうなずいて手を伸ばす。

遠くからパトカーのサイレンの音が聞こえてきた。

と、そのとき、二人のあいだを──

鉄格子付きのおおきな真っ黒な護送馬車が通り過ぎた。おおきな蹄《ひづめ》の音とともに不吉な黒い影が横切った。汚れた手で鉄格子を握りしめる男たちの顔が連なっていた。濁った目をぎょろつかせている。囚人たちが一弥を見下ろし、ヒッヒッヒッと嫌な笑い声を立ててみせた。目をギョロリと剝《む》いたり、ベーッと舌を出してからかう。

一弥はおどろいて見送った。それから「危ないからこっちに、き、て……！」と向き直ると……。

目の前に……。

ヴィクトリカは……。

いなかった。

一弥はあわてて目を凝らした。

ついいままでここにいたのに……？

「えっ？　え……。ヴィクトリカ？　どこ？　君……？」

一弥は人込みをかき分けて走った……。「……ヴィクトリカ？　ヴィクトリカ！」と叫んだ。

「すみません！　ホワイトブロンドの小柄な女性を見ませんでしたか！」と周りに聞くが、相手にされない。

（護送馬車が通り過ぎたら……急にいなくなって……。つまり？　まさかさっきの馬車に連れ去られた？　なぜ？　でもほかに考えられない……）

と一弥は舗道にあふれる人をかき分けて飛びだした。と、ガタピシ壊れかけの乗合馬車の御者から「危ないッ！　邪魔だぞ！」と怒鳴られる。

「す、すみませ……。ヴィクトリカ！」

一弥は通りを見回した。それから、おおきな護送馬車が消えたほうに向かって走りだした……。

## 2

ヴィクトリカは暗い穴の奥に落ちていく。

真っ暗な穴……。

両手で頭を押さえ、呻く。

「う、うぅ……？」

暗闇を薄い金色の髪が横切る。

「うー？」

と、過去からの気味の悪い声が響く。

（我が……よ……）

ヴィクトリカは目を閉じて頭を押さえる。

（に……逃がさんぞ……。灰色、おおか、み……）

「うー……？　う、誰だね……？」

と首を振る。

（この獣……。我が……むす、め……）

（――うぅ？）

ヴィクトリカはどこかに引きずりこまれていく……。

3

大通り沿いの一角。大通り沿いなのになぜかこの辺りだけ人気《ひとけ》がなくしんと静まり返っている。

カラフルな店が立ち並ぶ通りには珍しく、シンプルな鉄格子のはまった飾り気のない窓がずらりと並ぶだけの簡素なビルがある。不気味な妖精の彫刻が外壁の角から飛びだし、通りを無表情に見下ろしている。ビルの入り口には〈イタリア家具彫刻輸入協会〉というシンプルな看板しか見当たらない。

古い家具問屋だが玄関前には赤い旗を立てた黒塗りの自動車が幾台も並んでいる。

観光客がはっと気づき「行こう！　イタリアンマフィアのオフィスだ！」とささやきあい、

走って離れていく。

ビル内部。

五階のフロアに、家具、彫刻、食器などが並んでいる。奥に妙に豪勢なソファが置かれた一角がある。ソファには黒服の男がふんぞりかえって座っている。周りを護衛らしき若いイタリア男がずらりと囲んでいる。ソファの前に貧乏そうな白人男がびくびくして立っている。くしゃくしゃの帽子を抱きしめ、小声で、

「明日、いや今夜中には返しますです。旦那。頼んます。旦那！」

「ふむ。……マァいいだろう」

と、ソファの男が懐から札束を取りだした。

手前の男がありがたそうに押し戴《いただ》く。ほっとして目を閉じる。

その隙に、見張りの若い男が札束から一枚取って、ふざけてちーんと鼻をかんだ。仲間と目配せして意地悪そうに笑う。

札束を受け取った男は気づかず、目をつぶって「エディ！　エディ・ソーヤ！　いま行くべ。待ってろ、このミッチーがおめぇを助けてやるべぇ……！」とつぶやいている。

ビルの外から銃声が聞こえ、ついで男の怒声が響く。

黒服の男たちが、また争いごとかよ、と欠伸混じりに窓の外を見た。

## 4

一弥は街を走り抜ける。

縦長のマンハッタン島の下のほうを、護送馬車を追って右に右にと横断する。

「ヴィクトリカ？　ヴィクトリカーッ！」

通りにひしめく荷車や、配達の自転車や、ボロボロの幌《ほろ》付き馬車。舗道にあふれる貧しい通行人のあいだを走り抜ける。人にぶつかっては謝り、つんのめって転びかける。走り、見回し、下町イーストビレッジを抜けて、いつのまにか……。

「こ、ここは？」

一弥は立ちどまった。地図を広げて目を凝らす。

イーストビレッジの真下にある町。地図によると家々はチーズたっぷりの丸いピザで、道路は真っ赤なあつあつあつスパゲティの川でできている――。

顔を上げた一弥の目に映ったのは、通りの左右にひしめく赤と白と緑のいかにも陽気な看板だった。

トマトとチキンと唐辛子の匂い。鳥打帽にサスペンダー付きズボンにチョッキ姿のおじさんたちがしゃべっている。トマトソースの飛んだエプロンをかけたマンマたちもいる。八百屋らしき緑の看板の店先からはトマトと黒オリーブとピーマンの山が迫ってくる。レストランのオープンテラスでは、洒落た帽子にスーツ姿の年若い男がたむろし、上等そうな葉巻を吸っている。また魔法でべつの国に飛んできたように、まったくちがう光景に囲まれている。

「ここはリトルイタリーか。って、そんな場合じゃ……。ヴィ、ヴィクトリカ！」

しゃべっているおじさんや、怒っているマンマや、ギャングの卵らしきスーツの青年のあいだをぬってまた走りだす。

追ってきた護送馬車が、通りの向こうにいまにも消えようとしている。苦力《クーリー》の引く荷車の後について駆け、交差点の手前で追い越す。

交差点を幾つか通過する。一弥は「あれ？」と目を瞬いた。

またぜんぜんちがう街並みに囲まれている。

縦に書かれた暗い赤や青の漢字の看板がひしめく、中国の下町風にごちゃごちゃした活気のある町。店先に乱雑に積まれる、茄子《なす》、白菜、ネギなどの野菜やおおきな鮮魚。丸ごと吊《つ》るされている子豚や鳩やアヒル。路上に腰の曲がった老女たちが座りこみ、将棋に似たボードゲームに興じている。舗道に置いた中華鍋で丸いパンを焼いている少女もいる。「一ドル《わんだら》、一ドル《わんだら》……」と念仏のようにブツブツ繰りかえしている。

筋骨隆々とした苦力が巨大な荷車を引いてくる。鼻の粘膜を刺すような強烈な香辛料の匂いが漂ってくる。祭なのか葬式なのか、太鼓や喇叭《らっぱ》の音が騒がしく響いてくる。あちこちで爆竹が音を立て、白煙を上げる。

地図を開いて、素早く目を走らせる。例の地図によると、橙《だいだい》色の派手な中華宮殿の上を金と緑の龍が飛びかかっている――。

一弥は「チャイナタウンか！」とつぶやく。「って、えっと……そんなことより！」と地図をしまい、また走る。

馬車を追って走る。また交差点を幾つも抜ける。はぁはぁと息が荒くなる。

「ヴィクトリカーッ？」

おや……。ふっとまた空気が変わった。

チャイナタウンを抜けて、一弥はいつのまにかマンハッタン島の南東の端まで辿り着いていた。

「ここは……？」

どこからか海の匂いが漂ってくる。荷を下ろす男たちの活気ある掛け声も遠くから聞こえてくる。心なし日射しがさらに強くなったようである。

信号で護送馬車が停まっている。交差点の真ん中で警官が笛を鳴らしている。荷物をたくさん積んだ荷車やトラックがせわしなく行きかう。

一弥は走り寄り、ジャンプして護送馬車に飛びかかって、

「ヴィクトリカ！　ヴィクトリ……」

鉄格子の中の囚人たちが面倒そうにこちらを見た。御者席にいた年配の警官も降りてきて、一弥を不審そうにジロジロ見る。「すみません！　さっきイーストビレッジで！」と説明しだすと、「あんた、あんな遠くから走ってついてきたのか？」と驚かれる。馬車の中を見せながら「おまえの連れなんか知らんぞ」とぼやく。

一弥は「そんな！」と馬車の中も御者席の下も探した。しかしどこにもヴィクトリカの姿はなかった。

ぎょろりとおおきな目と顔の右上から左下にかけての傷痕《あと》が特徴的な若い男の囚人が顔を上げた。一弥が（あれ、どこかで見たことのある顔だ……）と考えていると、

「どうしました？　探し人ですかい」

顔の印象とは逆に、女のように優しげでか細い声である。「けんど誰もいませんぜ」と座席の下までよく見せてくれる。一弥は「あ、ありがとうございます……」と礼を言う。

信号が変わった。護送馬車はまた通りを走っていく。

一弥は「ヴィクトリカ、とつぜんどこに消えちゃったんだ！」と頭を抱えた。

気づくと一弥は知らない町に一人立っていた。

簡素なビルディングが建ち並び、荷物をたっぷり積んだ荷馬車やトラックが猛スピードで行き来している。生温かい夏の風に入り混じる潮の匂いに誘われて角を曲がる。すると陽光にきらめく青い水面が見えた。一弥はあわてて地図と見比べ、「イースト川だぞ」とつぶやいた。目の前におおきな川が広がっている。「マンハッタン島の南東まできちゃったのか。ということは……」と見回す。

手前には活気に満ちた船着き場があり、荷卸しの掛け声が飛び交っていた。日に焼けた男たちがクレーンを動かしたり、数人がかりで箱を持ち運んでいる。向こう岸ははるか向こう。目を凝らすと、古い住宅街らしき低い建物が連なっているのが見える。なぜか街の一部が薄ピン

ク色に染まって揺れている。

「このへんにブルックリン橋がかかってるはず。地図だと白髭の老人の絵になってるけど……」

とぼとぼと歩いていく。

おおきなビルの角を曲がると、そこに……。

ブルックリン橋があった。

一弥はそのおおきさにおどろき、思わず声を上げた。

シンプルで実用的なデザインの立派な橋だった。鉄でできた弓のようにしなやかなカーブを誇り、向こう岸まで続く長々とした空中道路となっていた。蜘蛛《くも》の巣の如き黒い鉄のロープが天にのび、幾何学的な模様をかたちづくっている。

スーツの男、子供連れのお母さん、老人たち……たくさんの人が橋を渡っている。

一弥が旧大陸で見慣れた中世からの石橋とはちがい、人工的な鉄のロープが陽光を照りかえして輝いている。つめたい鋼鉄製の獣が眠っているように見えた。

「ヴィクトリカにも見せたいな。新大陸らしい風景だもの……」

と一弥はつぶやいた。

今朝、ヴィクトリカと話をしたときのことを思いだす。

(橋は、人と人、町と町、個人と社会を繋ぐもの……)

(文明の良心の象徴というわけか。ふん！　つまらん！)

一弥は肩を落として、

「橋の向こうにあるピンクのケーキの町に行ってみたいって言ってたよな。早く探さないと……」

「ケーキはないがアイスクリームはどうだね。お兄さん」

急に話しかけられて一弥はびっくりした。

ブルックリン橋のたもとの隅にあるささやかなちいさな地所。緑が茂り、地面には芝生が植えられている。〈アイスクリーム〉と殴り書きされた古い木製の屋台があった。エプロン姿の小柄な老人が屋台にもたれ、いかにもひまそうに一弥を見ていた。

「あ、はい？　えっと、あなたはアイスクリーム屋さんなんですか」

と一弥が聞く。

「おぅ。夏はアイスクリーム、冬はココアを売ってる。橋を渡る人にまぁまぁ売れる。……いらっしゃい！」

と、若い女三人組にアイスクリームを売りだす。

一弥が遠慮がちに「あの、ご老人、ホワイトブロンドのロングヘアの女の子を見ませんでしたか？　緑の瞳をしていて、小柄で……」と聞くが、老人は首を振る。一弥が肩を落とすと、老人はまたひまそうに一弥の顔を眺めながら「なぁ、お若いの。立派な橋だろう」と話しかけてきた。一弥がうなずくと、

「なにしろブルックリンのトレイトン元市長がお造りになったからな。近代的だろう？　無理だって言われたけど時間をかけて成し遂げたんだ。偉いお人だよ！」

一弥は（今朝の朝刊に出ていたな。ボクシングの全米チャンピオンのお父さんが元ブルック

リン市長で、橋を造った偉人だって……）とうなずき、「あぁ、有名な市長さんだったんですね……」と相槌《あいづち》を打った。

「そりゃあな！　なにしろ理想の高い真面目なお人でなぁ。まっ、最初の船に乗ってきたピルグリムファーザーズの子孫のお方だからな。信心深くて根気強い、立派な開拓魂の持ち主。みんなが尊敬してるよ」

と老人はますます胸を張り、

「見ての通り、マンハッタン島の住人は徒歩でブルックリンと行き来できるようになってな。荷物の運搬も楽になって。ニューヨークは発展したし、ブルックリン市も栄えて。いいことずくめさ。で、ブルックリン市はニューヨーク市に吸収されて、老市長も勇退。……よぉ、またきたのかい」

ぽっちゃりした老婆がひょこひょことやってきた。なじみの客らしく、慣れた調子でアイスクリームを買いながら会話に入ってくる。

「じいさん、またトレイトンさんの話なの。確かにいいお方だけどねぇ」

「ほんになぁ。この新しい国を心から大事にしてるしな。『古い因習に囚われた旧世界とはちがって、人間の自由の真の住処《すみか》になる国だ』『アメリカ合衆国万歳！』ってさ」

「トレイトンさんの死んだ奥さんもいい方だったわよ」

老人も「そうだったなァ、おい……」としんみりする。一弥に向かって、

「亡くなった奥さんはわしらのことも気にかけてくれててな。ブルックリン橋ができる前は渡し船があって、わしの親父も爺さんも代々渡し船商売をしてたのさ。でももう船はいらなくな

っちまってなぁ。そしたら奥さんが心配して、旦那に意見してくれてな。市長はわしら一家にこのちいさな地所をくれたのさ。だからこうして橋を渡る人向けにのんびり商売してられるってわけだ」

「おや、噂をすればトレイトンさんよ」

と老婆が指さす。

腰の曲がった痩せた老人がゆっくり歩いてくる。

仙人を思わせる白い長い髭。古びたシャツとズボンの質素な姿だが、威厳がある。隅のベンチに腰かけ、ステッキに体を預けて周りを眺めだす。

老婆が丁寧に頭を下げて挨拶しながら、

「トレイトンさんは川向こうのブルックリンに住んでおられてね。橋を渡ってこっちまで散歩にくるのはめずらしいの。わたしお話ししてくるわね」

とうきうき歩いていく。

一弥は、瑠璃のうちで見たピルグリムファーザーズ人形とそっくりだと気づいて、老人をよく見た。トレイトン氏は行きから船を見たり自由の女神を見上げたりしているが、寂しげな横顔に見えた。老婆が隣にくるとうれしそうに話し始める。

アイスクリーム屋の老人がしみじみ、

「ほんとに、いまじゃめったにこっちにはこられんな。『せっかくお造りになった立派な橋だ。ご自分でももっとお使いにならなくちゃぁ!』と言ったら、『完成させただけで満足じゃよ。それにわしはもうこんなに年寄りだしねぇ』とおっしゃってねぇ」

一弥がふと思いだして、

「そういえばトレイトン元市長の息子さんはボクシングの全米チャンピオンなんですね。それで今日、ブルックリン橋の上で防衛戦をすると」

「えっ！　そうなのかい。知らなかったよ」

と老人が首を振る。

ゆっくりと老婆がもどってくる。店番を変わってもらい、老人がトレイトン元市長のベンチに近づいていく。隣に腰かけてうれしそうに話しだす。

老婆が店番しながら「ボクシングですって？」と一弥に聞く。

「年寄りはそういうことにうとくてねぇ。でも、どうりでね。一人息子が従軍したっきり戦争が終わってもうちに帰ってこないってぼやいてらっしゃったわ。マンハッタン島の豪華なホテルで暮らしてるんですって」

老婆がうなずく。それから「それで朝からなにやら準備をしてるのねぇ」と指さす。

橋のたもとにトラックが停まり、荷卸しを始めている。現場監督らしき男が橋の真ん中を指さしてはせわしなく指示を出している。そろそろ夜の興行の準備が始まろうとしているらしい。

トレイトン元市長は立ちあがり、歩きだした。一歩一歩、橋を渡ってブルックリンに向かう。

アイスクリーム屋の老人も屋台にもどってくる。

二人の老人がやけにゆっくりした歩みでブルックリン橋のあちらとこちらに分かれていく。

一弥は目を凝らして橋の向こうを見た。

ピンク色に揺れている一帯が見える。

（どうしてピンクなのかな。とにかくヴィクトリカが行きたがっていたのにな。あぁ、早くヴィクトリカを探さなきゃ）

一弥も老人たちに別れを告げ、ブルックリン橋を離れてまた走りだした。

## 5

「うぅー？」

暗闇の中。

ヴィクトリカは目を閉じている。

水滴の落ちる音が響く。

「う？　う？」

と、首をかしげる。

遠いところからヴィクトリカに語りかける、女の声がする……。

（わたしの……よ……）

「む？」

（不思議な運命によって……この世に生まれ落ちた……）

ヴィクトリカはさらに強く目を閉じる……。

（娘……よ……）

「マ、ママン？」

ぴちょん……。

水音が響く……。

## 6

一弥は橋を離れて、マンハッタン島南東の大きな通りにもどる。

シンプルで高いビルの立ち並ぶビジネス街が広がっている。

茶色や灰色のビルディング。外の柱にはローマ風の飾りが刻まれ、窓枠も古めかしいデザイン揃い。そっけないほど機能的で近未来的な街並み。町行く人も華美ではないスーツ姿の男が多く、揃って足早である。

「ここは……？」

と手元の地図を見る。紙でできているビジネス街が描かれている。まず一ドル紙幣の柄のビルがびっしり並ぶウォール街。そしてその隣の、ビルが全部新聞紙でできているニュースペーパーロウ……。どうやら島の南東端に広がる一大ビジネス街らしい。無機質な焦茶色のビルディングが森に茂る巨大植物群のようにぎっしりと並んでいる。鉄とガラスでできた硬質な建物が夏の日射しを浴びて鈍く光る。

一弥は「それにしてもヴィクトリカはどこに……」と肩を落とした。

スーツ姿の忙《せわ》しげなビジネスマンだけでなく、舗道に吹きつける風さえも一弥だけを避けていくようである。

立ちつくして「どこに行っちゃったんだ……」と頭を抱えたとき。

一弥の目の前を、銀色の一輪車にまたがったチョビ髭の小柄な紳士がクルクルと通り過ぎた。どうも見覚えのある顔である。一弥があわてて呼びとめる。

「トロルさん！」

すると、トロルこと——東欧からの移民一世にして、不思議なウルフカーを開発して巨大自動車コンツェルンを立ちあげ、いまや〈紳士録《フーズフー》〉にも名を連ねる名士ロバート・ウルフ氏が、振りかえって、「昨夜のクージョーくんかぁ！」と元気いっぱいに手を振った。

そのまま街路樹にまっすぐ突っこんでいく。

「危ない！　前を見てください！」

「手遅れーッ！　オォこわ冷汗《ボエシエ》ーッ！」

一弥は助けようと駆け寄り、一輪車に巻きこまれてなぎ倒された。トロルと重なって舗道に仰向《あおむ》けに倒れる。

カラン、カラン、カラン、カラン……！

倒れる一弥の目前に、抜けるように青い夏の空が広がっていた。

平和な夏の朝。ニュースペーパーロウの舗道には日射しが満ち、天気がよく、風も心地よい。

ヴィクトリカがいないことを除けば、気持ちのいい朝である。

……カラン、カラン。一輪車の車輪がまだゆっくり回っている。

トロルは元気に起きあがり、

「クージョーくん！　せっかく会えたから鱒《ます》サンドイッチを食べに行こうよ！」

「いえ、その、ぼくは急用が……。あの、トロルさんはどうしてここに？」

信号が変わった。横断歩道をたくさんのビジネスマンが渡ってくる。

舗道に胡坐《あぐら》をかくロバート・ウルフ氏と、向かい側に正座する謎の東洋人青年と、カラカラと音を立て続ける銀の一輪車。ビジネスマンたちは怪訝《けげん》そうに遠巻きにして通り過ぎていく。

「おれは、ほら、新聞社のオーナーにもなったからさ」

一弥はトロルが指さす方向を見た。

暗い植物群の茂る森のように、鉄製のビルディングが密集してうねっている。古い茶色の壁も暗く迫ってくる。

無機質で立派な建物のあいだにある、紙でできた縦長の箱みたいな小型ビルである。粗末な造りで、むりやり押しこめられたようにかたむいている。デザインも一風変わっている。正面玄関上のステンドグラスは地球を頭にのっけて舌を出してふざけるガリレオ柄。羽を広げた天使の像まで派手に飛びだしている。背の高い人なら頭をぶつけてしまいそうに危ない。

一弥はしみじみと、

「様子のおかしなビルですね」

「ありがと！」

「えっ？」

「これこそおれが買った〈デイリーロード〉のビルさ」

一弥はおどろいてもう一度ビルを見た。

――新興新聞社〈デイリーロード〉。

B級紙と揶揄《やゆ》されることも多い、比較的歴史の新しい新聞社である。今朝は〈マンハッタンの夜にワンダーガール現る！〉という記事が一面に載っていた。潰れかけていたところ、自動車開発で新富豪となったロバート・ウルフ氏に買い取られたらしい。

「クージョーくんはなにしてるの」

と聞かれ、一弥が事情を話すと、ウルフ氏は素っ頓狂《とんきょう》な声を上げた。

「えーっ、あんなに目立つ女の子を見失うなんて考えられないよ！　それこそお空を飛んでっちまうか、地面に潜ったんじゃなきゃ無理だって。さてはマンホールにでも落っこちてるんじゃないの？」

「そんな、ヴィクトリカは栗鼠じゃないんですよ……」

一弥は出がけに穴に落ちていた栗鼠のことを思いだして反論する。ウルフ氏が「栗鼠かぁ、あはは！」と笑いだす。

それから二人は力を合わせて一輪車を起こした。

そうしながら、一弥は〈デイリーロード〉の紙面を思いだして（そうだ。ニュースと求人広告と空室情報と、尋ね人の欄もあったよな……）と考えこんだ。

「どうしたのさ」

「いえ、ヴィクトリカのことを尋ね人欄で探したらどうかと思ったんです。なにしろどこに消えてしまったのかまるでわからないし……」

ウルフ氏がうなずいた。「なるほどね！　いますぐ書けば夕刊に間に合う。名士に任せとけ」と一弥の肩を叩く。

上等なシャツとジャケットの袖《そで》をまくりあげて、なぜか自分の左腕にメモを書きだした。「尋ね人の広告を載せるよう口利きしてあげるよ。五階の編集部の隣に広告部があるから、このメモを見せるといい。……あれっ」メモを書いた腕を一弥に差しだしてから、「俺の腕に書いたってクージョーくんは五階に持っていけないよな。だって俺の腕だもん。オォこわ《ボエ》冷汗《シエ》！」と早口で言う。メモ帳を取りだしてメモし直し、破って渡してきた。「じゃ、またね」と言い残し、ビルに駆けこんでいってしまう。

「え、あ、はい。ありがとうございい、まし……。もう行っちゃった」

一弥は目をぱちくりした。

それから「よし、新聞に尋ね人の広告を出してもらおう！　それからまた外に探しに行くんだ……」とうなずく。

薄暗いビルに入り、エレベーターホールに走っていく。

古い油圧式のエレベーターは、手動で鉄の扉を開け閉めするスタイルだった。記者やカメラマンらしき青年たちが激しく押し合いへし合いしている。「す、すみませ……。ぼくも……乗ります……っ」と一弥も、青年たちに交ざっておしくらまんじゅうし始めた。

〈デイリーロード〉

――一九三〇年七月十日　夕刊二面

〈チャンピオン、かく語りき！　挑戦者を『KILL《殺す》！　BOMB《爆破》！　BLOOD《血》！』〉

マンハッタン一の高級ホテルであるホテル・アリアーントン最上階にて。ハンサムな全米チャンピオンのウィリアム・トレイトンは、セントラルパークの絶景を見下ろしながらこう語った。

「私こそウィリアム・トレイトン。チャンピオンである。そのうえ誇り高きピルグリムファーザーズの子孫である。よって今宵は……」

目を見開き、

「リングをBOMB！　挑戦者のやつをKILL！　橋にBLOOD！　……」

# 三章 「はい、こちら〈デイリーロード〉編集部」

## 1

——東欧系の下町イーストビレッジ。

真っ黒な石炭を積んだ荷馬車からウクライナ民謡をがなりたてる歌声が聴こえてくる。古いビルのあちこちから使い古しの洗濯物がたなびき、風にはたはたと音を立てる。その下の大通りには、食べ物の匂い、埃、油、人々の汗の匂いが渦巻いている。

ヒヒーン！　石炭屋の荷馬車に繋がれた馬が一声嘶《いなな》いた。歌声を邪魔するように何度も。それから鼻先を地面につけ、ここになにかあると前足の蹄《ひづめ》でガリガリとかいてみせる。だが馬の合図に気づく暇のある者はいないようである。

馬の目前にマンホールがあり、蓋《ふた》が開いたままになっている。

直径三十センチメートルほどの穴の中に……白銀色に輝くものが……。

ヒヒーン！　ヒヒーン！

馬の嘶く声が、車のクラクション、歌声、行きかう人々のわめきたてる声にたちまちかき消されていく……。

（うぅ……。おやっ？）

とヴィクトリカは目を開けた。

それから胡乱《うろん》な目つきになり、ほっぺたをふくらませてそーっと見上げた。

ヴィクトリカは……まるで彼女のために特別にあつらえたようなピッタリサイズのマンホールにみっちりとはまりこんでいた。

地上までの高さは二メートル弱。床は水に濡れている。マンホールの中から見える夏の青空は見事に真ん丸である。

雲一つなく、太陽が眩しい。行きかう人々の粗末な造りの靴底、馬の蹄の裏、腐りかけた荷車の底が丸い空を横切っていく……。

ヴィクトリカは手のひらで頭を押さえ、いかにもむっつりと、「おい、君！」と小声で呼び始めた。返事がないので「久城？　おーい？」とキョトンとする。

「いや、だから、おい？　君？」

答える声はない。

ヴィクトリカは袂《たもと》に手を入れてパイプを取りだし、くわえた。ラジオの電源を入れてみる。

『昨夜起きた……〈アポカリプス〉での……恐ろしい事件ですが……』とニュースが流れてきた。興味なく電源を切る。

ひまそうに空を見上げ、「おーい、久城？」とまた呼ぶ。

汚れた顔をした金髪碧眼《へきがん》の幼児が穴を覗きこんできた。白いおむつをふくらませている。ヴィクトリカは「君。近くに妙にカクカクと動く東洋人の男がいるから呼んできたまえ」と命じるが、幼児は答えない。

幼児の手に、クリーム色の丸いのと、茶色くて丸いのと、赤くて丸いのを串に刺した三色団子風のものが握られている。ついじっと見ると、幼児が怯《おび》えて離れていく。

「こら、待て！」

とヴィクトリカが呼び止めようとする。

それからホワイトブロンドの髪を揺らして、

「久城？　おーい、久城！　貴様？」

また呼び始める。

だんだん不思議そうな響きを帯びる。

「いったいどうしたのだ？　貴様、大丈夫かね？」

と困っていると、ふいにヌッと不気味な顔が現れた。

ヴィクトリカは顎《あご》を引き、見上げた。

——白髪を古めかしい形で頭頂部に結いあげ、南部風のこれまた時代物の茶色いドレスを身に纏《まと》った大柄な老婦人である。目は白濁して見開かれ、皺《しわ》だらけの皮膚は冷気をまとったようにつめたそうである。胸元に三日月形のブローチが光っている。

老婦人は口を開けてなにか伝えたそうにした。だが口はゆっくりと動いているものの、なにも聞こえない。

すると老婦人は妙に硬そうな体をむりに動かし、両拳《こぶし》を順番に前に繰りだすボクシングのような仕草をした。ヴィクトリカが面倒そうに「……君、パントマイムかね？」と聞くと、ガクガクとした動きでうなずく。動きが速くなる。手錠を掛けられる仕草をし、どこかを指さし、助けてくれというように何度も頭を下げ始める。ヴィクトリカはうむうむと見ていたが、老婦人が必死の動きを止め、頼るようにじっとみつめてくると、あっさり首を振り、

「……なにが言いたいのかわからん」

老婦人が白濁した目でじつにうらめしそうにヴィクトリカを見下ろした。

それから、すっ……とかき消えた。

ヴィクトリカは「おかしな亡霊め！」と首をかしげてため息をついた。

「そ、それより……久城のやつはいったいどこだね？」

## 2

マンハッタン島の南東端にあるニュースペーパーロウ。妙な雑居ビルの五階。

――〈デイリーロード〉編集部。

広いフロアは総ガラス張りの壁で、薄暗い廊下から丸見えになっている。フロアには煙草の煙と熱気と汗や脂の臭いがみっちりと充満している。タイプライターの音と、鳴り続ける電話と、がなり立てる男たちの声が響く。天井からは洗濯物みたいに新聞が釣り下がり、その合間

に飾り気のないランプが揺れている。所狭しと並ぶデスクのあちこちに扇風機が置かれ、ゴーッと音を立てている。その風の激しさに、新聞とランプがまるで波に揺られる船内のように揺れている。

隅の机には食べ残された出前の山。煙草の吸殻。コート掛けには粗末なスーツの上着が山になり、いまにも重みで倒れそうである。

耳に火のついた煙草をはさんだまませわしなくタイプする青年。隅でカードゲームをしている一団。カメラを抱えたまま床にうずくまって眠る者。みんなして、下はスーツのズボンに革靴だが、暑いせいか上半身は裸の者も多い。扇風機の風にびくともしないぐらい髪も脂っこく固まっている。しばらく髪も洗えていないらしい。

フロアの隅に広告部がある。男物の帽子を斜めに被《かぶ》り、ぴたっとしたパンツスーツに赤いハイヒール、という長身のなかなか美人のビジネスウーマンがいる。男のようにくわえ煙草をして腕を組み、ジリジリと待っている。

目の前に腰かけているのは生真面目そうな東洋人青年——久城一弥である。急いでタイプライターを打っている。

打ち終わると、背筋を伸ばして立ち、「お願いします、レディ」と旧大陸仕込みのマナーで頭を下げて紙を手渡す。

すると女はふざけて目玉を一回転させてみせた。男のように顎をかき、おまけに煙草の煙を鼻から盛大に噴きだしながら「見せてごらん」と読みあげる。

〈迷子のお知らせ〉

ホワイトブロンドの長い髪、濃い緑の瞳。身長約百四十センチメートル。性別・フィメール。ソヴュール系移民。英語とフランス語が話せます。ドイツ語、イディッシュ語、ラテン語、サンスクリット語、ポーランド語、イタリア語、スペイン語などが読めます。ピンクの花模様の布を巻いて、水色の硬い布を腰に縛って固定したＹＵＫＡＴＡという民族衣装を着ています。


「髪と……瞳は濃い緑色……。身長は……。フィメール……。言語は……。えっ、すごい子じゃないか。新大陸のすべての知識が入りそうな頭をしてるのかよ。服装は、フンフン。で、どこで行方不明になったのかい？」

「あ！　イーストビレッジの大通りです！」

女が手書きで〈イーストビレッジの大通りで保護者とはぐれました〉と書きたす。最後に〈みかけた方は《デイリーロード》編集部までご一報を〉と書く。

「要領よくまとめたモンじゃないの。あんた」

と斜めの帽子の下から一弥をギロッと見る。一弥は「はい！　とにかくすぐみつけたくて……。お願いします！」とまた頭を下げる。

「頭もいいし感じもいい男の子だね。でも黄色い肌の東洋人でおまけに宿無しじゃ、この町じゃろくな人生は待ってないさね！」

煙草をくわえ、頬を皮肉に歪《ゆが》めながら、

「夕刊に載せるよ。まぁ無事にみつかるといいけどねェ……」

「は、はい！」

一弥が立ちあがり、頭を下げる。女は額に人差し指を当てて「チャオ！」と言った。そして歩き去っていく東洋人青年の後ろ姿を見送った。

## 3

東欧系の下町イーストビレッジ。馬の蹄の音が響いている。人々の忙《せわ》しげな話し声が聞こえる。

ヴィクトリカは相変わらずみっちりとマンホールの穴にはまっている。さきほどよりさらにムッとしている。

「久城？　おーい！」

呼び続けている。やはり返事はない。

……と。

「あんれまぁ！　こんな穴にわざわざ落っこちるなんて。そんななぁ生まれてまもない子鹿ぐらいのもんだろうて！　間抜けな女もいたもんだぁ！」

ハンガリー訛《なま》りのけたたましい英語が聞こえてきた。うっそりと顔を上げると、黒髪に浅黒い肌をした東欧系の中年女が腕組みしていた。お腹と背中に赤子を一人ずつくくりつけている。

さっきの幼児も隣で団子を食べている。

「そんなこってこの新世界で生きられるもんかね？　すーぐおっ死んじまうよ。まったくよぅ！」

ヴィクトリカは金のパイプを片手に、威厳たっぷりに、

「君、この得体の知れない穴の周りにだな……」

「あははは、なーにが得体の知れない穴かね。ただのマンホールさね」

ヴィクトリカはあきれきって女を見上げた。ため息をつき、

「君な。そんなことはじつにどうでもよい。とにかくカクカクと動く融通の利かなそうな東洋人の若い男がいる。わたしの従者である。すぐに連れてきたまえ！」

中年女がいちおう辺りを見回し、「そんなやつはおりませんけどね」と言う。

「いるとも。困ったやつだな君は」

「いいえおりませんよ」

ヴィクトリカは怒りだし、

「いる！　必ずだ！　よく探せ！　こ、このばかもの！」

「なにぃ、ばかだって？　よくも！」

女はヴィクトリカを睨みつけたものの、やがてけたたましく笑いだした。

「さては従者持ちのお姫さまになった夢でも見たんだろ。そんな麗人がこの貧しい町にいるもんか。いいから貧しい家にお帰りよ」

ヴィクトリカが混乱して「えっ、ゆ、夢だと……？」とつぶやく。頭を押さえて「うー？」

と呻きだす。

幻聴を押しとどめようと目を固く閉じ、

「家……？　家の話を、たったいままで久城としていたが……。うーむ、家？」

「ははーん！　わかったよ。夢の中じゃお姫さまでも、ほんとうは貧乏で家さえないんだろ」

ヴィクトリカは顔を上げた。本気でおどろいて、

「それはちがうぞ、君。わたしは親戚のうちにやっかいになってやってるところである」

途端に女がいやそうな顔をした。

「じゃ、さてはあんたも一文無しの移民かい？　毎日毎日、海の向こうからやってくる。この界隈《かいわい》でも親戚に転がりこまれて困ってる人がぎょうさんいるさね」

「な、なに、そうなのか！　家とやらに親戚も住んだら迷惑なものなのか。家とはいったいなんだね」

「なにって、あんた。住むところに決まってるだろ。みんな貧しいし、人の世話までできやしないのに、血縁なもんで出てってくれとも言い辛くてねぇ。その親戚もあんたのことをいやがってるだろうねぇ」

「ふむ？　瑠璃が困るから、久城はじょぶだのほーむだのと騒いでいたのかね？　うむ？　わからんな……。難解な問題である」

「んで親戚の住所は？」

「えっ？　住所？　じゅ、住所……。住所？」

女はあきれかえってヴィクトリカを見下ろした。ヴィクトリカは射貫くようにまっすぐ相手

を見上げる。緑の瞳の奥につめたい炎が揺れている。「あれま。マンホールに落ちるし住所も忘れるしじゃ、きっと帰れないよ……」とぶつくさ言いながら女が遠ざかっていく。幼児もおむつをひきずっていってしまう。

　ヴィクトリカはムッと黙りこみ、丸い青空を見上げている。

　朝日が眩しい。住人たちの足がつぎつぎ行き過ぎていく。路上の市では食糧が飛ぶように売れている。泥棒が出たのか、警官が笛を吹いて追いかけ始める。洗濯物がはためく音。食べ物と埃と脂の臭いが辺り一帯を漂う。

　誰もが忙しそうである。強い日射しと喧騒《けんそう》に取り巻かれている。

　マンホールの中でヴィクトリカがあきれ声を出した。

「久城よ。貴様がしゃかりきになっていた理由はなんとなくわかったぞ。しかしだ、それにしてもほんとうにこの辺りにいないのなら……」

　夏の日射しが強くなる。風も熱をはらむ。

「肝心のじょぶ&ほーむをみつけるよりさきに、貴様というやつは迷子になってしまったのだな！　間抜けな従者にもほとほと困ったものである……！」

## 4

同じころ。

ニュースペーパーロウに建つボロボロのビルの五階。〈デイリーロード〉編集部。

広告部のスペースから離れて、一弥が急いで廊下に向かって歩きだす。

編集部の広いフロア。シャツにサスペンダー姿か上半身裸の青年たちが、煙草をくわえたり、ホットドッグを頬張ったり、電話の受話器を握りながら忙しく働いていた。みんなうっすらと髭《ひげ》が生えている。うるさすぎて誰がなにを言っているのかわからないほどである。

扇風機に煽《あお》られ、天井から下がる新聞が舞いあがる。汗と煙草の臭いが混じった風が吹いてくる。電話の音がサイレンのように鳴り響く。「はい、こちら〈デイリーロード〉編集部！」という声があちこちで同時にする。

一弥は「邪魔！　どけッ！」と言いながら走ってきた男に突き飛ばされる。「すみませ……！」と振りむいたときには、相手はもう脂混じりの熱風のように遠ざかっていた。一弥は邪魔にならないように隅を歩き、さまざまなものが積まれた汚れきったデスクのあいだを抜けた。

（早くヴィクトリカをみつけなきゃ！　やみくもに歩いたってみつからないかもしれないけど、心配だし……。また外に出て探して、夕刊が出たころにもどってこよう！　で、連絡がなかったか聞いてっと。よし！）

奥にガラス張りの小部屋が見える。立派なデスクが一つあり、安物の三つ揃いスーツを着た四十がらみの男が座っている。皮膚は疲れ、無精髭をたくわえているが、なかなか渋い男前である。

小部屋の前に、髪をきちんとセットして髭も剃《そ》りたて、高そうなスーツを着た若い男が二、三十人も列を作っていた。育ちのよさそうな顔ぶれ。大学の卒業証書を手に持っている者もいる。

急いで通り過ぎようとしたとき。小部屋の扉がバタンと乱暴に開いて……。

「おまえの原稿は上品すぎるんだッ！　ことはボクシングだぜ！　ボクシング！」

一弥がおどろいて立ちどまる。四十がらみの男が出てきたところだった。くわえ煙草のせいで無精髭だらけの片頬が歪んでいる。左腕はというと、新品のスーツを着た青年の首根っこを摑んでいる。右に左にブンブン振り回しながら、「ボクシングだぜ！」ともう一回怒鳴る。開いている右腕でシュッシュッと宙にパンチまで繰りだす。

目を白黒させている一弥の前で、若い男が「あ、う……。やめて……」と息も絶え絶えに頼みだす。無精髭の四十男は、

「おまえの書いたお上品なる記事を読みあげてやらぁ……なになにぃ『歴史あるブルックリン橋にて、月の輝く今宵、紳士の決闘がァ……』『チャンピオンのうつくしき爆薬と挑戦者の芳《ほう》醇《じゅん》なる拳が薔薇《ばら》の棘《とげ》の如く合わさりィ……』」

一弥はうんうんと聞いていた。だが四十男はヤニで黄色くなった歯を剝《む》きだして、

「文豪か？　貴様は十九世紀の？　旧大陸の？　文豪か？　ア？　文豪か？　ア？」

「きゃーっ」

もの悲しい悲鳴とともに若い男がふっ飛んできた。危うくぶつかりそうになり、一弥はあわてて横っ飛びに逃げる。

青年は蛙のような無様なポーズで着地すると、しかしすぐに床を蹴ってジャンプし、無精髭

の男前に追いすがった。

「編集長、でも……。採用してください……。なにしろ移民が多すぎて、戦争帰りの若いのもたくさんいて、仕事がみつからなくて……。ここは汚くてうるさくて頭が悪くて、美と文学を愛する僕にはふさわしくないけど、腰掛けでいいんでとりあえず雇って……。いちおう、たぶん、がんばり、ま……。いやどうかな……？」

「汚くてそのうえうるさくて悪かったなァ、おい！」

「あと、臭い！」

とつい付け足してしまってから、青年が「……しまった」と口を押さえる。

編集長は一瞬むっとした。それから大泥棒のように不敵に笑いだし、

「臭い？　ザッツライト《その通り》！」

「す、すみま、せ……。えっ？」

編集長は親指を立てて、今度は殺人鬼のように残忍に笑い、

「汚くて臭くてうるさくてそのうえ低級。地獄の三丁目……。それがこの〈デイリーロード〉編集部なんだ、ヨ……」

とつぶやくと、なぜか青年の一人――きょとんとしていた東洋人青年、久城一弥――の首根っこを自然に摑《つか》み、小部屋に入っていった。新品のスーツ姿の青年たちもぞろぞろ続く。一弥は「……いや？　あのぼくは、ちが……」と抵抗しながらも連れこまれていく。編集長に放り投げられ、床に落っこちてげほげほと咳きこむ。

それから辺りを見回す。

ガラス張りの小部屋に、おおきなデスクと書類棚、壊れそうな古いコート掛けがある。デスクには書類が乱雑に積まれ、卓上電話機がいまにも潰《つぶ》れそうに苦しげである。ゴミが床に散らかり、脱いだままのシャツや汚れたタオルがコート掛けに折り重なり、すえた臭いが漂っている。

これは……遠く離れた東洋の島国で、子供のころ兄たちにむりやり連れていかれた道場を思いだす光景である。脂っこい汗が滴り落ちては畳に茶色い染みを作り、筋骨隆々とした男たちが奇声を上げてはくんずほぐれつ戦いあう、臭い臭い男の世界……。恐ろしい思い出の中と似た空気がなにかいやな予感とともに充満している。

編集長が意外と短めの両足を広げ、仁王立ちした。

新聞を持ちあげてバサリと広げてみせる。青年たちが押し合いへし合いしながら覗きこむ。

今朝の〈デイリーロード〉朝刊である。事務員、タイピスト、株式仲買人、教員、掃除夫などさまざまな求人記事が躍っている。

〈ニューヨーク・今日の求人広告〉

・誠実なる事務員募集。なるべく遅刻しない方／勤務地　イーストビレッジ

・生き馬の目を抜く金融業界を勝ち抜くガッツあふれる株式仲買人を求む／勤務地　ウォール街

・正確なタイピスト求む。コミュニケーションは苦手でも問題なし／勤務地　アッパーウエストサイド

・異常なほどの綺麗《きれい》好きで気味が悪いと女性から敬遠されているそこの君、君の応募をこそ待っている！　異常なほど綺麗好きな旦那《だんな》様のお屋敷の掃除夫募集。高給優遇！／勤務地　グリニッジビレッジ
・子供と遊ぶのが好きな小学校教員募集／勤務地　ブルックリン……
……。


一弥が思いだして、「今朝読んだ求人欄だぞ」とつぶやく。

編集長は短い両足をますます広げ、得意げに胸を張る。記事の最後の行を指さす。そこには

・明日を夢見るドブネズミ一匹、いや新聞記者見習い求む／勤務地　ニュースペーパーロウ

一弥は「あぁ。じゃ、この求人は〈デイリーロード〉編集部のものだったのか」と合点した。それから小部屋を見回し、がっくりと肩を落とした。さきほどのイーストビレッジの会社もだが、ここにも求人広告を見てこれだけの大人数が押しかけているのだ。ほかの求人も推して知るべしである。

（じょぶ&ほーむ探しは前途多難だな。でも、ぼくはまずヴィクトリカを探さなきゃ！）

と一弥が小部屋から出ようとしたとき、後ろに立っていた真面目そうな青年がビシリと挙手し、「へっ、編集長ッ！」と叫んだ。一弥が無言で飛びあがる。

「私は腰掛けではなく本気で報道を志すものであります！　大戦から帰りまして、銃を置き、

しゃ、社会正義のためにペンを持ち。こちら卒業証書であります。サー！」

編集長が煙草をくわえて火をつける。

「なになに。NY大学っていやぁ、グリニッジビレッジのド真ん中にある名門じゃねぇかよ？なのにこんなところで手なんか挙げちゃって、なにしてんだ？」

「しかも成績は上から五十二番目でした。サー！」

編集長が頬を歪めて、煙草をくわえたまま、なぜか両手を使って全身をかきむしりだした。妙にくねくねしながら、

「じゃ、〈ヘラルドトリビューン〉に〈イブニングポスト〉に〈ウォールストリートジャーナル〉ってな一流編集部に応募すりゃいいじゃないか。ここニュースペーパーロウにゃ新世界に誇る報道機関がワンサカあるぜ。悪いこた言わねぇから、こんなゴミ溜《た》めからすぐ出ていきな、お坊ちゃん」

「じつは！　全部落ちました！　サー！」

編集長が「へぇ？　そりゃ……」とつぶやいて青年を見る。

ブラインドに片手を当てて、外を眺めてしみじみと、

「難儀な時代だなオイ……」

背後に汚れきった窓があり、ひしゃげたブラインドからイースト川が見えている。川の向こうにほの見えるのはブルックリンの住宅街。住み心地のよさそうなちいさな家の並ぶ町が遠く見える。ピンク色に染まって、誘うように揺れている。

一弥はふと思いだし、ポケットから地図を出して広げてみた。瑠璃お手製の地図には、長い

髭を伸ばして横たわるお爺さんのブルックリン橋と、イースト川のつもりらしい緑の蛇が描かれている。その向こうにはなぜかピンクのケーキとオレンジとパイナップルの山。

難儀な時代か、と一弥も物思いにふける。それから（でもとにかくヴィクトリカを探して……）とドアノブに手をかける。

編集長の濁声《だみ》が遠くから聞こえてくる……。

「……しかし、うちみたいな二流紙じゃ報道なんてたいそうなこたぁしねぇ。ただ面白おかしく、そう、労働の帰りに読んで疲れが吹っ飛ぶ……庶民のための記事ってやつを……書、く……。なんて高尚な話より、そこのおまえ？　おい、なぜか抜き足差し足で逃げようとしてるおまえ？　顔が黄色くなってるぜ、どうした？」

と、編集長に煙草の先で指されているのが自分だと気づいて、一弥ははっとした。姿勢を正し、

「いや、自分は東洋人なんです……？　サー？」

「チャイナタウンの若い衆か。変わった応募者も紛れこんでンなァ」

「ち、ちがいます、ぼくは……」

「どうでもいいから黙れ《シャラップ》！　けっ！　黙れ！」

一弥は「えっ、なっ」と腹を立てる。

編集長は気にせず、机に尻をのっけてかっこいいポーズで座った。意外と短い脚が床の上でブラブラしている。ゴリラのように両腕をばたつかせて全身をかきむしりながら、

「細かいことはめんどくせぇ。早く終わらせてリブステーキを食いてぇ。募集記事にはいろい

ろこだわって書いてたけど、もうどうでもいいや。そう……」

急に動きを止め、気味の悪い目つきで、

「明日を夢見るドブネズミでありゃあ、よ……。若いころの俺みてぇにホットでスパイシーな男の子を……。くっくくっくっ」

短い髪をかきあげる。自分の言葉に感動して目を細める。ついで一人で笑い続ける。くっくっくっ……といつまでも肩を揺らしている。

ようやく我に返り、

「とにかくよ、さっきから応募者一人一人にテストしてたら、なかなか進まなくて疲れちまってな……。面倒だから全員一気にテストするぜ。チャイニーズもこい」

「いえ、ぼくは急ぎの用があるので、これで」

「黙れ！　どうでもいいから黙れ！　生意気なガキめ。んじゃおまえには仕事があンのか。まんまるおめめのかわいいチャイニーズボーイさんよ」

一弥は怒ったのか照れたのか、とにかく全身真っ赤になった。

「おめめ……？　いや、ぼくは、その……。仕事はないです。昨日移民してきたばかりなので……」

青年たちが一斉に振りむく。

「昨日？」

「エリス島についたところ？」

「えーっ、家族は？」

「あの、女の子がひとり……」

「娘がいるの？　東洋人の齢ってわっかんないなぁ！」

「いや、娘じゃなくて」

と、編集長が顔をどす黒くし、唾《つば》を飛ばしながら、

「黙れ！　めんどくせぇ、いいからおまえも受けろ。職がねぇんだろ？　与太話は終わり。ヨーシ、ボーイズ。テストを始める。すべては上司の俺の気分次第。災難の覚悟をしろ」

編集長は立ちあがり、またかっこつけたポーズで新聞を広げた。青年たちの渦に巻きこまれて一弥も近づく。

内心（それよりヴィクトリカを探さなきゃ……。もうどうしてこうなったんだっけ……）と焦るものの、青年たちのぎゅうぎゅうの輪から出られない。（早く……ヴィクトリカを探しに……）「ボーイズ、注目ぅ！」と編集長が一弥の頭をゴチンと叩いた。「いたい！」と一弥が悲鳴を上げる。

開かれたのは、今朝の朝刊二面――。


〈デイリーロード〉

――一九三〇年七月十日　朝刊二面

〈注目のボクシング戦！　チャンピオンＶＳ挑戦者、今夜ついに対決！〉

大注目のイベント、今夜開催！

なんとブルックリン橋を貸し切っての屋外ボクシング戦だ！

ボクシングには詳しくない年配の方々も、全米チャンピオンのウィリアム・トレイトンの父親の名前を聞けばきっと興味を持つことだろう。

元ブルックリン市長トレイトン氏……

---

一弥が「今朝ヴィクトリカが熱心に読んでた記事じゃないか！」とつぶやく。ヴィクトリカを思いだしてまた肩を落とす。その横で編集長が、「よく聞け。今夜、ブルックリン橋のど真ん中でボクシング興行がある」と濁声で説明し始める。

「試合をするのはこの二人だ。チャンピオンのウィリアム・トレイトンと挑戦者のエディ・ソーヤ」

二人の写真を卓上ライトに貼りつけてぶらさげる。カメラを睨みつける男たちの写真がぴかぴか光りだす。

上半身裸でチャンピオンベルトを巻いてキリッと構えているウィリアム・トレイトン。そして反対にだらりと腕を下げ、カメラを強く睨んでいるエディ・ソーヤ……。チャンピオンのほうは育ちのよさそうなハンサムな若者だが、挑戦者のほうは目玉がぎょろりとした恐い顔で、右上から左下にかけておおきな傷痕《あと》まである。

一弥がふと「挑戦者のエディってどこかで見たような顔だな。どこでだっけ？」と首をかしげる。

さっき走ってきた街角や、護送車を脳裏に思い返す。いろんな町の風景、護送車の中の囚人たち、御者の声が脳裏をよぎる……。

　編集長が続ける。

「チャンピオンのほうは元ブルックリン市長のご子息で、親父はブルックリン橋を造ったニューヨーク発展の功労者。信仰心深きピルグリムファーザーズの子孫。ま、名誉ある名士の子ってとこだな。裕福じゃないがしつけの厳しいピューリタンの家庭で育ったお坊ちゃんだ。挑戦者は逆に、母一人子一人の南部の貧しい青年。しかもな、親子ともども長年雇われていたお屋敷を追われ、食うモンにも苦労する毎日。で、こんな恐い顔をしてるが人柄は穏やか……というかいいヤツらしいな」

　挑戦者の写真の強い目つきに、一弥は思わず目を凝らす。

「つまりな。伝統的な家庭に育った坊ちゃんたちはチャンピオンを、貧乏人や移民は挑戦者を。年寄りは世話になった元市長の息子を、若者は成りあがろうとする南部の男を応援し、盛り上がるってわけだ。よくできた顔合わせだよな。まっ、興行ってのはこうでなきゃな」

　シュッシュッ、と机に座ったままパンチを繰りだし、

「……しかしな。記事にもあるように、世界大戦《グレートウォー》のとき同じ部隊に属し、妙な因縁を持つどうしらしいってぇ噂もある。真偽のほどはわからんが、戦争帰りの若いやつらはそこにも興味を持ってるらしい」

　一度言葉を切り、見回す。

「おまえらもそうか？　〈クリスマス休戦殺人事件〉ってぇのは、実話かどうかは知らねぇが、若いやつらにゃよく知られてる噂話なんだろ。なんでも開戦して最初の年のクリスマスにゃ、

今日ぐらいはやめとくかって砲撃を休む部隊がちらほらいたんだよな。それがいわゆる〈クリスマス休戦〉。で、その夜。とある戦場で起こった殺人事件……」

ガラス窓の向こうを遠く眺めて、

「これに関しちゃさまざまな噂も飛びかってるそうだな。まぁ、俺が従軍した最初の世界大戦のときにも不気味な噂話はあったもんだけどな。……へっくしゅん！」

一弥は（ヴィクトリカが興味を持ちそうな話題だな。おみやげの謎になるかしら……）ともうすこし聞こうとする。

青年たちは顔を見合わせて、

「聞いたことがあります。クリスマスに砲撃を休んでいたら、橋の下の川から最初の世界大戦のときの死者の霊が襲ってきたって」

「いや、そうじゃなくて。橋ごと空を飛んじゃって、兵士たちが『やめろ！　降ろしてくれ！』って大騒ぎしたんだろ」

「ちがう！　休戦中にアメリカ軍兵士が仲間に殺されたんだけど、殺したやつが、最初の世界大戦のときの軍服を着た知らないアメリカ兵だったって。しかも煙のように姿を消して……」

「そうそう。それを目撃したのが挑戦者のエディ・ソーヤでね」

「おかしいぞ！　ぼくの隊に流れてきた噂では……」

一弥が（怪談じみた噂が多いなぁ）と首をかしげていると、編集長が「おめぇらうるせぇなぁ。黙れ！」と両腕を振り回し始めた。

一弥はそっと出ていこうとする。（それよりヴィクトリカを探しにいかなきゃ……）と、編集長がみつけて、腕をつかむ。一弥が「あの、だからぼくは……」と言いかけるが、若者たちが興奮してしゃべる声にかき消される。「部隊の誰かが犯人らしいって聞いたよ！」「そう！」「部隊のやつらは帰国したいまも悪夢に悩まされてるって！」と、編集長に睨まれているのに気づいてみんな口を閉じる。

編集長が一弥に通せんぼしながら濁声で話しだす。

「まぁなぁ、その噂が実話なのか、実話だとしてもチャンピオンと挑戦者に関係があるのかどうかはわからん……。二人とも戦争に関わる質問にはノーコメントだし、な。それはどっちでもいいぜ」

と新聞を丸めて壁や一弥の頭を叩きながら、

「ともかくな。新聞じゃこういう試合の前に、選手どうしが憎みあう口喧嘩の記事を載せて一盛りあがりさせるもんなんだよ。質問しておいてなんだが、因縁話のほうはわかんねぇし、無視する。それよりは勢いのいい言い合いを載せるぜ」

一斉に不満そうな声が上がる。編集長は真っ赤になり、

「黙れ！　さて、それでチャンピオンのほうの記事はもうできてんだ。これだぜ！」

と原稿を取りだす。みんな集まって読み始める。

---

〈デイリーロード〉

——一九三〇年七月十日　夕刊二面

〈チャンピオン、かく語りき！　挑戦者を『ＫＩＬＬ《殺す》！　ＢＯＭＢ《爆破》！　ＢＬＯＯＤ《血》！』〉

マンハッタン一の高級ホテルであるホテル・アリアーントン最上階にて。ハンサムな全米チャンピオンのウィリアム・トレイトンは、セントラルパークの絶景を見下ろしながらこう語った。

「私こそウィリアム・トレイトン。チャンピオンである。そのうえ誇り高きピルグリムファーザーズの子孫である。よって今宵は……」

目を見開き、

「リングをBOMB！　挑戦者のやつをKILL！　橋にBLOOD！　……」

---

編集長はしみじみと、

「チャンピオンはもともとちょっと厭味《いやみ》ったらしいところのあるやつでな。それにボクサーの仕事に慣れてるから、こういう報道向きの毒舌を披露してくれて助かるぜ。しかし問題は挑戦者だ……」

顔をしかめる。またそっと逃げようとする一弥の首根っこをつかまえて引きもどしながら、

「さっきも言ったが、こいつは感じもいいし、言うことも声もこわくないし……。血気盛んな挑戦者のはずなのにまいっちまうよ。ってことで、おまえらのテストはこれだ。チャンピオンに負けない毒舌の、挑戦者の記事を作ってもらおう」

手書きの下書きらしき記事タイトルを広げてみせる。青年たちは一斉に首を伸ばして覗きこむ。書きかけで尻切れトンボの記事である……。

三章
「はい、こちら〈デイリーロード〉編集部」

〈チャンピオンを血祭にあげる！　挑戦者の歌う残忍非道なバラード！〉

さて一方、挑戦者のエディ・ソーヤは本紙記者の直撃取材にこう語った！

……

……


編集長は腕を組み、見回した。

「この続きがテスト問題だ。おまえら、挑戦者がこんなふうに凄《すご》んだら面白いぞってな記事を書いてみろ。……あぁ、本人は言ってないことを記事にするってのはうちじゃよくある……。そんな細かいことは我が〈デイリーロード〉は気にしねぇ……」

檻《おり》の中の熊のようにぐるぐる歩き回り始めたので、みんな後ずさる。

「さっさと書け。このテストで今朝からもう十人も不合格にしてんだ。俺が求めているのは……聞いたこともないような……凄まじい……斬新《ざんしん》で新時代的でハッとさせる……地獄の三丁目の毒舌……」

また気味悪くうっとりと語りだす。青年たちが戸惑う。編集長がくっくっくっと肩を震わせて笑いだす。一弥も両隣に立っていた白人青年たちと顔を見合わせる。

窓に風が当たってガタガタと音を立てる。壊れかけのブラインドも不吉に震える。窓の外で空まで不安に震えて見える。

（ヴィクトリカを探しに行かなきゃ……）

一弥はまた出ようとして、編集長に捕まって振り回される。

「採用された記事は今日の夕刊に載る。そしてその一名のみを仮採用する」

編集長がキリッとして指を鳴らす。短めの足を踏ん張って両手を腰に当てる。声を張って、

「――ザッツライト！」

窓の外でイースト川が夏の光を浴びてきらきらと輝いている。鳥が一羽きれいな弧を描いて飛んでいった……。

## 5

――東欧系の下町イーストビレッジ。

舗道に並ぶ屋台が増えている。買い物客の声が飛びかう。乱暴な運転で通り過ぎる自動車。馬車の蹄の音。子供たちの上げる金切り声。

パッカパッカと蹄を鳴らしながら、NY市警の制服姿の警官を乗せた馬が歩いてくる。煙草屋の店先で停まる。警官が馬にまたがったまま煙草を一箱買うと、店先に紐《ひも》で幾つもぶら下がっている銀色の細長いなにかを手に取った。そしてまたパッカパッカと歩いていく。それにつられて路上に停められていたべつの警官の馬も前に歩きだす。

煙草屋の老人が店先から身を乗りだし、馬を、いや……馬の尻尾を見下ろした。

ズル、ズル、ズル……。

馬の尻尾に絡まった長い干し草をつかんでいるちいさな手が見えた。青白いちいさな手はマンホールの穴から伸びている。老人はさらに目を凝らす。

手に続いて細い腕が、さらに続いて、光を浴びてところどころ金色にとろける白銀の髪が現れた。ピンクの布を体に巻いて水色の布で縛りつけたオリエンタルな民族衣装を身に着けている。

牛乳屋の少年も気づいた。「馬で女の子が釣れてら!」と囃《はや》しながら通り過ぎていった。

煙草屋の老人は頬杖《ほおづえ》をつき、またこっくりこっくり船を漕《こ》ぎだした。

ヴィクトリカは……。

足の先までマンホールからぶじに出ると、干し草からぱっと手を離した。

日射しが眩しい。うつぶせに倒れ伏しているヴィクトリカを人々が踏みそうになり、怒ったりまたいだりしながら歩いていく。

黒髪に黒い目、浅黒い肌をした筋骨隆々たる男たち、金髪に青い目を輝かせる長身の女たち。大柄で野性的な東欧系移民であふれるこの街では、白銀の髪を輝かせるちいさな宝石の如きヴィクトリカ・ド・ブロワの姿はやはりことに目立った。まさに異人、いや、夜空から降り立った夜露の如き妖精――。

その昔、旧大陸の東欧の国々でも、ヴィクトリカの先祖たる〝毛皮を着た哲学者〟〝静かなる灰色狼〟たちは、恐るべき頭脳と並はずれて小柄でうつくしい容姿を恐れられた。森の奥に追いやられて、中世そのままの城塞国《じようさい》セイルーン王国を作って生き続け、何百年も経つうち、いつしか不思議な森の民の伝承となっていった。

いまのヴィクトリカの姿にも、人を本能的に恐れさせるまがまがしい美が暗い火のように灯っていた……。

人々が本能的にヴィクトリカを避けて歩いていく。

南部風の古めかしい茶色いドレスを着た大柄な老婦人だけ、屋台の陰からそっと観察している。白濁した目がギロリと見開かれる。

ヴィクトリカは「フン」と鼻を鳴らしながら顔を上げた。

路上に正座し、むっつりと腕を組んで、

「まぁ、この事態にはさすがのわたしもおどろいたと言わざるを得ん」

不機嫌そうに目を細め「まったく、久城はどこだね」と見回す。

一弥の姿がほんとうにないので、おどろいて目を見開く。

と、背後に誰かの気配を感じて、「久城？　なんだ、貴様いったいどこにいたのだ！」とほっとしたように振りむく。

ヒヒーン……！

嘶きが耳元で響く。馬の頭である。生臭い鼻息がほっぺたにかかり、よだれか鼻水が髪についてとろりと滴る。

ヴィクトリカのエメラルドグリーンの瞳がギラッと不穏に光った。

さくらんぼのようなぷくぷくの唇も色を薄くする。

苛立ちが広がっていく。

「久城……。あの、あの、あの、糸瓜《へちま》めが！」

いらいらとつぶやく。

ラジオも取りだし、欠けたところをむっつりと撫でながら、

「底抜けにまぬけであるな。ブルックリン橋とかいうおおきな橋を渡って、ピンクのケーキがある町に連れていってやろうとしていたのに……。鼻の穴を広げてあれこれ得意になって話していた本人が、あっというまに迷子になるとは……。情けない従者っぷりである」

ぶつぶつ言いながらラジオのスイッチを押す。

聞き覚えのあるＤＪの声が、イーストビレッジの大通りに響きだす……。

『ヘィヘィ、ベイビー！　俺達のニューヨーク！』

「……なんだ。またあのうるさいやつか」

とむっとしてラジオを消す。

辺りを見回す。住人たちが忙しげに通り過ぎていく。あまりにも見慣れない情景に囲まれている。所在なくなり、またスイッチを入れ直す。

『ベイビー、今朝もご機嫌かーい？』

すぐに消す。……しかしまたつける。

『本日の目玉ニュースはボクシングだぜぇ！　チャンピオンの三度目の防衛戦。チャンピオンにしてお坊ちゃまのウィリアム・トレイトン様と、めきめき力をつけた南部男のエディ・ソーヤ君の戦いだぁ！』

「おや？　今朝の朝刊にも載っていたニュースではないか」

とヴィクトリカが腕を組み、ラジオに向かってうなずく。

『二人には戦争中のとある因縁があるって噂もあるんだよな？　同じ部隊にいるとき血腥《ちなまぐさ》い事件が起こったってやつ。〈クリスマス休戦殺人事件〉だっけな。聖夜に自主的に休戦したとき、アメリカ軍兵士が味方に撃ち殺されたらしい。でもよくわからないまま戦争のどさくさに紛れちゃって、結局未解決のままなんだってさ』

「ふむ……」

『……でもさ、ほんとかなぁ？　戦争によくわかんない噂はつきものだもんなぁ。まぁとにかく、俺は個人的にはね、元ブルックリン市長の息子にしてハンサムボーイのチャンピオンのこと、スマートでかっこいい男だなと思ってたけどさ。ここらでワイルドなタイプの新チャンピオンも見てみたい気分だぜ』

「ほぅ？」

『さて、そこのあんたはどっちだい？　まだまだチャンピオンのウィリアム様を応援する？　それとも南部からの挑戦者のエディ君に期待する？　なーんて。そういうわけで今夜の試合の結果にも、血に飢えた若きニューヨークっ子たちは興味津々ってわけだ』

と早口でまくしたてる。

『まぁな、過去の事件についちゃよくわからんが。戦争のどさくさの未解決事件はいろいろあるよなぁ。人は多すぎるし、警察はアレだし、ギャングも大暴れしてるし。まっ、細かいことなんてそうそう気にしてらんねぇよな。昔の未解決事件なんていちいち解決できないし、第一そんなこと考えてるひまもねぇ。俺たちゃ新しい世界で毎日忙しいの』

急に声のトーンがわざとらしく落ちる。

『それよりみんな……ここにきてな、挑戦者のエディ・ソーヤ君のほうにおかしな噂があるんだぜぇ……』

馬の蹄の音が近づいてきてまた遠ざかっていく。

『今朝からなぜか行方不明になってるという説が流れだしててさ……。誰も姿を見てねぇって。まさか怖くなって逃げたのか？　それともマフィアを怒らせて始末されたのか？　ついさっきマネジャーのミスター・ミッチーがイタリアンマフィアの事務所から出てきたって目撃情報も飛んでてさァ。打倒チャンピオン派はやきもき……。あっ、どうも、ミッチーさん！　おたくのエディ君はいまどこに……。マフィ、ア……。コメントを……ッ！　って、逃げた！　しかも、足早っ！』

ヴィクトリカはパイプをくわえたままラジオをじっと見ていた。

「ラジオ、ラジオ……」

とちいさく歌う。

「く、じょう……」

『こいつはますますおかしいぜ。期待の挑戦者が行方不明ってのはほんとなのか？　今夜の試合の行方から目が離せねぇ！』

「……が、くれた」

あきてスイッチを切る。急に静かになる。ひまそうに辺りを見回す。

かしましい下町の風景が広がっている。人々が行き過ぎ、荷車も重そうに進む。金の髪の子供たちが駆け回る。窓からひるがえる洗濯物の山、屋台にあふれる色とりどりの売り物、舞いあがる土埃。

煙草屋の店先で、大柄な金髪の男たちが立ちどまっては、庇《ひさし》から紐でぶら下げられた銀色のちいさな四角いものを手に取る。両手で包みこんでなにかして、四角いものを離して歩き去っていく。ヴィクトリカはなんだろうと首をかしげる。

風が吹く。この街ではことに目立つ白銀の髪が夢のようにふわりとたなびく。緑の瞳が次第に危険にギラギラ輝きだす。不機嫌そのもので辺りを見回し、

「――世界大戦を終えた新大陸には未解決事件が多い、か。なるほどである。人が多く、文化も多様すぎ、ギャングも跋扈《ばっこ》し。気になる事件も解決されないまま、慌ただしい日々の生活ばかりが転がるように続く、若き新しき世界……」

髪が巨大な蝶の薄い羽のように広がる。

「しかしなぜ事件は解決されないのか？　事件のほうもまた解決されたがっていないのではないか。それはなぜかね……？」

ヴィクトリカは辺りを見回した。

まだ十歳ぐらいの黒髪に浅黒い肌の少年が、果物の箱を運ぶ母親を手伝っている。よいしょと屋台に載せると、母親が振りかえって息子を褒めてやる。妹らしき少女も手伝おうと右往左往しだす。幼い兄がうなずき、妹にちいさな箱を渡して屋台を指さす。妹も運び始め、母親に褒められる。はしゃいで辺りを走り回りだす。

ヴィクトリカはその様をじっと見ていた。それから「うむ……」とうなずいた。

肩をそびやかし、尊大な態度になり、足を踏みだした。得体の知れない大通りを威張って堂々と歩きだす。と、配達の男が後ろからぶつかってくる。あわてて避けると自転車に轢《ひ》かれかける。左右から怒鳴られて心底びっくりする。遠くで銃声が聞こえ、怯えてしゃがみこむ。

その様を南部風の古い茶色のロングドレスを着た老婦人が見ている。

姿勢はいいのに、奇妙なほど斜めにかたむき、倒れかけの古い木のようである。胸元の三日月のブローチがキラリ……と不吉に光る。

ヴィクトリカは唇を引き結び、また一歩一歩歩きだした。こんどは卵の殻に輝《ひび》が入ってヒヨコが出てきて、初めて歩きだしたような、ひょこりひょこりとおっかなびっくりの動きになっている。

「新大陸の……な、な、謎はだなぁ……」

と、そのとき。間近でシュボーッとおおきな音がした。ヴィクトリカはひゃっと飛びあがった。すぐ近くの屋台の小型煙突から白煙が上がりだしていた。熱風もふわっと伝わってくる。屋台には〈Poorboys《貧しい男の子たち》〉と殴り書きされている。

ヴィクトリカはあたふたと後ずさった。

と、べつの屋台に思いっきり頭頂部をぶつける。おおきな音がする。失敗に絶句して涙を浮かべる。反動で足がふらつく。

南部風の大柄な老婦人がそっと進み出て、なぜかヴィクトリカのお尻を思い切り押した。

ヴィクトリカは振りむき、

「さっきから貴様は、穴を覗いてきたり、パントマイムをしたり、なんの用なのだ！　不気味な亡霊めが！」

と言うが、つぎの瞬間「あ、あわわ！」とたわいもなく足を滑らせて仰《あお》向《む》けに転んだ。それから空を見上げ、寝転んだまま「む？」と首をかしげた。

老婦人が両腕で屋台をつかんでガタガタと揺らす。

すると売り物の団子が一串落ちた。ちょうど倒れたヴィクトリカの口にまっすぐ落下し、すっぽり入る。

屋台の店主の男が、おやっと気づいてこちら側に回ってこようとする。

老婦人はヴィクトリカの口に団子が入っていることと、屋台の男が近づいてくることを確認すると、満足してうなずいた。それから灰色の風のように姿をかき消した。

ヴィクトリカはきょとんとしていたが、やがてごく自然に団子を一口食べだした。

うまいじゃないか、と瞬きする。クリーム色と茶色と赤の真ん丸が串に刺さっている。ほっぺたを丸くふくらませながら、

「……なるほど。クリーム色のはチーズケーキを丸めたものである。もぐもぐ。ごっくん。茶色は……チョコレートドーナツか。もぐもぐ……。そして赤は……？　姫林檎《りんご》の砂糖煮か！　うむ。もぐもぐ……」

路上に起きあがり、両頰をお菓子でふくらませてうなずく。

「うむ、確かにこの新世界はわけのわからぬ場所である。たとえばビルの屋上から隣のビルに飛び移るおかしな人影と、やつが落とした新聞の謎。ウインドウが真っ白の店は何屋なのか。

室内で傘をさして食事する家族もおかしいぞ！　そして煙草屋の店先にぶら下がる銀色のなにかを手に取っては去っていく妙な男たち。〈Poorboys〉という屋台の売り物はなにか？　すべて新世界の貧しき謎である。だが、ほら……」

不敵に微笑む。

「三色団子の味は判明したぞ。チーズケーキとドーナツと林檎だと、な。新世界の謎もわかってみれば、とるにたらん、退屈な……。あっというまに解けてしまうものに、ち、がい、な、い……」

と……。

ヴィクトリカは屋台の店主に首根っこを摑まれた。

持ちあげられ、ぶらぶらと乱暴に揺すられ始める。

冷静かつ不機嫌に見下ろすと、屋台の店主がヴィクトリカを睨みつけていた。

「おい、グリーンは？」

ヴィクトリカは冷静に聞きかえした。

「グリーン？　緑かね？」

と、男は怒りだした。

「この野郎っ！　グリーンってのは一ドル紙幣の裏の色だ！　つまりお金のこと！　さぁ払え！　払えよ！　払え！」

「お金……？　お金？　あぁ、お金か。なんだそんなことか、君。お金、お金。なにっ……

…？」

ヴィクトリカは次第に思案し始め、

「おかね。おかーね。おー、かね？」

「てめぇ、さては持ってねぇのか。おまわりさーんッ！」

遠くでピーッと笛を吹く音が響いた。パカパカと馬が走ってくる音とともに、馬にまたがった警官が姿を現した。

持ちあげられてぶらぶらしているヴィクトリカの顔の前に馬のおおきな頭がある。あきれたような静かな馬の目と目が合う。

屋台の男が怒鳴りまくるのを警官がフンフンと聞いている。それからヴィクトリカのちいさな顔と、しっかり握っている団子の串を眺めて、

「お嬢ちゃん、ふざけてんのか。白昼堂々、泥棒するとは……」

「泥棒だと、君？　ちがうだろう。さてもトンチンカンな」

警官は「えっ？」と絶句し、相手のあまりにも傲慢《ごうまん》ですました、そしてうつくしい顔をしばらく黙って眺めた。

ヴィクトリカは新世界では珍しいほど誇り高く貴族的な目つきで、しかし妙にぼーっと警官を見返している。

と……。

ガチャッ、と金属音が響く。ヴィクトリカの左手首に手錠がかけられた。

ヴィクトリカは黙って右手を動かし、最後の一口を頬張った。とても反抗的な目つきで団子を咀嚼《そしやく》し続ける。屋台の男がおどろいて「まだ食う気か……」とつぶやいた。

ヴィクトリカは知らんぷりして咀嚼を続ける。エメラルドグリーンの瞳につめたい憤怒《ふんぬ》の炎が広がっていく。

その姿を物陰から茶色いドレスの老婦人がほっとして見ている……。

## 6

同じころ。

マンハッタン島の南東の端にあるニュースペーパーロウ。近代的なビルディングにはさまれたおかしな雑居ビルの五階。〈デイリーロード〉編集部――。

「……不採用！　こっちも。おまえらなぁ。ご家庭でも名門の学校でも習わなかったとしても、従軍したとき、軍隊式の悪口も覚えただろうが」

編集長が不機嫌なゴリラのように歩き回りながら怒鳴っている。青年たちによって書かれた毒舌の原稿を両手に持ち、読んでは怒って投げ、歯ぎしりして千切る。青年たちは編集長が近づいてくるたび体を逸《そ》らしたり屈《かが》んだりして避ける。

不採用、と怒鳴られた青年たちが、これ幸いと小部屋を後にする。

それに便乗してそっと出口に向かう青年をみつけ、編集長が低く、

「……逃げるな」

「わっ、ハ、ハイ……」

青年はすごすごともどってくる。

一弥も隙を見てドアから逃げようとする。しかし編集長が「チャイニーズボーイ、どこに行く！」と怒鳴る。のどが嗄《か》れてきたらしく、「ゲボゲッ……ゲーッ！」と咳きこむ。

机の端に腰かけて、わざとらしく疲れてみせ、

「貴様らなぁ、喧嘩のときはなんて言うんだよ？　挑戦者のエディ・ソーヤの気持ちになってみろよ？　チャンピオンのウィリアム・トレイトンはお坊ちゃんでハンサムなのに、自分は貧乏な田舎者……。従軍したときはそれなりに苦楽を共にしたはずが、いざ対戦することになったら『ＫＩＬＬ！』だの『ＢＯＭＢ！』だのよ……。おまえらだったらなんて言いかえす？　よーし、全員並べ。右から順に怒鳴ってみろ」

パンチを繰りだすポーズをしながら、編集長が言う。残っている十数人の青年たちが顔を見合わせる。「従軍したとき軍隊式悪口を覚えたけど……」「自分では使ってないし……」と気乗りしない様子でうなずきあう。

仕方なく、仕立てのいいスーツの袖をまくりあげ、拳を握って顔の前に持ちあげてボクサーのポーズをして、右から順に、

「えー、マザーファッカー？」

「よし」

「んーと、アスホール？」

「いいぞ」

「ファッキン」

「なかなかいいパンチだ」

「キルユー！」

「おいおいすげぇな」

「サノバビッチ！」

「その意気だぜ、ボーイズ！」

「君、いい加減にしたまえよ。ぼくはあきれちゃいますよ」

「……ちょっと待て、いまのはいったいなんだ？」

ご機嫌でパンチを繰りだしていた編集長が、動きを止める。口をあんぐりと開け、

「いま、黴《かび》臭いアホみたいな怒り方をする俺の曾々爺《ひいひい》さんがいなかったか」

みんな一斉に、粗末な服を着たかわいらしい顔つきの東洋人青年――久城一弥を指さしてみせる。

一弥はみんなと一緒にボクサーの構えをして、それなりに男らしく立派な表情を浮かべていた。だが視線を感じてきょろきょろして、

「あとですね、〝そんな理屈に合わんことを言っちゃだめだよ〟とか〝ぼくは怒るよ、今度という今度は本気だからね、君〟とか。……あの、どこかへんですか」

「き、貴様ぁ……」

そのとき小部屋のガラス製のドアが開いて、ミニスカート姿の女が入ってきた。金髪をツインテールにして、気の強そうな釣り目とツンと高い鼻を持つスレンダーな美人である。秘書かなにかららしく、両腕で書類の束を抱えて、上向きのかっこいい形のお尻でドアを押しながら、

「へーん。ウルトラだっさーい」

一弥はボクサーのポーズをやめて直立不動になり、黙ってうなだれた。

女はバタバタと書類を片付けて、「死にかけのおじいちゃんのお説教みたーい。ウルトラ最悪ぅ」と言いながらまた忙しそうに出ていった。

編集長も重々しくうなずく。青年たちは小声で「うちの曾爺様ともおどろくほどそっくりだったよ。フランスから移民してきて苦労したんだ……。老衰で死んじゃって、いまはセントラル墓地で眠ってらっしゃる……。大好きだったぼくの曾爺様……」「懐かしいなぁ！　子供のころ近所に住んでるこういうお年寄りから怒られたもんだよ」「これが移民一世か。そりゃ求人でも断られるな」と言いだす。

それから何事もなかったように紙とペンを持ち、また記事を書きだす。一弥が肩を落としたまま逃げようとし、「こらこら！」と編集長に捕まる。

（いや、だからヴィクトリカを探しに行かないと……！）

一人また一人と、紙を編集長に渡しては「不採用！」「つまらん！」と怒鳴られて破られ、あげくは紙を口につっこまれて食べさせられる。ようやく帰れると辟易《へきえき》しながら出ていく。一弥が焦りだす。だいぶ人数が減ってくる。

編集長がおおげさにため息をつき、

「あぁ。もっと斬新な毒舌はないのかよ。新感覚の！　新時代にぴったりの！　ピリリとくるやつが！」

一弥はため息混じりに（ぼくはヴィクトリカを……。そりゃ、迷子のお知らせ記事は頼んだけども……）とひとりごちる。（でもイーストビレッジの大通りからは消えてたし、どこを探せばいいんだろう……）と首を振る。

編集長は煙草をくわえて火をつけながらつぶやく。

「貴様らは悪口がへたくそでもよ、周りに一人はいるだろ。口の悪い友達とか、酒浸りの親父とか、おっかない先生とかよ……」

ガラス張りの壁の向こうを通り過ぎる女性秘書のほうをちらっと見て、肩を落としてため息をつく。

一弥はしょんぼりして、

（ヴィクトリカ、せっかく元気にピンクのケーキの話をしてたのに。ケーキの町に連れて行ってあげようと思ってたのにな……。その前は機嫌が悪くていろんな悪口を言ってたけど……。って……）

「……あー！」

一弥は手を叩いた。

「います……。ものすごく口の悪い、まさに悪魔的な子が……。いちばん近くに……」

と紙に向かってペンを走らせ始める。

そして「できました」と編集長に原稿を渡す。編集長は「フーン」と受け取り、面倒そうに読み始めた。それからオオッとつぶやき、夢中で読み始め……。

残っていた青年たちがなにごとだろうと顔を見合わせる。

（これで帰れるぞ……。ヴィクトリカを探しにいかなきゃ……）

編集長は机の端からぴょんと立ちあがり、紙を振り回して、

「チャイニーズボーイ、仮採用だ」

「じゃ、帰りま……。エッ」

残りの青年たちが一斉に後ずさりだす。「あっ、よかったねぇ、お爺ちゃんみたいな君……」

「昨日マンハッタンにやってきて、もう仕事がみつかるなんて幸運だ……。じゃ、ぼくたちはこれで……。さいなら……」「ここでがんばってね移民くん……」と脱兎《だっと》の如く逃げていく。

一弥はきょとんとして青年たちの背中を見送り、それから編集長の顔を見上げる。

編集長は……いかにもいやな感じの笑みを浮かべていた。一弥の背中をがさつな仕草で叩いて、

「これぞ新時代の毒舌。庶民の心にグサグサくる新感覚だ」

「えっ、ぼくの毒舌は曾々爺さんみたいに古臭くて、いま書いたこれは新時代ですか」

「そうとも！　おまえは骨董《こっとう》品みたいな若者だが、こっちは最高に新感覚のセンスだぞ」

「え……」

「すぐに印刷に回すぞ。夕刊に間に合わせる！」

「えぇ……」

一弥は複雑な顔つきをしている。と、いやになるほど顔を近づけてきて、編集長が、

「ようこそ黄色いドブネズミくん。汚くて臭くて給料も安い地獄の三丁目……〈デイリーロード〉編集部へ。せいぜいこきつかわせてもらうぜ」

「えぇ？」

〈デイリーロード〉

――一九三〇年七月十日　夕刊二面

〈チャンピオンを血祭にあげる！　挑戦者の歌う残忍非道なバラード！〉


さて一方、挑戦者のエディ・ソーヤは本紙記者の直撃取材にこう語った！

「チャンピオンが元市長の息子だとか、この危険な挑戦者には関係ないのだ……」

「あいつはとうへんぼく。路傍《ろぼう》の小石」

「親父は茄子《なす》。お袋は西瓜《すいか》。友達なんか、ほうれんそうなのだ」

「ウィリアムはチャンピオンなんかじゃないのだ。なぜならな……」

「あいつのパンチはしおれかけの白菜」

「あいつのフックはしょっぱいお漬物」

「あんな奴、鼠に齧られたおもちなのだぞ」

――なんて口の悪い挑戦者だろうか。

挑戦者の新感覚の咆哮《ほうこう》を聞きたいニューヨーカーは、今宵、ブルックリン橋に集合せよ！

# 四章　お団子ちゃんとブルネットじいさん

## 1

夏なのに寒々として、湿気も強い、四角い部屋。

もとは薄緑色だったらしいが、いまでは汚れて灰色に近くなった壁。あちこちに汚れた手のひらで叩いたような手形が散っている。新大陸のそう長くはない歴史の中でも、たくさんの人物がここに収監され、叫び、壁を叩いたことを物語っている。壁の一方だけが鉄格子になっている。

隅に、可愛らしい桃色の浴衣《ゆかた》に涼しげな水色の帯を締め、ところどころ金色にとろける不思議なシルバーヘアをたらす、身長百四十センチメートルほどの人形じみた女の子が正座している。

宝石じみたエメラルドグリーンの瞳が危険な輝きを見せている。さくらんぼのようなつやつやの赤い唇を開くと、低いしわがれ声で、

「町内会の……週末のドブさらいで、出てきた……腐りかけた……下駄め……」

と凄《すご》むようにつぶやく。

「隠すつもりで……犬が……庭の土を掘って、埋めたっきりの……」

壁には手形のほかに、アスホール、サノバビッチ、ファックユーなどの罵詈《ばり》雑言も書かれている。

「竹輪め……」

灰色の部屋は寒々としている。鉄格子の向こうから、店屋物らしき焼きそばの香ばしい香りが漂ってくる。トイレの臭いも入り混じり、空気は混沌《こんとん》としている。

ヴィクトリカは壁を睨んでいる。きらきらと輝く髪が背中を覆い、秘密の妖精の羽のように床に扇形に広がっている。

「油を……入れすぎて……めらめら燃えた……和紙でできた行燈《あんどん》め。甘くない大根めしめ……。窓に近すぎるところに結んだら……強風にあおられて窓にぶつかって粉々に割れた……水色ガラスに金魚柄の……素敵な風鈴め……」

細い肩が怒りに震えだす。

「栞《しおり》のつもりで本にはさんだらすぐ腐ったイカの一夜干しめ！　これ見よがしにおいてあった仏壇のお饅頭《まんじゅう》め！　わざとじゃないのに、いちいちガミガミ叱る……元帝国陸軍のかみなり親父め……このわたしは……わたしは、わたしはである！」

鉄格子の向こうから警官の声が飛んでくる。「おい、うるせぇぞー！」ヴィクトリカは胡乱《うろん》な目つきでそちらを睨んだ。と、近づいてくる足音とジャラジャラと鎖の鳴る音。NY市警の銀のマーク付き制帽に黒い制服、腰に銃ホルダーをぶら下げた警官が鉄格子の前に立つ。豚箱を覗きこんで、

「まったく、お嬢ちゃん。とんでもなくきれいな顔してるのに、住所もろくに言えねぇとはな」

ヴィクトリカは黙って目を細める。警官はますますせせら笑って、

「取り得は顔だけ。天は二物を与えず、ってねー」

ヴィクトリカの瞳の光が危険に重くなってくる。

と、隣の豚箱から女のものらしいか細い歌声が聴こえてくる。

「クランベリーの花咲く……ころ……」

「そっちもうるせぇぞー。静かにしろ」

警官が怒鳴ると、歌声がぴたっと止まる。

ヴィクトリカは壁をみつめ続けている。ちいさな横顔に苛立ちがよぎる。ぴちょん、ぴちょん……と水が滴る音がどこからか聞こえる。建物の外から車のクラクションもかすかに聞こえてくる。

ヴィクトリカが老女のようにしわがれた声でつぶやく。

「それにしても、いまいるここはわたしが生まれ育ったブロワ城の塔と似ている。ということはこれも家というやつか……」

辺りを見回し、真面目に思案しだす。

「そうかもしれんな。ふむ！　それならなにも問題はない」

それきりまるでうつくしいちいさな人形のようにぴたりと動かなくなった。ウインドウの中で誰かに買われるのを待っている、途方もなく高価な陶人形の如く……。うつくしいが命のな

いオブジェそのものの姿……。誇り高く酷薄な青い炎……。

隣の豚箱からは女のか細い歌声が続いている。

「クランベリーの花咲くころ、うちに帰ろう《ごーほーむ》、うちに帰ろう。君が……ぼくを待ってるから……」

2

「そんな、ぼくのお説教が曾々《ひいひい》お爺ちゃんみたいに黴《かび》臭くて、ヴィクトリカの悪口のほうは新感覚だなんて。そんなことありえないよ。ぜったい、ぜったいさ」


——こちら〈デイリーロード編集部〉。

上半身裸か、汗と脂の染みこんだシャツにサスペンダー姿の若い記者がひしめいている。電話の呼び出し音が鳴り響く。タイプを打つ音も銃撃戦のように響き渡り、扇風機もゴーッと轟《ごう》音《おん》を立てて拍子を取る。お昼どきになったらしく、安い食べ物の匂いも入り混じりだす。

左端のデスクから「腹が減った！」と声が上がると、右からすかさず「パンがあるぜ！」と野球のボールのような丸くて重そうなパンが飛ぶ。あちこちから俺にもくれと声がする。「パン、パン！」「パンくれ！」デスクに積まれた紙の山に邪魔されて、記者たちの顔はよく見えない。

ガラス張りの編集長室から出てきた一弥が「まったくぼくは納得できませんよ。だってこのぼくが古いんなら、ヴィクトリカなんてもっともっと……」と爺さんそのものの顔つきでブツブツ言う。「なにしろ彼女は旧世界の貴族の末裔《まつえい》で……。由緒ある侯爵家の生まれで……そのうえひどい威張りん坊で……。痛い！」一弥のやわらかなほっぺたに、ヴィクトリカの幻のパンチのように、丸い硬いパンが思いっきりめりこんだ。

床に落ちる寸前でキャッチすると、左のほうから「こっち！」と腕だけ左右に振って合図される。一弥が投げようとしてやっぱりやめ、とことこ歩いてパンを持っていく。

記者がタイプを打ちながら横目で見て、

「なんだ、新人か？　中国人とは珍しいな」

「いえ、ぼくは……！」

「どうでもいいぜ。黙れよ《シャラップ》！」

一弥がむっとする。と、近くのデスクから「コーヒーこぼした！　新人のチャイニーズ、雑《ぞう》巾《きん》取ってこい」「ついでに私にも牛乳買ってきて」「そこの新人、暇なのか？　この肉に塩こしょうして、いい感じに焼いて、素敵なお皿に載せて持ってこいよ」と一斉に頼まれる。

一弥がびっくりして、腹を立てながらも目を白黒させていると、後ろから歩いてきた誰かにファイルで後頭部を思いっきり叩かれた。

「ブルネットじいさん。仮採用されたのかよ」

痛む後頭部をさすりながら振りむくと、男のように長身で細身のスーツ姿の女が立っていた。ルージュを塗った口元に細い煙草をくわえ、見下ろしている。迷子のお知らせを手伝ってくれた広報部の女性である。

一弥は一瞬考え、それからゆっくりうなずいた。「はい。おどろいたけど……ここで働いてみようかと」心の中で（ほんとにここでがんばれるかな……）と考える。それからはっと気づき、「待ってください、ブルネットじいさんって誰ですか？」と聞いた。

女は答えず、

「仮採用されたものの逃げだす子も多いし、残るのはクセのあるやつばかり。へんな職場だけど、マァ仕事がないよりはマシさ。とりあえずは死刑執行を免れたってことよ」

「は、はい。それよりブルネットじいさんって？」

「本採用になりゃ週給が出るけど、仮採用のあいだは出来高制で、やったぶんのギャラだけもらえる。あのいやな親父、自分で取り立てないと、忘れてるふりして一セントもくれないからさ」

「あっ。じゃ、さっきの記事もギャラが……」

と気づいたとき、編集長室のドアがバタンと開いた。

ハンサムウーマンは人差し指を額に当てて「チャオ！」と言い、消えていく。

編集長室から無精髭の編集長が転がるように飛びだしてきた。出身国がさまざまだとわかる国際色豊かな名前を呼び始める。数人の男女が立ちあがり、耳にはさんだペンをつかんで、お腹の前で銃のように構える。

「ヨーシ。おまえら、もちろん手は空いてるな？」

「もちろん空いてません！」

「どう見ても忙しいでしょ！」

「ボスー、まだ働かせる気ですか。あんた最悪だぜ！」

「そんなんだからいつまでもモテないんだと思う」

「うっ、うるさいっ！　夕刊を作ったら、つぎは明日の朝刊用の記事がいるだろ。じゃないと後ろのほうが真っ白の新聞になっちまう」

「ちっ」

「くそおやじ」

「ばーか」

どうも部下からまるで尊敬されてないようである。編集長の顔が苛立ちで土色に染まる。

「いいから！　黙って聞け！　ボーイズ！　アンド、ガールズ！　まずな、いままさにエンパイアステートビルによじ登ってる半裸のハンサム男がいるとタレコミ電話があった。落っこちてぺちゃんこの死体になる前に写真を撮ってこい。そっちのおまえたちは今夜のボクシング試合を取材しろ。それから、古い高級アパートメントのダコタハウスで大量のお婆さんの幽霊が目撃された……」

「はぁ、お婆さん？　大量の幽霊？」

「……どうやら真相は、南北戦争のときにメラメラ燃えちまったどこぞの女子高の同窓会をやってただけらしいがな。まぁ取材して昔話を聞いてこい。古き良き時代の女学生の思い出ってやつを、な。で、幽霊と見間違えた戦争帰りのノイローゼかなんかの若者からコメントも取りゃ、この国の青春の今昔がわからぁ……。三回連載にしよう。おまえとおまえ、ほら行け！　って、上司の話を聞きながらパン食ってんじゃねぇ！　……注意されても食い続けんじゃねぇよッ！　おまえら子供か？　さてさてそれで。あれっ？」

編集長はフロアを見回した。うんざりして「全員出払っちまったじゃねぇか。記者が足りねぇな」と嘯《うそぶ》く。それから「そっか！」と手を叩く。

気味の悪い猫撫で声で、

「ねぇねぇ古くて黄色いモンキーちゃん。オリエンタルなかわい子ちゃん」

一弥がむっつりと振りかえる。不気味に低い声で「……もしかしてぼくですか？」と聞く。

編集長はいやな笑顔を浮かべて、

「そうだよん。早朝、セントラルパークでライオンにまたがった少年を見たってタレコミがあってな。どうせガセだろうから面白おかしく短くまとめるんだ。うまく書けなかったら仮採用の話は……」

ぱちんと指を鳴らす。

「ナシだぜ。ザッツライト！」

「えっ、いきなり取材ですか？　……そうだ、あのっ」

一弥は思いだして急いで「さっきの原稿の……その、出来高制だと聞きました……」と言う。

編集長はうんざりして「あぁ、はいはい。挑戦者の記事のグリーンな」とくしゃくしゃの紙幣を三枚出した。「安いとか言うなよ。最初はこんなモンだ」一弥は受け取って頭を下げると、

(よし、ヴィクトリカを……)とこんどこそ廊下に飛び出ようとした。

と、編集長が顎《あご》をボリボリかき、誰かを探すようにフロア中を見渡しだした。「ニコー!」と怒鳴る。あまりの大声に一弥も立ちどまる。

隅の一角から「もしや俺すかぁ?」と間延びした返事が聞こえた。続いて声の主がヌッと顔を出す。

もじゃもじゃ頭に髭《ひげ》をたくわえた青年である。黒髪に黒い目。黄緑のシャツ。首からカメラをぶらさげている。人なつっこそうな目つきをしているが、唇は妙に歪《ゆが》んでいる。書類の上で丸くなっている野良猫にピザの端っこを食わせてやっていたところらしい。冷えたピザを食べながら小股でひょこひょこ近づいてくる。

と、編集長は、右腕でイタリア人青年の、左腕で東洋人青年の肩をつかんで引き寄せ、おでことおでこをグリグリこすりつけながら、

「このでかいのはカメラマン見習いのニコラス・サッコ。どことはいえねぇがどことなくへんな子でなぁ。こいつの親戚に頼みこまれて仮採用したばかり」

青年が不満そうに呻《うめ》く。

「ちょっとぉ……。じつに見込みのありそうな青年ですねって言ってくれたじゃないすか」

「そりゃ、褒めれば褒めるほどミートボールスパゲティをお代わりさせてくれたからだろ。俺ぁ腹が減ってたのよ。……で、こっちは不思議な不思議なチャイニーズボーイ。昨日エリス島についたばかり。こう見えてちいさい娘が一人いる」

「い、いません! 女の子と言ったのはその……。彼女はぼくの……あのぅそのぅ」

「なにを赤くなってる？　そんなこたぁどうでもいいから、黙れ！　おまえら明日からコンビを組め。セントラルパークで目撃されたライオン少年の記事と写真をまとめろ。できなかったらどっちももう二度とこなくていい。つまりクビだ」

また指を鳴らし、ウインクまでして、

「ザッツライト！」

イタリア人青年——ニコが「約束とちがう！」と叫んだ。

ひょこひょこ去っていく編集長の背中を睨んで、「記者とカメラマンはコンビで動くからやり手と組むと得だ、いい記者と組ませてやるって言ったのによ。相棒が妙な東洋人なんてな」と文句を言う。

「……あーもう、しょうがねぇな。明日の朝、うちに迎えにこいよ。リトルイタリーの〈ローマカフェ〉にいるからさ」

と、一弥が差しだした地図に店の場所を書き込む。「もーっ。相棒が東洋人かよー」とぼやきながら遠ざかっていく。

「なんだよ。妙に失礼な男の子だな。仲良くなれそうにもない……。って行っちゃった」

と一弥はため息をつく。（でも、ようやくヴィクトリカを探しにもどれるぞ）と編集部を出ようとした。

そのとき、「きゃはは！」と女の子の甲高い笑い声が響いた。すぐそばのデスクに、さきほど編集長室に入ってきた金髪ツインテールの秘書が座っていた。ミニスーツから覗くほっそりときれいな脚を伸ばし、真っ赤なハイヒールを隣の椅子に乗っけている。受話器を片手に「えー、やだ！」とそっくりかえって笑っている。

「お兄さんに逮捕されたーい、なんてね。きゃは」

その後ろを一弥が通り抜ける。廊下に出る。エレベーターが混みあっていて乗れないので、裏手の非常階段をみつけて急いで駆け下りた。

ビルの裏側はさらに寂れていて、壊れかけの鉄の階段が一足ごとに揺れる。日陰に野良猫が寝そべり、踊り場には煙草の吸殻が散らばっている。壁は薄汚れて落書きだらけである。

日射しが眩しくて幾度も瞬きする。

カンカンカン……と一弥の足音が軽々と響く。

舗道を走っていこうとすると、「……おーい、ブルネットじいさーん！」と頭上から大声が響いた。

顔を上げると五階の窓から女が二人顔を出していた。赤い口紅にくわえ煙草、斜めにハットを被《かぶ》る長身の広報ウーマンと、金髪をツインテールにした細身の秘書。仲がいいのか、男どうしのように肩を組み合って見下ろしてくる。

「ブルネットじいさんって？」

「迷子の件、いま電話がかかってきたってさ！」

「えっ！」

金髪ツインテールの秘書はどうやら内緒話ができない質《たち》のようで、街中に響くような大声で「かわいい男の子じゃない。気にいったわ」と言う。「あぁ見えてもう娘がいるんだってさ」

「えーっ？」「しかも何カ国語も話せて読める女の子らしいぜ……」一弥がやきもきと見上げて

いると、ようやく一弥のことを思いだしてまたこっちを見下ろしてきた。

金髪の秘書が身振り手振りで指さして、さらに大声で「ウルトラ意外な場所からの電話よ！NY市警八二分署！」と言う。

一弥はおどろいて聞きかえした。

「――NY市警？」

四章
お団子ちゃんとブルネットじいさん

〈マンハッタン・アパートメント情報〉
本日は空室なし！

〈デイリーロード〉
――一九三〇年七月十日　朝刊十八面

# 五章　「Hey、こちら〈NY市警八二分署〉」

## 1

――NY市警八二分署。お昼どき。

南北戦争前から大通りの角に立つ古い建物。頑丈な造りの赤レンガと蔦《つた》に覆われた外壁の楕《だ》円《えん》形の三階建て。

一階は広々と造られているが、二階は雲泥の差である。圧迫感を感じるほど天井が低くて蒸し暑い。脂と煙草のヤニで汚れが層になったコンクリート壁の隅を、剝《む》き出しの配管がのたくっている。木製ボードに指名手配犯の似顔絵がところせましと貼ってある。どの顔にも落書きされている。サングラス、髭《ひげ》、涙、額に文字……。

二階には黒い制服に制帽姿の若い警官が七、八人いるが、全員見事にだらけている。隅のデスクに射殺死体のようなポーズで突っ伏して、ツイードの三つ揃いスーツの若い男が寝ている。なぜかテディベアを枕代わりに顎《あご》を載せている。隣のデスクでは制服警官が椅子の上で海老反りになり、やはり寝ている。「いやもう食べれない……ビスケットはもう……おいしいけどさ……」「賄賂《わいろ》でお腹いっぱいだ……」「ハッピーライフ……」とのんきな寝言が響く。

　真ん中の四角いデスクでは、四人が背中を丸めてむきあい、紙皿に山盛りのドーナツを頬張りながらポーカーに興じている。小銭を賭けているらしく、そこそこ真剣である。卓上の電話が鳴るがなかなか出ようとしない。

　隅の椅子に座っていた一人が、反対の隅にいる警官に「キャッチボールでもしようぜ」と野球のボールを投げてみせる。相手は「おう」とうなずき、キャスター付きの椅子に座ったままコロコロと床を滑ってキャッチする。

　コロコロ、コロコロ……何度目かで失敗する。ポーカーをやっている机にボールが落っこちて卓上ライトを倒す。「……おいおい！」「遊んでないで電話に出ろって」と気のない抗議の声が上がる。ようやく一人が電話に出て、短い応対をしてすぐに切る。

「だってよー、働いても働かなくてもよー」

　と一人がポーカーの手を止めてぼやく。

　ＮＹ市警マーク入りマグカップでぐびぐびコーヒーを飲みながら、

「給料は変わんねぇしよー。へたにやる気を出すとよー、ギャングにバーンって撃たれちゃうしよー」

「だな！」

「なぁ、あいつぐらいだろ？　張り切って余計なことをしても弾が当たらないやつ。あほだけど強運。通称〝殉職しない男の子《ボーイノットダイ》〟」

　隅でテディベアと寝ているツイードスーツのおかしな男を指さす。向かいの警官が顔を上げて「だな！」とうなずく。

キャッチボールしていた警官がため息をついて、

「ハァ。俺、五時まで勤務だからさー。それまでせいぜい暇つぶしを……」

とキャスター付きの椅子で部屋をぐるぐる回り始めた。テディベア男が眠る前に読んでいたらしい新聞をとりあげ、広げて読む。

白いエプロン姿のおじさんが二階に上がってきて、出前のナマズ焼きそばとザリガニ春巻きと骨付き豚のから揚げをたっぷりおいていく。「いつもの賄賂《ブライブ》ランチですー。みなさん街の平和のために御苦労さんですー」みんなして「ラッキー！」「ここの賄賂ランチはことにうまいよなァ」と手を伸ばす。

警官が新聞から顔を上げ、

「すげぇなぁ！」

だいぶ経って、どこからか、

「なにがぁ？　もぐもぐ」

「この記事だよ。強くて無敵のワンダーガールちゃんさ！」

警官たちが顔を上げて、明るく「あっ」「それな、それ！」「すげぇ子だよマジで」と一斉に話しだす。

「昨夜の高層ビルの事件で、エレベーターが止まってるのに最上階までビューンと空を飛んだんだっけな。で、みんなを助けて……」

「見事に事件も解決して。コインを投げて、凶悪犯人をブッ倒して」

「相棒のチャイニーズボーイが爆弾を解体処理して、避難も誘導したんだっけ」

「そう。で、最後は……。夜空を飛んで……」

みんなして低い天井を見上げる。

一人がぱちんと指を鳴らして、

「消えちまったァ！」

楽しげな笑い声が響く。

「かーっこいいよなァ！」

「新大陸の都市なんて、どこも未解決事件だらけなんだしさ。いまこそワンダーガールの出番だよな」

「また現れてくんないかなー。きれいで賢い正義の味方、オレたちのワンダーガールちゃん……。でもさ、いまどこにいるんだろうねぇ……」

「さてねぇ……」

しばらく黙って、天井でカラカラ回る古い扇風機を眺めたりする。

「夕刊でーす！」

と、十歳ほどの少年が二階に駆けあがってきた。

顔も服装も汚れ、痩せ細っている。出前の山をうらやましそうに見ながら、夕刊各紙を机に積む。警官の一人に「持ってけよ」と言われるとうれしそうに笑い、ポケットに春巻きと豚肉を強引なほどパンパンに詰めこみ始める。

警官がからかう。

「毎日よく食うな、チビ」

「いや、だんな。これは妹たちと母ちゃんの分でさ」

「なんだ。じゃ、これも持ってけ」

寝ている警官の机に置いてあるビスケットの大袋を渡す。それから「キャッチボールしようぜ」と言う。少年は大人びた仕草で肩をすくめ、しばらくボールを投げたり受け取ったりと相手をしてやった。

べつの警官が窓際で「それにしてもワンダーガールちゃん、昨夜の大活躍のあと空を飛んで消えちまって……。いまはどこでなにしてんのかねぇ」とつぶやいた。少年がボールを投げる合間に骨付き豚肉も握って齧《かじ》りながら、振りむいて、

「そりゃ、きっとまたどっかで世界を救ってるんでさぁ！」

ときらきら目を輝かせる。

「なにしろ、みんないつもなにか困ってんだから。ギャングに、殺人に、泥棒に……。そんなときゃあの子におまかせでさぁ」

警官が「だな！」とうなずき、煙草を出してくわえる。

火をつけて一服吸い、目を細める。むしむしと暑そうな空の下を、自動車、馬車、通行人が横切っていく風景を眺めながら、ひまそうに煙を吐く。

「……だんな、この子なにしたんすか？」

少年の声に、えっと振りむく。

開けっ放しの鉄製ドアの向こうに豚箱が五つ並んでいる。壁は汚れていて、天井も低い。太い鉄格子が黒く鈍く光っている。

警官は「おまえはほんとに豚箱覗くのが好きだなぁ。悪い大人をそんなに見るなよ。母ちゃんがいやがるぞ」と言いながらも近づいてきた。「えーと、今日はなぁ……」と一緒に覗きこむ。

手前の豚箱にはちいさくて夢のようにうつくしい女の子が、とろとろと金色の混ざるシルバーヘアを孔雀《くじゃく》の羽のように広げて座っている。ピンクのやわらかな薄布を羽織っている。汚い薄暗がりの中で、彼女だけが不思議な力を内包して内側からきらきら輝いて見える。

少年は魅入られたようにみつめている。目を丸くして「近所の教会にあるマリア様の絵みてぇだ……。いんや、絵なんかよりずーっときれいだ！」とささやく。畏《おそ》れながら「あんた、いったい誰だい？」と聞く。

「こいつは団子泥棒さ。イーストビレッジの大通りで現行犯だよ」

すると少年は信じられないと言いたげにのけぞって、

「えっ！　団子をですかい？　この方が？　なんてぇこった。重罪だ！」

と叫んだ。警官が「だっろぉ」とへらへら笑う。

すると後光を背負う聖母マリアの如き絵画が急に動きだした。ヴィクトリカがびっくりして顔を上げたのだ。

警官が隣の豚箱をしゃくり、

「で、こっちは交通違反だったかなぁ。まったく治安の悪いこって。町中ギャングと泥棒と人殺しだらけでさぁ。俺たちも毎日たいへん。……ん？」

少年が汚れた両手で鉄格子をつかみ、ヴィクトリカを見ている。がっかりした声で、

「人の食い物を盗むなんて、とんでもねぇアマッ子なんだな。よくもまぁ……団子を作った職人の苦労を思ったらできるはずないだろうに……。おいらに言わせりゃ、この人はマンハッタン一の極悪人ですぜ」

ヴィクトリカのちいさな肩が震える。これ以上おおきくならないほど目を見開き、まさにあっけにとられて少年を見上げている。

警官が鉄格子にもたれてうなずく。少年の頭をぐりぐり撫でながら「あはは、ほんとだよなぁ。あはは」と笑う。

少年は鉄格子を叩いて、この世にがっかりしたように、ちいさく、

「あっちにゃ、謎を解いてくれる正義の味方みたいな女の子もいるってぇのに、こっちにゃ、団子を勝手に食べちまう極悪人もいる……。世の中ってぇのは難しいもんですなぁ」

ヴィクトリカはだんだんあきれ顔になって少年を眺め始める。

少年はいまいちど、人形のようにうつくしいが恐ろしい空気を持つ団子泥棒を見た。つぎに隣の豚箱を覗いて……ぎょっとして体を引いた。

「うわっ……。なんてこええ顔だ」

と急いで豚箱を離れる。

スイングドアを抜けて階段に駆けていく。

「ん、んじゃまた！　まいどあり！」

「おっ、ご苦労さんー」

「坊主ー、大人になったら犯罪者になるなよー」

「毎日ここで豚箱見てっから、なんないっす！」

ポーカーをしていた警官たちも顔を上げ、口々に「そりゃそうだ」「正論だな」「だな！」「いつもしっかりしてんなー」とからかう。なごやかな笑い声が二階に響く。

また電話が鳴り始めるが、なかなか誰も出ないようである……。

## 2

ガタタン、ゴトトン――

新大陸の真ん中を大陸縦断鉄道が走っている。

夏の日射しを浴びて黒く光っている。石炭の黒煙がモクモクとたなびく。

車内は蒸している。長旅を続ける乗客の顔も汗ばみ、疲れている。

南部風の粗末な服装をした五十がらみの女が、ボロボロの小型トランクを抱えて腰かけている。

向かいに座る若い夫婦になにやら話している。身振り手振りも添えて熱心に……。

「……大奥様はわしをかわいがってくれましてねぇ。お屋敷に勤め始めたチビのころからですだよ。大人になり、所帯を持ったものの、早くに寡婦になってからはことに気にかけてくださった！　だからわしも一人息子のエディも、大奥様のためなら火の中水の中だったべ」

夫婦の妻のほうがおおきくうなずいて、

「わかるべ、奥さん。わしら使用人ってぇのはそういうもんだとも！　ええ！」

「ところがだべ、戦争も終わるってころ……」

「おや？」

「大奥様が御病気でお亡くなりになって……」

「あらまぁ、そりゃお気の毒に。あ！　そんなら奥さんも息子さんもお屋敷に居辛くなったんじゃないべか？　なんせ前の御主人や大奥様に忠実だった使用人は、つぎの御主人から煙たがられちまうもんでねぇ」

歳取ったほうの女が涙を浮かべて、

「そう！　そうなんだべ！　たちまち屋根裏部屋に追いやられ、給金もろくにもらえねぇし、若奥様には役立たずの年寄りとののしられるしで、ほんにひでぇ虐《いじ》め方をされてな。戦争から帰ってきた息子の居場所もなく……。そんで息子は一旗揚げるとニューヨークに出ましてなァ。わしも息子の後を追い、こうして旅をしてるとこなんだべ……」

「そりゃ、いい息子さんがおってよかったねぇ」

歳を取ったほうの女がうなずき、写真を出して見せる。女と、息子らしき青年と、昔風の服装をした白髪の大柄な老婦人が仲良く写っている。老婦人の胸元には三日月形のブローチが光っている。女は涙を拭いて「ハァ、しっかり者で陽気だった、大奥様にもう一回会いてぇなァ……」とつぶやいた。

夫婦の夫が弁当箱を開け、自家製ソーセージを勧める。女は礼を言ってモリモリとかぶりつ

きながら、

「しかしニューヨークとはねぇ。南部を離れる日がくるとは夢にも思わなんだが……」

ガタタン、ゴトトン……。

埃《ほこり》と煤《すす》だらけの古い列車が新大陸を縦断し、都市に近づいていく……。

3

ＮＹ市警八二分署。

豚箱の角部屋――。

ヴィクトリカが不機嫌そのものの顔つきで正座している。「一つ、二つ……五つ……。十五……。二十一……」とぶつぶつつぶやく。どうやら壁の手形を数えているようである。

鉄格子の外から楽しそうな声が聞こえてくる。今夜のボクシング試合の結果を予想してトトカルチョを始めたらしい。「挑戦者に五十ドル！　よく知らないやつだけど」「おいおいチャンピオンに決まってるだろ。今週の給料賭けるぜ」「また母ちゃんに怒られるぞ？」「なぁなぁ、記事に書いてある〈クリスマス休戦殺人事件〉ってどんな噂だったっけ？」「それ聞いたことあるなぁ……」一方、隣の豚箱から相変わらずか細い歌声が続いている。「クランベリーの花咲くころ、うちに帰ろう。うちに帰ろう……。君がぼくを……待ってるから……」下の階からは新たに捕まった犯罪者が暴れる物音と警官の怒号が響いている。

ヴィクトリカは壁に張りつくニューヨークの犯罪者たちの手形に向かい、むっつり話しかけている。

「口に入ってきた団子を食べたら、極悪人かね？」

深い湖のような光沢を放つエメラルドグリーンの瞳がきらきらしている。

「久城の家でも、仏壇とやらに設置されていたお饅頭《まんじゅう》の山を平らげて一悶着《もんちゃく》あったな。あのときは家中の障子に穴を開けて報復をしたものだが。解せん……」

とつぶやく。首をかしげ、「それにしても、道にポッカリ開いていた謎の穴やら、転がり落ちてきた団子やら……」と羅列しだす。「なぜか〈Poorboys〉という名前の屋台、ウインドウの中が真っ白だった謎の店、しつこくパントマイムしてくる老婦人の亡霊、煙草屋の店先で立ち止まってぶら下がっている銀色のものに触れては立ち去る男たち……」ヴィクトリカは首を振って、「ここはわたしのあずかり知らぬ混沌《カオス》の欠片で満ち満ちた、わけのわからない新世界であるな」と不気嫌につぶやく。

壁をみつめ、

「久城の求めるじょぶ&ほーむもまた……じつにつまらん謎である……」

と首を振る。長い髪がゆったりと揺れる。それから野生動物のように隅で身を縮め、目だけを妙に光らせる。

鉄格子の外からは相変わらず楽しげな警官たちの話し声が続いている。下の階の騒ぎは収まったようである。

と、隣の豚箱から聞こえていた歌声がふと途切れた。

優しそうなか細い声が、

「奥さま？　隣の豚箱の奥さま？」

ヴィクトリカはゆっくりと顔を上げた。薔薇《ばら》色に輝くぷくぷくしたほっぺたに片手を当て、左右を見る。

声は隣の豚箱から聞こえてくるようである。聞き取り辛いほど下町風のアクセント。若い女のよう。ヴィクトリカのことをおばあさんと思いこんだらしく、「悲しまれるとお体に障りますよ。こういうときは釈放されるまでじっと体力を温存するとよござんす。どうか養生して長生きしてくだせぇよ」と言う。

「うむ。な、な、長生きかね」

「へぇ、奥さま！」

ヴィクトリカが首をかしげる。ホワイトブロンドの長い髪が光り輝く銀河のようにさらさらっと流れおちる。

するとまた隣から、

「奥さま。もしすこしでも気晴らしになるんでしたら、このわたくしめがお話し相手になりますです。そう思いつめちゃなりませんよ」

ずいぶん素朴な声である。ヴィクトリカが大威張りで、

「うむ。じつはな、隣のへんなやつ」

「へぇ！」

とほっとしたような甲高い返事が返ってくる。

「わたしには従者が一人いるのだ。マンハッタン島の探索に連れだしてやったのだが、やつが迷子になってしまってなぁ」

「なんと！」

「そしていろいろあってな……。おかしなはずみで団子が口に入ってきて、わたしは気づけばこんなところに……」

「そりゃ不運なことでごぜぇますなぁ」

「それにしても従者のやつめが！」

「あっ、でもでございます。それでしたら、迷子の従者さんがみつかって保釈金を支払ってくれさえすりゃ、すぐ出られますですよ」

「そうかね。……まぁ不便はないがな。わたしはここが家でもいっこうにかまわんのだ」

とヴィクトリカは鷹揚《おうよう》にうなずく。それからうつむいて思案し、

「その従者のやつが、ブルックリン橋を見たがってなぁ！　なんでもおおきな立派な橋らしいな。やつはばかまるだしで楽しみにしていたぞ。人と人、町と町、個人と社会を繋ぐのが橋なのだとぬかしてな。そうか、そんなに言うなら連れて行ってやろうとしていた矢先にこれである……。困ったやつめ……」

ヴィクトリカの老女のようにしわがれて孤独な声には、しかし以前の彼女にはなかった優しさのようななにかがほんの一筋交ざっていた。

隣の女もしみじみした口調で、

「お優しい奥さまでごぜぇますなぁ。従者さんも恵まれておりますよ。わしゃほんにうらやましいです……」

するとヴィクトリカがあわてててつめたい声色にもどる。

「いや！　それだけではなく、その、わたしも、橋を渡ったところにあるブルックリンを見てみたいと思ったのだが。そうだ、地図によると、ピンクのケーキやオレンジやパイナップルがあるらしくてなぁ」

思いだしてすこしうきうきとする。と、

「ブルックリンハイツでございますね。橋を渡ってすぐのところにあるちいさなかわいらしい住宅街でございますよ。そこがクランベリーとオレンジとパイナップルでして。奥さま」

「む？　むむ？」

「なんでも昔は〈紳士録《フーズフー》〉に載っているようなお偉い地主の名前を通りにつけていたらしいんです。それを当時のブルックリン市長トレイトン氏の奥様のアイデアで、のびのび暮らしやすい名称にって変更したと聞きましたです。クランベリーストリート、オレンジストリート、パイナップルストリートなどおいしい食べ物の名前にしましてねぇ」

「ほぅ」

「クランベリーストリートにはクランベリーの花がたくさん植えられておりまして！　クランベリーってなぁ、移民を祝福する花として有名ですなぁ。新大陸のみんなが大好きな花でございます。ほら、わしがさっきから歌ってる歌詞にも出てきますよ」

と、女はまたひとくさり「クランベリーの花咲くころ……うちに帰ろう、うちに帰ろう……」と歌ってみせた。それから、

「いまぐらいの季節は、ピンクの花が咲いてそりゃきれいな眺めだそうです。ですから奥さまも橋を渡って歩いてみなさるといい」

「つまりピンクのケーキはないのか……！」

と沈みこむヴィクトリカの声に、女はあわてて「いや、ブルックリンハイツのお店ではクランベリーケーキをよく売ってるそうでございますよ。オレンジパイとパイナップルマフィンもあったと思います」と付け足した。

ヴィクトリカが元気をとりもどし、「そ、そうか」とうなずく。かすかに弾む声で「それなら迷子の従者がみつかったら連れていってやるとしよう」と続ける。女はほっとして、

「それがよござんす、奥さま」

「うむ」

それきり二人とも黙る。

ぴちょん、と水滴の垂れる音がする。どこかからカサカサと虫が走る気配もする。

遠くからボールを投げる音や、なにかが割れる音が聞こえる。「あー！　俺のマグカップがー！　ブルックリンドジャーズの特製マグカップがー！」という悲鳴も聞こえてくる。

しばらくするとまた隣から声が聞こえてきた。

「……あのぅ、さきほどのお話によると、奥さまと従者さんもニューヨークにこられてまもないんでございますね。ブルックリン橋を見たことがなかったり、道に迷われたり」

ヴィクトリカがうっそりと目を開け「ニューヨークどころか、昨日新大陸に着いたのである」と答えると、女は「きっ、昨日？」とおどろいて聞きかえした。

ヴィクトリカは遠い目をして天井を見上げた。ふいに横顔に暗い影が射した。独り言のように低く、

「うむ。昔はちがう場所にいたのだ。旧世界だ、君。そこはけっして快適ではなく、わたしという存在は責めさいなまれる一方であった。だが、である……」

と開いた唇から、臭気の籠《こも》る空気だけを空しく吸う。

ヴィクトリカ・ド・ブロワは――

彼女こそは東欧の〝毛皮を着た哲学者〟こと灰色狼の子孫であり、その頭脳を〝欧州最後にして最大の人間兵器〟と恐れられていた。二度目の世界大戦の折はソヴュール王国オカルト省に捕らえられ、巨大監獄〈黒い太陽《ノワールソレイユ》〉に幽閉された。薬物を大量投与され、夢幻を彷徨う日々。世界情勢の膨大なデータを与えられては夢うつつのまま解析し、戦局を予言していた。

そしてその前は……。

オカルト予言機械として幽閉されてしまう前の、平和な時は……。

聖マルグリット学園の秘密の生徒であった。従者が探し回っては持ち寄った謎をたちどころに解いてみせた。

なにしろそのころの彼女は、頭脳と知性と悪意を持てあまし、神、いや悪魔のように退屈していたもので……。

旧大陸の暗黒歴史に埋もれた謎という謎がヴィクトリカに解かれる時を震えて待っていた、

あの金色の日々……。

「……善かれ悪しかれ、昔はわたしの力を必要とする者たちがいた。旧大陸には不気味で巨大な謎が多かったからな。さらに、彼ら……謎もまた、わたし自身のように、退屈し、悪意にあふれ、虚無に堕ち、自らを解体する力を求めて彷徨う奇怪な傀儡《くぐつ》であった。人格を持つマペットの如き恐るべき謎たちとの、暗く重くそしてかぐわしい日々。そう、あのころのわたしは……」

小声で、

「――虚無の川に知恵の橋をかけて渡る者であったのだ！」

とささやくと、ヴィクトリカは瞬きした。不機嫌さと不安がヴィクトリカの全身から漂っている。

「しかし多大な犠牲を……母たちの命と引き換えにし……従者にまでさまざまなものを捨てさせ……渡ってきたこの新大陸に、わたしの居場所はまるでないのかもしれぬ……。従者はいまじょぶをみつけ、ほーむを探そうとしている。だがこのわたしには……」

ヴィクトリカは誰にともなく、

「わたしが親しくできるものは、所詮《しょせん》、人間ではないのだよ！　あの従者のほかは、謎《退屈》、謎《虚無》、謎《傀儡》だけが、秘密の橋を渡る亡霊の如きわたしの、命なき同行者……！　だが！」

怒りと苛立ち、そしてかすかな不安を湛《たた》えた声を絞りだす。老女そのものにしわがれて低く響く。

「新世界の謎は……煙草屋の店先のおかしな客たち、なぜか真っ白な店のウインドウ、ビルの屋上から降ってくる新聞……。ちいさなものまでどれ一つ解決されたがっていないようである。なぜであろう？」

　ぴちょん、ぴちょん、と水音が漏れる。

「ラジオＤＪは言う。誰もが忙しく働き、争い、食べ、飲み……。新世界の誰も退屈をしていないからだ、と」

「奥さまッ！　それはちがいますッ！」

　さきほどまでとはちがい、真剣な、そして不安な大声が聞こえてくる。ぶるぶる震えているようだ。

　ヴィクトリカは瞬きし、壁を見上げる。

「奥さまのおっしゃる通り、この新世界では誰もが忙しく、貧乏で明日をも知れん生活をしております。食事と家賃で精いっぱいでございます」

「なに。またじょぶ&ほーむの話か……」

「へぇ。だ、だからですよ、事件なんてものは新世界の喧騒《けんそう》に紛れてしまうんです。ほんとは誰だって平気じゃありませんです。いくら忙しくても、貧しくても……」

　ヴィクトリカが「そうか」とつぶやく。するとさらに震える声が返ってくる。

「へい、奥さま！　このわしにもありますです。真相が謎のまんま何年も経っちまって、忘れることができず、心に棘《とげ》みたいに刺さってる……えっと、なんて言いますか……」

「未解決事件かね？」

「そう、それでございます！」

と悔しげな響きを帯びる。

「……戦争中、とある恐ろしい出来事があったんでございますよ。でもみんな、戦争中も終わってからも食ってくのに精いっぱいでしてな。しかもわしにゃ悔しい事情がありましてな。その事件のときに因縁のできた相手がおりましてね。わしが犯人だと確信しておる相手でがす！」

「ほぅ」

「わしは今夜、どうしてもそいつと会わにゃならん予定があったんです。だが、そいつは再会するのがよっぽどいやだったらしくてですな。警官に賄賂を渡し、わしをむりやり捕まえさせたんでございます！　そりゃ豚箱に放りこんじまえば再会せずにすみますからな！　おかげでわしは今朝、ぼんやりしてて赤信号を渡っちまったところを、警官に手錠を掛けられ、あっというまに護送車に放りこまれ。気づいたらここにぶちこまれていたんでございます」

女は胸苦しそうに呻《うめ》いた。

「おぉ、悔しい、悔しい。悔しいよぅ……」

ぴちょん、と水音が響く。蒸れた臭気が熱を帯びてヴィクトリカを取り巻く。ヴィクトリカだけが薄闇の中で不思議な魔方陣の如く光り輝いている。

隣の女がしみじみと、

「つまりでございます。奥さまのご事情はよく存じませんが……。並外れて賢い方の力を必要とする市民も、場所も、この新世界にだって、ニューヨークの街にだって、たくさんたくさんおります……」

「ふむ。……ところで」

ヴィクトリカは低い声で聞いた。

ぴちょん……と水音が響く。

「それはいったいどういう事件なのだね?」


……椅子の上で海老ぞりになって寝ていた制服警官が「ふごっ?」と声を立てて目を覚ました。欠伸をし、フライドポテトの山をみつけて口に運びだす。

「もう食べられないよ。毎日、おやつが多くてさ」

向かいの席の警官が「俺も」とだるそうに片手を振る。

目を覚ましたばかりの警官が、手持ち無沙汰らしく、配達されたばかりの〈デイリーロード〉夕刊を開く。「あれっ」と急に目を見開く。

隣でつっぷしているテディベア男に「この記事さぁ」と話しかけるが、起きる気配がない。反対側の隣で右手と左手の指相撲をしている警官に新聞を見せる。と、「あ!」「な?」「この迷子って?」「ほら、団子の!」とうなずきあう。

豚箱のほうを振りむく。ほかの警官たちも「なんだ?」「どうしたよ?」と集まってきて新聞を覗きだす。そして順番に「あ!」「この子!」「な?」「あれれ?」と豚箱のほうを振りかえり始める。


「事件といいますのは、奥さま……。ある男がとつぜん撃ち殺されたんでございます。しかも、みんなで力を合わせにゃならん非常時に、ほかならぬ仲間の手で。犯人はいまものうのうと暮らしておりまして……」

と女が話しだしたとき、警官たちがどやどやと近づいてきた。

「お団子ちゃん。この迷子、おまえさんじゃないかー」

隣の女が口を閉じる。ヴィクトリカは胡乱《うろん》な目つきで顔を上げた。鉄格子の向こうで警官が夕刊を広げて、下段の広告ページを指さす。

ヴィクトリカは警戒しながらそろそろと近づく。長い輝く髪が尻尾《しっぽ》のようにヴィクトリカについてくる。

目の前に「ほれほれ！」と差しだされ、読み始める。

---

〈迷子のお知らせ〉

ホワイトブロンドの長い髪、濃い緑の瞳。身長約百四十センチメートル。性別・フィメール。ソヴュール系移民。英語とフランス語が話せます。ドイツ語、イディッシュ語、ラテン語、サンスクリット語、ポーランド語、イタリア語、スペイン語などが読めます。ピンクの花模様の布を巻いて、水色の硬い布を腰に縛って固定したＹＵＫＡＴＡという民族衣装を着ています。イーストビレッジの大通りで保護者とはぐれました……

---

警官はにこにこして「よかったな！　保護者に迎えにきてもらって団子代を払えよ」と言い聞かせる。その背後で受話器を持ちあげた警官が、「……交換手？　ニュースペーパーロウの

〈デイリーロード〉に繋いでくれ。うんいますぐ」「Hey！　こちらNY市警八二分署。あのさぁ、今日の夕刊に載ってる迷子だけどさぁ……」と、話が弾んだようで「そんなこと言うとお兄さんが逮捕しちゃうぞぉ」とやにさがっている。ほかの警官が「さては若い女の子が出たな」「調子のいいやつだぜ」と肩をすくめあう。ヴィクトリカに向かって口々に「よかったな、お団子ちゃん」「安心したか。団子泥棒？」と声をかける。

それからまた机の周りに集まってポーカーを始めたり、キャッチボールの相手を探したりしだした。

豚箱の中からヴィクトリカの低い声が響く。

「……ま、ま、迷子だと？　このわたしが？　保護者とはぐれただと？　あの東洋一のカボチャ頭めが！」

「お、奥さま、どうなさいました？」

「従者のやつめが！　自分が迷子になったくせに、わたしのほうが迷子だと、新聞にでかでかと広告を出したのだ。人のせいにするとは卑怯な！」

「なんとまぁ。では従者さんも奥さまを迷子だと思ったんでございますねぇ」

と女がしみじみとつぶやく。

「お互いに誤解をしあうなんてこともあるんですなぁ」

ヴィクトリカが不機嫌極まりない目つきで床を睨みつけ、押し殺した声でつぶやいた。

「あ、あいつめ！」

# 4

一弥が通りを走っていく。舗道を歩く紳士淑女をうまく避けて角を曲がり、つぎの通りをまた走る。

「ヴ、ヴィクトリカ……。どうして警察にいるんだろ……。とにかくすぐ迎えに行くから……」

と慣れないニューヨークの街を、あっちに曲がってもどってきて今度はこっちに曲がって、ひたすら急ぐ……。

「あ、あれ……」

足がもつれて転ぶ。

いかにも忙しそうな人々が、倒れた一弥を蹴っ飛ばしそうになったりよけたりしながら進んでいく。一弥は立ちあがってまた走ろうとして、だんだん右足を引きずりだした。「困ったな。治ってるのに……。昨夜は階段をあんなに上がれたのになあ」と首をひねりながら、むりやり走っていく。

## 5

マンハッタン島中央のグランドセントラル駅。

煤だらけの列車を降りて、南部風の粗末な服装をした五十がらみの女がホームを歩いてくる。

荷物は古いトランク一つ。顔も服も長旅に汚れている。

慣れない様子できょろきょろしながらも、無事改札を抜ける。

おおきなドーム型の駅構内や、忙しげに行きから人の群れを見回す。「あんれま！　こりゃまた大都会だっぺな」とつぶやく。

またきょろきょろしながらも楽しそうに歩きだす女の進行方向に、白髪をまとめた茶色いロングドレス姿の老婦人がふっと姿を現す。白濁した目でじっと女を見て、妙に硬そうに両腕を動かして広げる。

だが女は相手に気づくことなくその脇を通り過ぎていく。

老婦人はゆっくりと振りむき、ガクガクとした動きで首をかしげ、女の後ろ姿を見送った。

その周りを忙しげなニューヨーカーたちが行き過ぎていく。汽笛の音やたくさんの足音が響く……。

# 6

日が傾いて夕方に近い時間である。

一弥がまだすこし足を引きずりながらも、大通りを走って角に建つ楕円形の建物に飛びこんだ。

――NY市警八二分署。フロアを抜けて二階に駆けあがる。腰の高さのスイングドアを開けて「ヴィクトリカー！」と飛びこむ。漆黒の前髪が揺れて、もどる。同じく黒の瞳は真剣そのものの面持ちで輝いている。「あれ、ここ……NY市警ですよ、ね？」と不思議そうに首をかしげる。

二階では、警官たちがボールを投げたり焼きそばをすすったりしていた。一人がようやく気づいて「団子泥棒の保護者かい？　よし、団子代を払ってもらおう」と言う。一弥は「団子代？」と怪訝《けげん》な顔をしたが、すぐ察して胸ポケットに手を入れた。紙片を出して「これは地図か……」と首を振ってもどし、ズボンのポケットからくしゃくしゃの紙幣を三枚取りだした。

警官は三枚とも取りあげたが、一弥の悲しそうな顔に気づくとすこし考えて一枚もどしてやった。

警官が奥の鉄扉を開け、「お団子ちゃん、迎えがきたぞー」と声をかける。

# 五章
## 「Hey、こちら〈ＮＹ市警八二分署〉」

二階の奥にある薄暗い倉庫のような場所である。コンクリートの壁で四角く区切られて五部屋ぐらいある。鉄扉側の面だけ鉄格子で仕切られている。

一弥は並んでいる豚箱のいちばん手前の薄暗がりに、探し人をみつけた。

ヴィクトリカのホワイトブロンドの髪は孔雀の羽のように広がり、ピンクの浴衣は闇の奥に潜む不思議な昆虫のようにぴかぴかと発光していた。陶器のような青白いちいさな顔。いまはうつむいて一点を睨みつけている。その顔がゆっくりと動く。切れ長の二つの瞳が危険な緑の輝きを帯びて一弥をとらえた。

「ヴィクトリカ！　いた！　待った？　ごめんよ、いろいろあって探すのが遅れちゃって……」

「このイボイボの雨蛙」

「うん、そうだよね。心細かったよね。そんなにお礼を言わなくていいよ。それより早くここを出て……。えっ、イボイボの雨蛙って言った？　これはおかしいぞ。おや君……もしや……」

一弥がじつに不思議そうに聞く。

「怒ってるの？　でもまさかね？　理由がないもの」

薄暗がりから恐ろしい声が響く。

「貴様の梅のピクルスサイズのミニマムな脳みそでよくわかったな、久城。もちろん怒っているとも。わたしはここから出ない。石に齧りついても出ないからそう思いたまえ」

一弥はきょとんとしてヴィクトリカを見下ろし、それから問うように隣の警官の顔も見た。

警官もびっくりしている。

一弥の目が薄闇に慣れてくる。と、ヴィクトリカが手前の豚箱の真ん中にしゃがんでいるのが見えた。警官が金網製の扉を開けるが、出てこない。ヴィクトリカが小声で「……君」とささやく。一弥はヴィクトリカを覗きこんで不審そうに見ている。「……わたしは」ヴィクトリカがつっと顎を上げる。

「迷子では、な、い——ッ！」

地の底から響くようなしわがれ声に、一弥はびっくりした。

それから心底あきれたように、

「それじゃ、君。もしかしてあの広告のことを怒ってるの？　わかんないな、どこか気にいらなかったの？　でもこうして会えたんだからいいじゃないか、とにかく瑠璃のうちにもどって……」

「い、や、だ！」

ヴィクトリカはしわがれ声を張りあげ、

「迷子になったのは貴様だ。煙のようにいなくなったではないか。心配していたのはこのわたしである。ゆえにわたしはずっとここにいる」

「えーっ、ここってここのこと？　こんなとこにずっと？　ヴィクトリカったら……」

一弥は腕を組み、真剣に、

「わがまま言うのもいい加減にしなさいよ。ぼくはほんとうに怒りますからね」

「ここが家である。決めたのだ。怠惰な番犬は動かない。ひっ、引っ張るな、腕が抜けるっ。

こっ、ここがーっ、わたしの家であるーっ」

「ちがうよーっ！　かつて旧大陸一の物知りだった灰色狼の君に、中途半端な秀才だったぼくが教えてあげるよっ。ここは！　警察署の二階の！　豚箱だってね！」

ヴィクトリカはびっくりする。だがすぐまた怒りだし、大声で、

「What is Job?　What is Home?　久城！」

「へ、へっ？　よくわかんないけどっ、囚人はじょぶじゃないし豚箱もほーむじゃない。ぐぬぬ、ヴィク、トリ、カッ……。こらっ……。ヴィク……」

警官たちが集まってきて見物しだす。

ヴィクトリカは一弥にむりやり引っ張られながらも抵抗し、両腕で鉄格子に摑まっている。瞳をうるませ、ほっぺたを栗鼠《りす》のようにふくらませている。一弥は綱引きのポーズでヴィクトリカを引っ張りだそうとしている。

警官たちが次第に囃《はや》し立て始めた。「チャイニーズボーイに三十セント賭ける」「お団子ちゃんに七十セント」「オッズを計算するぞ」と、一弥がもんどりうって鉄格子の外に転がり出てきた。警官たちが口笛を鳴らしたりブーイングしたりする。ヴィクトリカはすばやく床を這ってもどってしまう。

ピンクの浴衣の袂《たもと》に手を入れてなにかを取りだす。星模様の青い携帯ラジオである。豚箱の真ん中におき、正座する。

警官たちが気づいて「所持品検査したのにな」「あの不思議な布の服、袖が鞄になってたのかぁ。よく見なかった」と不思議がる。

一弥は両手で後頭部を押さえて起きあがった。目を開ける。ヴィクトリカが正座している姿を見ると、「君！　なにしてるのさ！」と怒る。

ヴィクトリカが子供のようにびっくりする。それから肩をそびやかし、「こ、このラジオがあるところが……わたしの、家である……」と宣言する。

「えっ、ラジオがあるところが君の家？　わかんないな。だいたいどうしてそんなボロボロのラジオなんか大事にしてるのさ？　おかしな人だね？」

「そ、それは……。久城が、くれた……から……」

ヴィクトリカがほんの一瞬、素直で不安そうな表情をさらした。ぴちょん、ぴちょん……と水音が響く。

だがすぐ感じの悪い態度にもどり、

「教えてやろう、久城。貴様は潰《つぶ》れた雨蛙がからからに乾いた干物の如き物体である、とな」

「はぁぁ？　もう、いい加減にしてよ！　このおおばかもの！」

「お、おおば……か……」

ヴィクトリカはおどろき、傷ついてそっぽをむく。

警官たちも固唾《かたず》を呑んで見ている。

一弥はしばし腕を組んで考えこんだ。それから「そうだ！」と手を叩くと、だだだっと豚箱の中に入り、ヴィクトリカの横に膝をついた。反対側の袂に手を入れ——金色のトカゲ形パイプを取りだす。

立ちあがり、勝ち誇って振り回し、陽気そのもので、

「へへーん、これこそ君のほんとうのお気に入りだろ？　なにせ昨夜、あんな危険を冒して手に入れたがって……。ほーらほーら、パイプがあるほうが君のおうちだよー。そんなつまんないラジオなんかより……よく見たら欠けちゃってるし……ヴィクトリカー、ほーらおいでー。ちょっちょっ、ちょっちょっ」

と囃し立てながら、両腕を振り、両膝も高く上げて、ハーメルンの笛吹きよろしく、大人げないほど元気よく行進していく。

「ちょっちょっ、ちょっちょっ」

ヴィクトリカがついてきていると思いこみ、ご機嫌で豚箱を出て、しばらく歩いてスイングドアの前まできて、

「ねぇ、ヴィクトリカ？」

と笑顔で振りむいて、

「よーしよーし、帰、る……よ……。あれっ！　ぼくのヴィクトリカが⁉　ついてきてない⁉」

と驚愕《きょうがく》する。

あわてて小走りでもどる。横顔がすこし怒っている。

ヴィクトリカはというと、相変わらず豚箱の真ん中に正座して、醒めきった目つきでジトッとこっちを眺めている。一弥はがっくり肩を落とした。それから鉄格子の前で武士のように胡坐《あぐら》をかき、腕を組んで、家長よろしく、

「いったいどうしたんだよ、ヴィクトリカ。朝出かけるときは元気に歩いてたのに、こうして

再会したら豚箱から出てこないなんて。ぼくにはさっぱりわかりませんよ」

ヴィクトリカがそっぽをむく。ちいさなかわいらしい唇が意地になって引き結ばれている。

一弥は豚箱の中のヴィクトリカを睨み、ヴィクトリカは豚箱の隅を歩く虫を眺めている。そのまま時間が経つ。

と、隣の豚箱から女の声がした。

「従者さん、よければわしに話させてくだせぇ」

一弥はぎょっとした。人がいることに気づいて赤くなり、

「わっ。騒々しくしてすみませ……」

「なんの、お気遣いなく……。奥さまはおそらく不安でいらっしゃるのです。こういうことでごぜぇますよ」

一弥が不審げな顔をして聞いている。

「ある場所では尊敬されていた方が、べつの場所に行くとまったく無能だと思われてしまうことがございます。よくあります。このわしだって経験しましたですよ！　子供のころから南部の綿農家で働いてまして、とにかく力持ちだと褒められてましたのに。戦争になりましたら、力があるだけの不器用者で役に立たないと叱られて……」

「はぁ？」

「話がそれました。えぇと、事情は知りませんが、大奥さまは昔とちがってご自分の力を発揮できることがないようで、腹が立って、それで……お寂しい思いをされてるんでございましょう……」

一弥は「そうか……」と重々しくうなずいた。

数年前のこと——学業優秀だったために西欧への留学生に選ばれ、はるばる海を渡った経験が思い起こされた。文化も生活もちがう聖マルグリット学園に放りこまれ、貴族の子弟たちからは黒い死神と敬遠され……。自分の力ではどうにもならないぐらい環境が変わって……。二度目の世界大戦《グレートウォー》が始まったときも。戦場ではなにもかもがちがった。そしていまも。名もなき移民として船に乗りこみ、ようやく新世界に辿《たど》り着いて……。

一弥は……。そんなときもいつも……。心の中に、ヴィクトリカを……。

「……ねぇ、ぼくのヴィクトリカ」

一弥の声が思いやりを持った。

「そりゃあぼくもだよ。君だけじゃないんだ。とにかく瑠璃のうちにもどって相談しようよ」

「しかしである。瑠璃は親戚に転がりこまれて困っているのだぞ、君？」

「えーっ、ヴィクトリカったらどうしてそんなことを思ったの？　瑠璃はいやがってないよ」

ヴィクトリカは「なにっ、そうなのか？」とびっくりした。一弥は首を振って、

「そうじゃなくて……。ぼくに意地があるんだよ。自分の力で君を幸せにしなきゃいけないってね……」

「貴様、まだそんな面妖《めんよう》な戯言《ざれごと》をのたまっているのかね」

「あ、あのねぇ！　……そりゃ、初めはたいへんだけど、君とぼくが一緒なら、きっとなんだって乗り越え、られ……。いままでだって、いろんな事件を……。その、ぼくはいつも、隣に、君がいるからこそ、その、がんばんなきゃって、いつも……すごく、そのぅ……」

と一弥がだんだん赤くなって言いよどむ。

　そのとき警官たちがまた騒ぎ始めた。「ねぇー、同じ夕刊のさー、こっちの記事」と素っ頓《とん》狂《きょう》な声を上げている。「これも本人じゃない？」「ほら、隣の豚箱の。ギョロ目で傷のある怖い顔のやつ」と集まって大騒ぎし始める。

　一弥が顔を上げる。と、ガサガサと夕刊を広げながら警官が近づいてきて、隣の豚箱に入っている人物に向かって記事を見せ始める。一弥が目を凝らし、「あっ、その記事は」と声を上げる。

　バサリ、と広げられた新聞記事は……。


---

〈デイリーロード〉

——一九三〇年七月十日　夕刊二面

〈チャンピオンを血祭にあげる！　挑戦者の歌う残忍非道なバラード！〉

　さて一方、挑戦者のエディ・ソーヤは本紙記者の直撃取材にこう語った！

「チャンピオンが元市長の息子だとか、この危険な挑戦者には関係ないのだ……」

「あいつはとうへんぼく。路傍の小石」

「親父は茄子。お袋は西瓜。友達なんか、ほうれんそうなのだ」

「ウィリアムはチャンピオンなんかじゃないのだ。なぜならな……」

「あいつのパンチはしおれかけの白菜」

「あいつのフックはしょっぱいお漬物」

「あんな奴、鼠に齧られたおもちゃなのだぞ」

——なんて口の悪い挑戦者だろうか。

挑戦者の新感覚の咆哮《ほうこう》を聞きたいニューヨーカーは、今宵、ブルックリン橋に集合せよ！


「さっきぼくが書いたやつだ……！」

と一弥がつぶやく。ヴィクトリカも寄ってきて記事を読みだす。「いったいどういうことだね。今朝わたしが君に向かって放った言葉が新聞に載っているとは」と言う。

一弥は頭をかいて、

「うん、話せば長くなるけど……。あのね、迷子の記事を載せてもらうために新聞社に行ったら、ちょうど新人記者の入社テストをしていて、この記事を書くことになって……」

「なんと、入社したのかね？　君が今朝から探し回っていた、じょぶか？　じょぶ、じょぶ？」

豚箱の外で警官たちが大受けして「路傍の小石？」「茄子に西瓜にほうれんそう？」「白菜？」「おまえエディ・ソーヤだろ？　なかなか面白い悪口を言うじゃねぇか」と囃し立てる。

一弥は不思議に思ってヴィクトリカと顔を見合わせた。豚箱を出て隣を覗く。ヴィクトリカもついてきて一弥の下から顔を出す。

一弥が「あー！」と思わず声を上げた。

女のような声で話していた、隣の豚箱の主は……おどろくほど筋骨隆々とした若い男だった。

粗末なシャツと綿ズボン。顔のおおきな傷痕《あと》。不安そうに見回して「あの、わしがなにか？

旦那方、なんのお話でございます？」と戸惑う声はさっきと同じ女のようにか細いものである。

一弥が新聞と男の顔を見比べる。上半身裸でカメラを睨んでいる挑戦者のエディ・ソーヤ。おおきな目と頑丈そうな顎。日に焼けて浅黒い肌。カメラを睨む恐ろしい顔つき。

隣の男もまったく同じ顔を……。

「ボクサーのエディ・ソーヤさん！　ぼく、てっきり女の人だと思って……」

と一弥がおどろいて言う。エディ・ソーヤは恥ずかしそうに「へぇ。こんな情けねぇ声なもんでよくからかわれます」と答える。それからヴィクトリカをみつけて飛びあがる。

「あんれまぁ！　そっちこそ！　この方が奥さまでごぜぇますか？　てっきりお婆さんかと……。お嬢ちゃんいくちゅ？」

「……百二十歳である」

ヴィクトリカがむっつりと返事をする。エディはなぜか大喜びして涙まで浮かべ、

「ひゃあ！　お嬢ちゃんも見た目と声がちがいますなぁ！　声はやっぱり南部のお屋敷の大奥様とよく似てらっしゃる……！」

警官たちははしゃいでしゃべっている。

「エディ・ソーヤ！　本物かよ。新聞に載ってる写真と同じだぜ」

「こんなとこでなにしてんだよ。試合は今夜だろ」

「俺、あんたが勝つのに五ドルも賭けてんだよ。早く保釈金を払って出てくれよ」

「どうりでな。さっきラジオで、挑戦者が朝から行方不明って言ってたよ。そりゃ護送車で運ばれてきてからずっとここにいたもんなぁ……」

その声に、一弥はようやく思いだした。

「そうだ。今朝護送馬車を覗いたときに、中にいた囚人男性と話した……。あのときの人だ！　それで編集部で写真を見たとき、見覚えがあると思ったのか……」

挑戦者は警官たちに「申しわけないです。旦那方、でも保釈金がないことには出るに出られないもんでして」と頭を下げている。

ヴィクトリカは一弥の下で腕を組み、金のパイプを片手に考えこむ。

「ふむ。やつが挑戦者エディ・ソーヤということは、さきほど聞いた未解決事件とは？　そして、今夜の再会を避けたいあまりエディを罠《わな》にかけた相手とは……？」

と、そこに……さきほどの一弥のようにあわてふためいて、日に焼けた小柄な男が階段を駆けあがってきた。

「おーいぃ！　よーほほ！」

と牛か馬を呼ぶように叫ぶ。

警官の一人が出ていくと、男はくしゃくしゃの帽子を両手に持って足踏みしながら、

「こちらにエディ・ソーヤが！　交通違反で捕まってどえらい保釈金をかけられて、ぶちこまれてるはずでごぜぇます！」

「うん、いるよ。で、あんたは何者？」

「マネジャーのミッチーですだ！」

べつの警官が振りむいて、

「ラジオを聞いてたぜ。ＤＪに事情を聞かれて逃げてただろ？」

「へ、へぇ……。なにしろ保釈金をかき集めるんで忙しくてですな……」

ミッチーは豚箱のほうに走ってきて挑戦者をみつけた。額の汗を帽子で何度も拭きながら「エディ、遅くなっちまってすまねぇ」と謝りだした。

それから怒った牛のように鉄柵《さく》に頭突きして、

「あんの！　金持ちの！　お偉い市長サマの息子の、ウィリアム・トレイトンのくそったれめが！　従軍してるときからわしら田舎者をばかにして。二言目にゃ……」

と急にそっくりかえって威張り、物真似らしきものをし始める。

「『私の名はウィリアム・トレイトン！　合衆国の礎を作った、誇り高き、ピルグリムファーザーズの子孫で、あーる！』」

物真似をやめ、

「……とか威張り散らすいけすかねぇ野郎だったがよぅ。まさかこんな卑怯な手まで使ってくるとはなァ！」

エディ・ソーヤも豚箱の中でうなずく。鉄柵越しにミッチーと鼻の頭をくっつけあって怒鳴りだす。さきほどまでとは別人のように獰猛《どうもう》な様子で「あいつめ！　ウィリアムめ！　わしと対戦するのが……いや、昔の従軍仲間と再会するのがよっぽど恐ろしいんだろうよ！」と言う。

「そりゃなんでだ！　やっぱりあいつが〈クリスマス休戦殺人事件〉の犯人だからか！　どさくさに大事な仲間のルーク・ジャクソンを撃ち殺したからか！」

「そうとも！　わしゃ見たんだべ……。ウィリアムが仲間のルークを殺すところをな……。見たような気がするんだべ……」

机上に置かれた新聞から、チャンピオンのウィリアム・トレイトンの写真が二人を見ている。一弥が紙面に視線を落として首をかしげる。品のよいハンサムから、だんだんつめたく意地悪そうな顔に、不思議と印象が変わり始める……。

エディが悔しげに、

「だいたいよ、ウィリアムが犯人じゃなきゃ、昔仲間にこんなひでぇことをするか？　あいつめ、お巡《まわ》りを買収してわしを尾行させ、今朝、うっかり赤信号を渡ったところを捕まえさせたんさ。おかげでわしはここに閉じこめられちまった！」

「まったく、チャンピオンのくせにひでぇ野郎だべ！」

ミッチーは怒鳴り続けようとしてふと言葉を切った。鉄柵の前に座って腕を組み、

「それにしてもよ。ハァ、わしらの育った南部とちがってよォ、この町にゃ保安官もいねぇ。お巡りは買収されててなんでもやるべな」

警官たちも「そうなんだよなぁ」「ほんとかわいそうだなぁ」と納得している。

ミッチーは拳を震わせて、

「あいつめ、とんでもねぇ額の保釈金をふっかけさせてよォ。わしらにゃ払えるわけねぇってわかってやがんだな」

「なに、とんでもねぇ額なのか。じゃ、わしはここから出られねぇ！　大奥様が亡くなって、若奥様の代になり、お袋もわしもお屋敷から逃げだしたところだ。家も食べ物もなんもねぇだよ……」

「いや、安心しろエディ」

「エッ。ミッチー、おまえさんもしや……」

ミッチーが歯を剝きだして笑う。

「わしゃ駆けずり回ってよ、グリーンを借りてきたべ！」

「おい、よせってばよ……」

「おめぇとは戦争中からの腐れ縁だからな。ボクシングなんざ知らねぇ、ただの南部の田舎者がよ、アメリカの学生チャンピオンやドイツの学生チャンピオンからボクシングを教えてもらって。おめぇが帰国後、お袋が若奥さまに虐められてるのを見て、なにくそとボクシングの練習をして強くなっていくとこを、わしゃ見てたべ！　まっ、そういう仲だ。わし自身にゃなんも取り得がない。だからおめぇの才能に人生を賭ける。今夜の試合でおめぇが勝ちゃあ、おめえは新チャンピオン。わしも立派なマネジャー様だべ。だがおめぇが負けりゃあ、借金で首が回らなくなってよォ……」

今度は左右に頭を振る。つとめておどけて、

「……お陀仏《だぶつ》だべ！」

「ミ、ミッチー……」

「……じつはリトルイタリーでよ、イタリアンマフィアのガルボ・ボスから金を借りちまったんだ」

「ミッチー、そりゃ……」

警官たちも「えっ」「それはほんとにやばいよ」「あんた、だめだってば」と口をはさんだ。

ミッチーは恐怖を振り払うように大声で、

「もう命がけの賭けだべ！　戦争のときみてぇだなぁ。覚えてるか、エディ。――恐ろしい戦闘の最中にわしらはいたんだ。ほとんどみんなお陀仏だった。〈クリスマス休戦〉の日も……。それにわしはおまえさんとべつの部隊になった後、ポーランド国境のあの銃撃戦でもあやうく命拾いをしてな」

一弥がはっとしてミッチーの横顔を見る。

「どうせ拾った命だべ。はは、は！　それにな、わしゃいま、あのころみてぇに怖《こえ》ぇがわくわくもしてるんだべ。細けぇことは気にすんな、エディ！　今夜はおめぇの一世一代の試合だべ」

ミッチーがくしゃくしゃの帽子の中からひしゃげた札束を取りだした。胸を張って警官に差しだす。「お巡りさんよ。ほれ、こいつの保釈金だべ。こりゃあな。わしの命と同じ値段だべ」と言う。警官たちが真剣な顔になり、一枚ずつ数えだした。誰もなにも言わず、その手元をみつめる。

外から響く車のクラクション。一階から聞こえる怒鳴り声。二階だけが静まりかえり、水の中に沈んだように外の世界が遠くなる。

そろそろ数え終わる……。

ミッチーが得意げに見守っている。

数えている警官が「あんたの命と同じ重さかぁ。ずいぶん軽いもんだな。お金って紙だもんなァ」とつぶやく。

ヴィクトリカが全員の顔を観察している。

ミッチーの薄緑の目は誇らしげに輝いている。

警官が顔を上げる。

ミッチーの顔がぱっと輝く。

警官が……。

「残念だけど、一枚足りないんだよね？」

しーんと静まりかえる。

ミッチーが飛びあがり、

「そんなはずはねぇ！　わしゃ、ちゃんと借りて……。わしゃ、わしゃ……」

という驚きからショックに変わり、「〈クリスマス休戦〉も血のポーランド国境戦もまるで奇跡みてぇに生きのびたってぇのに……。あぁ……」と崩れ落ちた。

一弥がまたはっとする。それから手のひらで右の腿《もも》をそっとさする。

それからポケットに手を入れた。「あ、あの……これ、よかったら……」とミッチーに声をかける。お札を一枚出して「使ってください……」と言った。

札束の上に、一弥の差しだしたお札が一枚載る。

警官がうなずく。

ゆっくりと豚箱の鉄扉を開ける。エディ・ソーヤがゆっくりと出てくる。

ミッチーは安心して、小声で「よーほほ……」とつぶやく。

一弥が「行こうよ」と言うと、さっきまで渋っていたヴィクトリカがパイプを片手になにか考えこみながらとことことついてきた。

おや、急に素直だなと思いながらも一弥が階段を下りだす。

警察署を出ようとすると、背後からミッチーに「よーほほ！」と声をかけられた。

「あとで礼に行くべ。あんたたちはどこの誰だべか？」

と聞かれ、一弥が武者小路家の住所を書いて渡す。するとミッチーはうれしそうに「ありがとよ！」と手を振ってまた階段を駆け上がっていった。

〈デイリーロード〉

――一九三〇年七月一一日　朝刊八面

〈ビルをよじ登るターザン男の怪！〉

　昨日、エンパイアステートビルの外壁を素手でよじ登るハンサムな青年の姿が複数の市民によって目撃された。男は上半身裸で腰に白い布を巻いていた。市民の歓声と悲鳴の上がる中、一階から十五階まで登り、開いていた窓からビル内に飛びこんで姿を消した。ＮＹ市警はこれについてこうコメントしている。「さぁ、ぼくらは知らない」と。

# 六章　ぶたばこの歌

## 1

そのころ、グリニッジビレッジの武者小路家。

夕方の日射しがやわらかく壁を照らしている。

室内はおおきくて立派な家具に囲まれ、壁紙とカーテンはオリエンタルな柄で揃えられている。有田焼の花瓶に飾られたピンクの花が甘い香りを放っている。オーブンでパンを焼いているらしく香ばしい匂いも漂ってくる。

瑠璃が襷《たすき》がけになり、甲斐甲斐《かいがい》しく家具にはたきをかけている。開け放された窓から風が吹き、薄布のカーテンを揺らしていく。

ちゃぶ台の下から豪快な鼾《いびき》が聞こえてくる。緑青が手足を伸ばして寝転び、昼寝している。

瑠璃がふと手を止め、耳を澄ます。玄関から呼び鈴の荘厳な音が聞こえてくる……。「はーい」と元気に廊下を走っていく。はたきを持ったままなのに気づいて背中に隠しながら、重たい玄関扉を開ける。「どちらさま？」と首をかしげる。

玄関に立っていたのは、サラサラの茶色い髪を背中に垂らす、綺麗な顔立ちをした青年だった。澄んだ青い目も夢見るように輝いている。だがなぜか腰に白い布を巻いただけの原始人風の格好をしている。

「こちらにヴィクトリカ・ド・ブロワ氏がいらっしゃいますか。ぼくは大事なお手紙を言付かった使者です」

と封筒を差しだした。瑠璃は受け取って宛名を見て「ヴィクトリカ・ド・ブロワさまへ？差出人はどなた？」とひっくり返す。「ウォーター・ブルーキャンディより？　誰かしら。まぁいいわ、渡しておき、ま、す……」と顔を上げると、おかしな格好をした綺麗な顔の男は通りを渡って「……アーアアー！」とターザン風の掛け声を掛けながら遠ざかっていくところだった。

「いまの人、なにかしら？」

片手に封筒、片手にはたきを持ったまま瑠璃が首をかしげる。夏の風が穏やかに通りの木々を揺らしていく……。

## 2

さて、ヴィクトリカと一弥はNY市警を出て、マンハッタン島を地図の左斜め上に向かって歩いているところである。

日はかたむいて暑さもやわらいでいる。

地図の左上に向かって斜めに近道し、リトルイタリーを通り抜ける。街路樹が夏の風に気持ちよく揺れている。ヴィクトリカがトコトコ歩くたび、ちょうちょ形に結ばれた水色の帯が揺れる。

一弥はさっきから爺さんの如きお説教を披露している。

「だいたい君って人はですよ……。豚箱に住むなんて言いだしちゃって……。ぼくはあきれちゃいますよ……。ヴィクトリカ、聞いてる？」

ヴィクトリカが考え事を続けていて聞いていないので、一弥は首をかしげる。そうだ、と話題を変え、

「ところで、例の新聞記事を覚えてる？」

「む？　あぁ……。ボクシング試合の記事のことかね」

とヴィクトリカがようやく返事をした。

「うん。さっきの男の人、エディ・ソーヤさんが挑戦者で、ウィリアム・トレイトンさんがチャンピオン。確か今夜ブルックリン橋で開催されるんだよね」

「うむ」

「挑戦者エディさんとマネジャーのミッチーさんの会話によると、チャンピオンのウィリアムさんが警官に賄賂《わいろ》を渡し、エディさんを豚箱に放りこんだらしい、と。ウィリアムさんは試合というよりエディさんと会うことそのものをいやがってる、と推測されていたね」

「そう話していたな、君」

「そもそも新聞記事によると、二人は戦争中に同じ部隊にいたらしいんだよね。そして〈クリスマス休戦殺人事件〉に関係したと噂されている」

ヴィクトリカは欠伸混じりに、

「さらに、どうやらエディのマネジャーのミッチーも同じ部隊にいたようだったな」

「うん。……でもさぁ、どんな事件なんだろうね。ちなみに新聞社で耳にした噂は怪談みたいなのばかりでね。たとえばクリスマスの夜、最初の世界大戦の兵士の霊に襲われたとか。橋ごと空を飛んだとか。休戦中に兵士が味方に殺されたとか……」

「確かに最初の二つは怪談だな……」

とヴィクトリカが呻《うめ》く。

二人は黙って歩く。

しばらくしてヴィクトリカが低いしわがれ声で、

「……ちなみにな、久城。挑戦者のエディ・ソーヤはこう語っていたぞ。わたしが、この新世界は歴史と怨念《おんねん》うずまく旧世界とはちがうのだと、おおきな謎もなく、謎自身も解かれたがっていないのだと言ったところ、強く反論してきたのだ。曰《いわ》く、みんな忙しくて生活にも余裕がなく、警察も頼りにならないだけだ、と」

一弥が首をかしげる。ヴィクトリカが続ける。

「どんな世界でも、謎は謎であり、解かれるべき法則の出現を待っている、と——。自分にもやっかいな謎が一つある、と。戦争中に起こり、真相がわからないまま何年も経ったやっかいな未解決事件が」

「えっ。それって〈クリスマス休戦殺人事件〉のことかしらん」

通りを風が通り過ぎる。「さてなぁ」とつぶやくヴィクトリカの髪がきらきらとたなびく。一弥の漆黒の前髪も揺らしていく。

交差点を渡る。また歩きだす。

ヴィクトリカの顔を覗きこむと、なにごとか考え続けているようだった。一弥はうーんと背伸びして、

「チャンピオンと挑戦者とかつての殺人事件、か。謎めいていているねぇ」

「うむ」

「でもぼく、エディさんの言うこともわかる気がするな。だって、ぼくたちも正直、謎が気になるけどそれどころじゃないというところだもの。じょぶ&ほーむの問題でたいへんだものね……」

ヴィクトリカがふと足を止めた。

顔を上げ、真面目な声色で、

「ふむ。君もさっそく新世界の忙しき住人になってきたのだな」

一弥が「そう?」と目をぱちくりする。

するとヴィクトリカはなぜか大威張りで、

「そうとも！　君もピルグリムファーザーズのあとに続く、しゃかりきに働き者の移民の一人なのである。ふふ、新世界の住人になった君が困っていても謎を解いてやらんぞ。なぜならきっと毎日ばかみたいに忙しそうだからである」

一弥がびっくりして両手を上げる。

「えー、解いてよ！　ぼくと君の仲じゃないか」

「でも我々はそんなに仲良くないし」

「……え、え、えーっ」

「というのは、君、冗談である」

「もうっ。そういう意地悪はしないでよね、ヴィクトリカ」

ぺちゃくちゃと話しながら、二人は歩いていく。


——グリニッジビレッジの武者小路家。広々と日当たりのよい一階のリビング。掃除したてでぴかぴかである。

瑠璃と緑青と料理婦がちゃぶ台をぐるりと囲んで座っている。緑青は座布団を五枚も重ねて乗っかり、ぐらぐらと揺れながら瑠璃を見下ろしている。ぷりぷりのお尻に窓からの陽光がかかって桃色に輝いている。

瑠璃はスケッチブックを広げ、色とりどりのクレヨンで可愛いドレスの絵を描いては破り、また描きと繰りかえしている。夏休みの宿題をやる女学生のようである。畳の上にはなぜかピンクの布地や白いレース生地が散らばっている。

瑠璃がのんきな口調で、

「さいきんお裁縫を勉強してるでしょ。ヴィクトリカさんの服を作るのがちょうどいいお勉強になるはず。ドレスって素敵ですもの。そう思わない？」

緑青が深くうなずく。その拍子に座布団から落っこちそうになって、無言であわてる。瑠璃が片手で支えてやりながら、

「子供のころ、お人形遊びをしたかったのに、乱暴で野蛮でわけのわからないお兄さまたちに邪魔されましてね。ねぇ、こういうのはどうかしら」

「普通過ぎマス！　奥さまはまったくセンスがないデス。ほら、ここにこういう……」

「ちょっと、勝手に甲冑《かっちゅう》みたいなへんな袖つけないで！」

軽い言い争いがたちまち本気の喧嘩《けんか》になるのを、緑青がおどろいて見比べている。

「せっかくフリルたっぷりのロングドレスにしたのに、肩だけナポレオン将軍みたいじゃない！　……おや緑青、どしたの？」

緑青が座布団から降り、あいだに割りこむ。母親に向かってなにかを熱心に訴え始める。

「お母さまはいま忙しいんですけどねぇ……」

絵を指さして「ウー！」と訴えている。瑠璃が首をかしげる。どうやら緑青は自分にも同じドレスを作ってくれと主張しているようである。

「貴方、今朝から様子がおかしいですよぅ。ヴィクトリカさんのことばっかり見てましたねぇ」

緑青が桃色のお尻をぷりぷりさせながら、一弥とよく似た真剣極まる漆黒の瞳を潤ませ、訴える……。

「えっ！　緑青もドレスを着たいの？　ドレスもほしいし浴衣も着たい？　……あらまぁ！」

瑠璃が合点し、明るく笑いだす。

「わかりましたよ。あなた、さてはヴィクトリカさんの真似をしたいんですね。男の子なのに」

二人の様子を見ていた料理婦もたまらず噴きだして「ワタシ、お坊ちゃんは褌《ふんどし》しか締めない主義と思ってましたヨー」と言う。瑠璃は立ちあがって「国を離れるとき、幼児サイズの浴衣も持ってきたはずですよ。けどピンクはないはず……」と探しに行く。

ちゃぶ台の上にドレスのデザイン画やウォーター・ブルーキャンディ氏からの手紙が散らかっている。

窓から日光が射し、壁紙のオリエンタルな柄を原色に輝かせる。風が吹き抜ける。花瓶からあふれるクランベリーの花も優しく揺れる。

瑠璃が緑青に薄緑色の浴衣をせっせと着せてやっていると、玄関から「ただいま！」と一弥の声がした。瑠璃も「おかえりなさい……」と振りむいたとき、緑青が瑠璃の腕を逃れて玄関に走りだした。瑠璃も「緑青？　こら！」と追いかける。

緑青は浴衣姿を見せびらかすように玄関に立ったが、一弥に続いてばたばた飛びこんできたヴィクトリカの姿を見てびっくりする。瑠璃も足を止めて目をぱちくりする。

ヴィクトリカは武者小路家にまた帰ってきたのがうれしいようで、胸を張って威張っている。だが見事なホワイトブロンドの髪もピンクの浴衣も……。

瑠璃がお母さんらしい悲鳴を上げる。

「うきゃーっ！　泥だらけ！　ヴィクトリカさんったら、こらーっ！　お風呂にお入んなさいっ！」

——武者小路家の二階。日当たりのよい客用寝室。

緑の唐草模様の天井から石灯籠《どうろう》形のシャンデリアが下がり、壁には赤と金の模様が波のようにのたくるオリエンタルなインテリア。中央にレースの布がかかる天蓋《てんがい》付きベッドが鎮座している。「お湯をためておきましたよぅ」と声をかけて瑠璃が出ていく。客用寝室の奥のちいさな丸扉から気持ちよさそうな湯気が漏れてくる。

ヴィクトリカは汚れた浴衣姿でぼうっと立っていた。ゆっくりと顔を上げ、偉そうに「ふん、お風呂か」とうなずく。

それからうつむいて考えこむ。

「……〈クリスマス休戦殺人事件〉の関係者らしきチャンピオンと挑戦者……。そして挑戦者のマネジャーのミッチー、か……。チャンピオンはよほど挑戦者と再会したくなかったらしい。警官に賄賂を渡して捕まえさせるほどである。かつての未解決事件の犯人だからか？　それともべつの理由があるのか……？」

首をかしげ、

「しかし、さきほどのエディとミッチーの会話で気になることがあったな。エディたちは戦争中、アメリカの学生チャンピオンとドイツの学生チャンピオンからボクシングを習ったと言っていたが、どういうことだね？　ドイツはアメリカの敵国だったはずだがな」

とつぶやく。

「クリスマス休戦中にドイツ軍とのあいだになにかが起こり、向こうの学生チャンピオンと知り合った。そいつから習ったのが、戦後、ウィリアム・トレイトンとエディ・ソーヤがボクシングに打ちこむきっかけとなったということだろうか。そしてその日なぜかルーク・ジャクソンというアメリカ兵が死んだ。……よくわからんな」

ため息をつく。

「立派な家柄出身のハンサムなチャンピオン、南部からやってきた素朴で母親思いの挑戦者、そしておかしなマネジャー……。正体不明の新大陸。広大な新しい世界！　謎さえも忙《せわ》しない。時は高速で流れていき……」

とつぶやく。じっと壁をみつめる。しんとつめたい、うつくしい人形そのものの酷薄な横顔になる。「……いや、まずお風呂である。そう、新世界のお風呂が待っている」とつぶやくと、白い丸扉の奥に、ヴィクトリカにしては颯爽《さっそう》と消えていく。

二階の客用寝室の奥。

ステンドグラス越しの日射しが眩しいちいさなバスルーム。

四隅に金色の鷲《わし》の足がついた丸い陶器の風呂桶にヴィクトリカがすっぽりと入っている。あたたかな湯気に煽《あお》られて全身を薔薇《ばら》色に輝かせている。

酷薄な光を湛《たた》える緑の瞳も、目に入っていた氷の欠片が溶けたようにやわらかな輝きに変化し始める。

「いいお湯である……。うむ！」

と満足げにつぶやく。

「そういえば豚箱には風呂はなかったな。……久城の主張によると、ここは瑠璃の家でわたしの家ではない、ということだが。しかしどうやら瑠璃も迷惑ではなく歓迎してくれているようである。久城の優しい姉さん、そしてわたしを押したり引っ張ったりしたがるちいさな人間……なかなかかわいい……」

と、いやなことを思いだしたらしく、ちいさなうつくしい顔をきゅっとしかめる。

「親父は恐ろしかったがな」

と首を振る。

湯船につかる。ホワイトブロンドの髪が夢のように広がる。

「一方、わたしの兄は……」

とつぶやき、ぶるっと震えてお湯に潜ってしまう。

湯気の中で白銀の髪がきらきら輝く。

しばらくすると、

「ぶた、ぶた～」

調子外れの低い歌声が、日射しと湯気のあいだを楽しげに流れ始める。

「ぶた～、ばこ～」

風呂桶に頬杖《ほおづえ》をついて、微笑する。

お湯の表面を白銀の髪がふわふわと覆っている。

「ぶたばこ～、はいって～、でてきた、ぶたぶた～」

ヴィクトリカはうつむく。

「うー……」

また急に幻覚が始まったらしい。頭を押さえ、耐えようと目を閉じる。

「ここは……。いや、ここは、安全な場所……である……」

金色のシーサーの口からお湯が出る仕組みの蛇口にもたれ、目を閉じる。

お湯の音と湯気がバスルームを満たしていく。

(灰色狼め……。邪悪なる……我が娘……)

(おまえを……逃がさん……ぞ……)

「む?」

と恐ろしい男の声の幻聴も聞こえだす。

(に、逃げるのだ……)

(我が娘……)

という女の声も……。

ヴィクトリカは目眩を感じて瞬きをした。苦しげに蛇口によりかかる。蛇口が右にゆっくりと回り、シーサーの口からお湯が溢《あふ》れ出てきた。ヴィクトリカは目を閉じて夢幻の世界に沈んでいく。

ホワイトブロンドの髪がたゆたう湯船からお湯が溢れ始めた。床にたまり、バスルームから外の寝室にと広がっていく。

ヴィクトリカは目を閉じ、「うー……」とつぶやいている。

そのころ一階では。

リビングのちゃぶ台の上で着々とドレスの製作が進んでいた。

「襟と袖にこのかわいいレースをつけましょう。うふふ」

「イイエ、こっちのほうがいいデス！」

「だから、どうして強そうなデザインにしたがるのよ！」

と女二人で争っている。緑青がわくわくしてドレスのデザインを覗いている。一弥も「ドレスだ！　わぁ！」「だめ！　殿方は向こうに行っててちょうだい」「え、えーっ」と緑青と並んで物欲しげに見守り始める。

瑠璃が思いだしたように、

「ねぇ、お姉ちゃま考えてたんですけど。一弥さん、やっぱり早くお父さまに手紙をお書きになったら」

料理婦もうなずいて口を出す。

「そうですヨ。仕事とアパートメントがみつかるまで、なんてのんきなことを言ってたらいつまでもですヨ」

「いや、じつは仕事らしきものはみつかって……。ちいさな新聞社なんだけど……。後で詳しく話すよ。でもアパートメントの件は難しいね。新聞の広告欄にも空室なしとあったし……」

「そうよ。だからまず手紙をね。えっ、手紙……？　あら、わたしなにか忘れてますよ」

瑠璃が考えこみだす。

窓の外から夏の熱い風が吹いてくる。花瓶からあふれるクランベリーの花をさわさわと揺らしていく。

と、瑠璃がはっとして、

「そうだ！　さっきヴィクトリカさん宛に手紙が届いたんですよ。上半身裸の男の人が持ってきたんです。ヴィクトリカさんの知り合いかしら。とにかくそこのテーブルに置いて……。テーブルに、置い、て……。えっ？」

と天井を見上げる。料理婦もびっくりして煎餅《せんべい》を飲みこみ、咳きこむ。一弥も上を見て「雨？　建物の一階で雨が降ってる？」と聞く。

ぴちょん、ぴちょん……。ぴちょ、ん……。

「って、ちがう。これ、水漏れだ！　瑠璃！」

と一弥が叫んだとき。

——ザザザザザザザッ！

二階から一階にかけて、天井伝いに滝のようにお湯が降り注ぎ始めた。


二階の客用寝室。びしょ濡れの床の真ん中に、白いタオルでふかふかに丸くなったヴィクトリカが呆然《ぼうぜん》と立っている。頭を押さえて、「これは……」とささやいている。

「幻覚か……？　過去からの……。うぅ、頭の芯が……ぼぅっと……」

と首を振り、耐える。

そこに一弥が飛びこんでくる。続けて瑠璃と緑青と料理婦も顔を出す。ヴィクトリカがあわててカーテンの陰に隠れようとする。

「ヴィクトリカ！　どうしたの？」

一弥がカーテンを持ちあげてすぐにみつけ、心配そうに覗きこむ。ヴィクトリカは震えていて答えない。しばらくしてようやく目を開け、辺りの様子に気づいて震える。

瑠璃があわてて「ああっ……。ヴィクトリカさん、そんな気にしないで。確かに浸水してしばらく住めなくなっちゃうけど……。で、でもっ燃えたり倒れたりしたわけじゃないもの」と言う。

ヴィクトリカがびしょびしょのままうなだれていると、瑠璃がおずおずと封筒を差しだして、

「あと、これ渡すのすっかり忘れてたの。ごめんね」

ヴィクトリカが顔を上げる。怒ってないのかなと瑠璃を見上げる。一弥が代わりに受け取る。型押しの花模様が散る上等な封筒である。インクが滲《にじ》んでいて宛先はほとんど読めない。中から葉っぱの形の金属のキーが出てくる。

一弥も瑠璃も「鍵だわ！」「どこのだろ？」と首をかしげる。便箋《びんせん》に綴《つづ》られた文字を読もうとするが、やはり水で滲んでいて〈回転木馬……三階の隅……仔馬の……住居不可……〉ぐらいしかわからない。

封筒をもう一回見る。宛名はVで始まる。どうもヴィクトリカの名前が書いてあるらしい。封筒を裏返す。差出人は……。

「読めるぞ！　Wで始まってる。ウォーター・ブルーキャンディ？」

と、ヴィクトリカも覗きこんでくる。びしょぬれのタオルにくるまり、髪も濡れてぺたりとしている。ずぶ濡れの子猫のような姿……。まだ目眩がするようで、よろめく。

うつむいたまま低くしわがれた小声で、

「わたしの知り合いである……」

「えっ、もう友達ができたの」

ヴィクトリカがぶるっと首を振る。濡れた髪から飛沫《しぶき》が飛び散って、一弥の顔や服にかかる。

ヴィクトリカが憮然《ぶぜん》としたままへたな物真似をしだす。両腕を水平にし、ジャンプするような仕草をし、老女そのものの声で「ワンダーガールちゃんは……ボクの理想の女の子……だもん、ねー……」と嘯《うそぶ》く。

「あぁ！ 昨夜会ったボンヴィアンさん？ ブルーキャンディ家の三代目にして、コミック〈ワンダーガール〉作者の。ということは、この鍵はもしかして……」

「うむ……」

一弥が葉っぱの形の鍵をヴィクトリカに渡し、文字が滲んでほとんど読めない便箋も見せる。

ヴィクトリカは低い声で、

「――おそらく例のアパートメント〈回転木馬《カルーセル》〉の鍵であろう」

## 3

夕刻の日射しはどんどんやわらかくなる。

お屋敷街グリニッジビレッジから下町イーストビレッジへ。ヴィクトリカと一弥は落ち着く間もなく、今朝と同じ道をまた歩いている。

ヴィクトリカはべつの柄のピンクの浴衣に青い帯。焼き立てほかほかのパンを一斤抱えて歩いている。一弥は洗いざらしの白いシャツに薄茶のズボンをサスペンダーでつり、濃茶の帽子を被《かぶ》っている。両腕で古いおおきなトランクを幾つも抱えている。

一弥は右に左によろめきながら、

「まぁ、家中を水浸しにしちゃって、瑠璃たちもしばらくホテル暮らしになっちゃったけど……。でもさ」

励ますような一弥の声に、ヴィクトリカがうつむく。

目眩と幻覚は遠のいたようで、足取りはもうちゃんとしている。大通りを車と馬車と自転車が忙しく行きすぎる。舗道にも人が溢れ、話し声や口笛、喧嘩する大声が響いている。

「君が昨夜ボンヴィアンさんと交わした約束と、今日になってこの手紙が届いたことから推理するに、〈回転木馬〉の部屋を貸してもらえるらしいじゃないか。それは例の君の活躍のおかげだろ」

「しかし、久城。やつはこう言っていたはずだぞ。『住居ではないので会社か店をやらねばならん』とな」

「そっか。まぁ着いてから聞いてみようよ」

一弥はにっこりしてヴィクトリカの顔を覗きこむ。

それからまたよろよろ歩きだす。

ヴィクトリカは抱えたパンを千切っては口に運ぶ。「甘くてうまい……」一弥も一口もらって「クランベリーの実が入ってる」「うむ……」ヴィクトリカがうなずく。

下町イーストビレッジに連なるアパートメント。窓から移民たちのさまざまな生活が見える。歩きながら道々の窓を見るともなく覗く。「みんなの家。それぞれの家かぁ」と一弥がつぶやくと、ヴィクトリカはそう興味なさそうに窓を見上げる。

白髪頭の老夫婦が右に左にばたばたと歩いている。隣の部屋では金髪に青い目をした若夫婦が出かけようとしている。

古いアパートメントの前を通ると、木製の玄関扉と表通りを結ぶ四段ぐらいの細い階段があった。鉄の手すりが光っている。階段の下は空洞になっていて草や花が咲き乱れていた。一弥が通り過ぎながらちらっと見て「おや、ちいさな橋みたいなデザインの階段だな」とつぶやく。

金髪碧眼《へきがん》の女の子と弟らしきちいさな男の子が扉の前でこわがって立ちすくんでいた。父親らしき金髪の大柄な男が通りで両手を広げ、「おーい。外の通りにはいろいろあるし、日も当たって気持ちいいぞー」と手招きする。姉と弟は顔を見合わせ、手を繋いでそーっと橋のような階段を下り始めた……。

一弥たちは先を進む。

バルコニーのある古い家の前を通りかかった。粗末な木製の手作りブランコがゆっくりと揺れている。赤子を抱いた若い母親が乗っているようである。

バルコニーから「あっ」と声が上がる。風に煽られて赤子の握っていた玩具《おもちゃ》が飛ばされ、ヴィクトリカの目前に落下する。ヴィクトリカは黙って玩具とバルコニーを見比べる。と、後ろからやってきた女が玩具を拾った。二階のバルコニーにヒョイヒョイとよじのぼり、母親に投げてやる。

母親が「——ありがと《じんぐいえーいー》」とポーランド語でお礼を言った。拾ったほうの女が「どういたしまして《ねにーざっち》」とチェコ語で答える。言葉が通じていないのにどちらも気にしていない。

ヴィクトリカは遅れてはっとして、

「なるほど。拾ってやればよかったのかね……？」

からっぽの自分の手を見下ろし、「——ありがと《めるしー》、か」とフランス語でつぶやく。「人間こそ我という虚無の川を流れる永遠の謎である……」と考えこむ。

隣の一弥はいまの出来事に気づかず、辺りを見回している。

イーストビレッジの中心街を離れて、人通りが少なく閑散としている。街路樹が白い花を揺らしている。店の看板もだいぶ少ない。

一弥が「こっちこっち」と手を引いてまた歩きだす。しばらくすると足を止め、笑顔で振りむいて、

「ほら、ここだよね。昨夜きたときは夜だったからよく見えなかったけど、さ」

……ヴィクトリカたちはイーストビレッジ外れのうら寂しい街角に着いていた。下町特有の喧騒が背後に遠ざかっていく。そう広くない道路をはさんで左に教会があり、右には鬱蒼《うっそう》と緑の茂る一角が見える。公園のように洒落た古い鉄柵《さく》で囲われている。〈ミラクルガーデン〉と

書かれた古びた鉄のプレート。

一弥は背伸びして中を見ようとした。でも木々の緑に邪魔される。鉄柵の扉をそっと開けて、トランクを抱え直し、敷地内に入る。

通りでバスケットボールをしていた、金の髪に真っ白な肌をしたがっしりした体型の少年たちが「おい、入っていくぞ」「妖怪アパートメントに？」「見慣れないやつらだな……」と噂しだす。一弥が振りむいて首をかしげる。と、後ろからついてきていたヴィクトリカにお尻に激突されて、おっと、とまた歩きだす。

鬱蒼と緑茂るガーデンには、よく見るとソテツやサボテンなど見慣れない南国の植物も交ざっている。くるくると螺旋《らせん》状の小路が迷路のように続いている。

しばらく進むと、敷地奥の〈回転木馬〉が見えてきた。

巻貝のようなドーム状の建物で、高さは三階か四階建てぐらいだろうか。緑と青のちいさなタイルでびっしり覆われている。昨夜はわからなかったが、昼の光で見るとあちこち剝《は》げて廃墟《はいきょ》の如き空気を醸しだしていた。確かに妖怪アパートメントらしい外観である。いちばん上に噴水のような奇妙な形の飾りがあって、いまにも過去からの水が流れ落ちてきそうである。

建物の横に、見覚えのある青と白と赤のウルフカーが隠れている。

鍵はいまは開いているらしく、革張りのスイングドアが風にかすかに揺れている。

ヴィクトリカが一歩、入る。

一弥もトランクの山を引きずりながら後に続く。

「わぁ……！」

昨夜訪れたときは夜でよく見えていなかったが、じつに不思議な建物だった。

吹き抜けの天井から夏の日射しがきらきらとこぼれてくる。噴水から噴きだす古《いにしえ》の水のような不思議な透明さで光っている。建物の内部にも南国の植物が溢れている。隅には煙草の葉が鬱蒼と茂り、鳥の羽根のような赤い花びらを爆発させる一角があり、その横では芥子《けし》の花もたっぷり揺れている。真ん中にゆったりした角度の螺旋階段があり、天井に向かっている。まるで貝の内部に隠された海の宮殿に紛れこんだよう……。

と、びしっと白い糞《ふん》が落ちてきて床を汚した。一弥がびっくりして飛びあがる。

あわてて見上げると、ペンキで塗ったような水色の足をした白鳥と、嘴《くちばし》だけ深紅の黒鳥が交差するように飛びすぎていった。

おどろく一弥の目前を、トコトコトコ……と、おおきなアリクイが人間臭い二足歩行で通り過ぎていく。

「え、え、えーっ？」

頭の部分だけワニとすげ替えたような巨大亀が目を疑うほどゆっくりと歩いてくる。

不思議な動物園のような、植物園のような建物。妖怪アパートメント……。

「アーアアー！　〈回転木馬〉にようこそ〜！　アー！」

という素っ頓狂《とんきょう》な男の声が上空から聞こえた。どんどん近づいてくる。一弥がとっさにトランクを放りだし、ヴィクトリカを庇《かば》って立ちふさがった。唖然《あぜん》として天井を見上げる。

上半身裸でターザンの格好をした、やわらかそうな茶色いロングヘアの青年が、天井から釣り下がる蔦《つた》に両腕でしがみつき、落下してくるところだった。青い目をした整った顔立ちに真剣すぎる表情を浮かべ、「アーアアー！」と叫んでいる。

「どういうこと？　ぼく、わからない……」

「奇遇だな、わたしもである。新世界の忙しなき混沌《カオス》の一つ……」

「アーアアー……。いたっ」

最後はぽてっと落っこちるように、二人の前で中途半端な尻餅《しりもち》をつく。

ヴィクトリカと一弥は揃って無表情になり、見下ろす。

男はお尻を撫で撫で、立ちあがる。

紳士的な態度で一弥と握手し、格好からは意外なほど真面目な話し方で、

「ぼくは管理人スパーキーです。最上階奥の〈仔馬の部屋《ポニールーム》〉に案内するようオーナーから命じられています」

「そ、そうですか。オーナーってウォーター・ブルーキャンディ氏ですよね。それであなたは？」

「本業はブロードウェイの役者なのですが、なかなか役がもらえなくて。演出家曰く、ぼくは……真面目すぎ！　硬すぎ！　まったくもって面白みのない人間！　だそうでして……。普段はここの管理人をやっています。趣味はビルの外壁登り。どうぞよろしく」

「ん？　ビルの外壁を登る半裸の男がいるって新聞社で聞いたけど……」

管理人スパーキーは真面目にうなずいて「それはぼくです。己の殻を破って大胆な人間になるために修業しているんです。今日も登りました。新聞記者が写真を撮ってましたね。……って！　ぼくみたいな！　つまらない男のことは！　いい！　そんな無価値なことより！　素敵

なお部屋にご案内しましょう……」と姿勢よく歩いて螺旋階段に向かう。

一弥はトランクを抱え直してあわてて後に続いた。ヴィクトリカも顔をしかめて歩きだす。

緑のタイル張りのゆったりした螺旋階段が、つめたい水が流れているように涼しげに光っている。

オレンジ色のまるっこい巨大な亀がおどろくほどゆっくりゆっくり歩く。

階段の左右に、壁にくっつくように扉のない小部屋がたくさんある。明るい光の下でよく見ると、部屋によってぼんぼりや床の間のあるアジア風、黄色い壁でスフィンクスの飾られたエジプト風、ロシア風と世界各国のインテリアで変化をつけられていた。若き企業家らしき男性がスーツ姿でデスクに向かっていたり、靴職人が鞣《なめし》革と靴型を積んで作業していたり、半裸の老人が逆立ちして修業らしきものをしていたりと、さまざまな人がいる。ヴィクトリカは酷薄そのものの瞳で彼らをつめたく眺めている。

「この建物は、なんでも戦禍を逃れて海を渡ってきたどこかの東欧の独裁者、通称――〈エブ誰《で》リ《も》マン《ない》〉が建てたという説が濃厚でしてね。市民による革命軍に追いつめられ、隠れ家で銃をくわえて……。ドーン！　ドドーン！」

とプロの役者らしく素晴らしく上手に目を剝《む》いて倒れてみせる。

すぐ起きあがってまた上りだし、

「……と、最後は自分の頭を吹っ飛ばした……史実としてはそう伝えられています。だがこのとき死んだのはじつは影武者だった弟で、本物の独裁者はいまも世界中を逃げ回っている。一時このマンハッタン島に暮らしていたこともあり、〈回転木馬〉を建て、〈回転する牝馬《めすうま》〉という通称の愛人とともに隠れ住んだ、とも言われていますよ」

ヴィクトリカが「ほぅ」と返事をする。

「こうして区画ごとにいろんな国のインテリアになっているのは、屋内に隠れながらいまだ世界を手中にしていると思いたかったからしい、と。いや、世界中で逢引《あいびき》している気分になりたかったからだろう、とも。とにかく彼は高額賞金目当ての政治犯ハンターに追われて脱出し、この世のどこかに再び姿を消したそうです。まぁ、昔の話ですが……」

一弥も「そうなんですか」と相槌《あいづち》を打つ。管理人は両手でビシリと指さして、

「で、ここ。さいきんまたまた空室になりましたのでね。愛人の産んだ子のための小部屋……通称〈仔馬の部屋〉です」

いちばん上の階。ヴィクトリカと一弥も足を止め、並んで部屋を見た。

天井が低く、屋根裏部屋のように小ぢんまりした造りである。三角窓からミラクルガーデンと外の通り、向こうの教会の屋根の十字架がよく見える。埃が積もり、家具といえば壊れかけのチェストとピンクの寝椅子があるだけである。

寝椅子にちょうど日が射し、埃の層を寂しく照らしている。剝げかけたかわいらしい花柄の壁紙が風に揺れている。床にはなぜか血の痕《あと》らしきものが残っている。わずか三畳か四畳ほど。おまけにドアもなく、低い天井は斜めの、埃だらけの空間。

一弥は小部屋の汚れっぷりに動揺しているが、ヴィクトリカのほうはぼんやり見回すばかりである。

「……うー。とにかく掃除しよう。うん」

一弥が気を取り直すように言った。トランクを置き、掃除道具を借りる。「ヴィクトリカ、まだ座っちゃだめだよ！　せっかくの服が埃だらけに……って、こら！」と叱りながら、甲斐甲斐しくはたきを掛けたり床を磨いたりし始めた。

ヴィクトリカは頭を手で押さえている。目を細めてやってくる幻覚と幻聴に耐えている。

「おっと、大事なことを確認していませんでした。ですからあなたがたがここを使えるかはまだわかりません」

一弥が床から顔を上げ、手の甲で額の汗を拭く。ヴィクトリカは唇を歪《ゆが》め、頭を押さえて三角窓の外を見ている。

管理人スパーキーが木の看板とペンを持ってきて、

「ここは居住不可の建物なのです。なにしろドアもなくて丸見えですからね」

「君、ドアで外界と仕切らないと家にならないのかね」

とヴィクトリカが頭を押さえながら小声で聞いた。するとスパーキーははっと息を呑んでヴィクトリカを振りかえった。それから顔を曇らせ、うつくしい青い目にみるみる涙をため始めた。何度も首を振り、両手もバタバタさせ、「お嬢さん！　なんと独創的かつ哲学的な質問でしょう！　うらやましい……。あぁ！　あなたは！　素晴らしい人なんだ！　ぼくとは！　ちがって！」と建物中に響く悲鳴を上げる。

そばの木の枝から一斉に色とりどりの鳥がはばたく。

スパーキーはまたすぐに立ち直り、一見冷静かつ穏やかに、

「ぼくにはお嬢さんの哲学的な問いに答えるだけの知性がありません。とても残念です……。

ですが、とにかくここでは会社か店をやってもらう決まりなんです。看板に店の名前を書いて入り口にかけてください。ほら、みなさんそうなさってますよ」

と震える手で指さされて、一弥はヴィクトリカと並んで階段の踊り場に立った。いろんな小部屋を見下ろしてみる。

物静かだがおかしな住人たち。なにをしているのかよくわからない若者ばかり。だが確かに住居ではなく……。どの部屋の前にも木の看板がかけられ、店の名前らしきものが書いてある。ミシンを前になにかを縫っていたり、何人も集まってタイプライターを打っていたり、なぜか紙幣を積んで数えている男もいる。

「靴屋に、詩人、個人銀行に、あとなんでしたっけ。とにかくみんななにかしらやっていますよ」

「ヴィクトリカ。じゃ、ぼくたちどうしようか……」

と一弥が顔を覗きこむ。

ヴィクトリカは頭を押さえ、幻聴に耐えている。ホワイトブロンドの髪が三角窓からの風に夢のようにたなびき、屋根裏部屋じみた小部屋を白金に照らしだしている。オレンジ色の亀がゆっくりと通り過ぎる。「おーい、ヴィクトリカ?」と一弥が言うと、興味なさそうなしわがれ声が返ってきた。

「……わたしはなにもしたくない。ゆえになにもしない」

「うん、うん」

「うー……。誇りにかけても働かない！　君！」

「昨日もそう言ってたよねぇ」

と一弥がのんびり返事をする。ヴィクトリカは頭を押さえながら、

「夢は……怠惰な……番犬であるぞ……」

と、スパーキーがキリンのように首を伸ばし、むりやり会話に参加してきた。妙に早口で、

「……なるほど。お嬢さんは素晴らしき独創性と哲学性をいたずらに浪費し、二度の世界大戦後の新しき物質世界《マテリアルワールド》にいながら生産性を拒絶して生きるおつもりなんですね。しかも『財力こそ権力《マネーイズパワー》』『強欲こそ善《グリードイズグッド》』の、ここ、ニューヨークの、ど真ん中で！　なんという胸躍る逆冒険でしょう……！　あぁ！　くそっ。あぁ！　うらやましくて髪が全部抜けそうだ……」

と頭を激しくかきむしりだした。

彼にそっと背を向け、一弥が小声で、

「でも困ったな。いまはここしかいられる場所がないし……」

ヴィクトリカもこそっとささやきかえす。

「久城、君いろいろやってみたまえよ……」

「ぼくが？」

「だって、バタバタするの、お好きな質《たち》だろう？」

「お好きじゃないよ！　誤解だよ！　それに新聞社で働いて、ここでもなにかを？　できるかな……」

と一弥は腕を組んだ。それから管理人スパーキーのほうを振りむく。彼はまた二人のほうに首を伸ばして熱心に聞き耳を立てていた。一弥は遠慮がちに「あの、参考までに、前の住人の

方はなにをしてたんですか？」と聞いた。

スパーキーは一見落ち着いた様子でうなずき、

「あ、あぁ、探偵社をやっていましたよ」

「えっ、そうなんですか！　でもやめちゃったってことは繁盛しなかったのかな」

「いいえ、してたんです！　なにしろ警察はあってないようなものですし、ギャングはべらぼうにこわいですし、探偵がいるならみんな助けを求めたいですしね。羽振りもよかったですねぇ。でも……。この街で正義なんてもののためにでしゃばる人物は……警官も探偵も……」

と真顔で床を指さしてみせる。

一弥が雑巾《ぞうきん》で半分ふき取った、赤茶色い痕が……。

「彼はチャイニーズマフィアに青龍刀で首を切りおとされて死んだんです。つい先週のことですよ」

一弥は絶句する。床に残る血の痕を見て震えあがる。気を取り直して「じゃ、その前の住人はなにをしてたんですか」と聞く。

「その前も探偵社だったんです。元凄腕《すごうで》検事の男が三人、元刑事の女が二人、集まって会社を作っていました。ゆくゆくは一代チェーン探偵社にしたいとおっしゃってましたね。優秀な人たちでして、きっとすぐ大きな会社にして出ていくんだろうと思ったものです」

「そうかぁ。じゃ、いまはもっと広いところを借りて探偵社をやってるんですか」

「いいえ、全員死にました。イタリアンマフィアにバナナマシンガンで蜂の巣にされまして」

と、ぼろぼろの花柄の壁紙をすこし剝いでみせる。生々しい弾痕《だんこん》が幾つも残っている。一弥がぞっとして呻く。

「そうだ！　その前も探偵社だったんですよ。そのころはべつの男が管理人でして、話に聞いただけですがね。お爺さんが二人で始めて……。繁盛したけれど……。アイリッシュギャングを怒らせてしまって……ある朝、ここから吊るされて死んでいた、と……」

と天井を指さす。ランプをぶら下げるためらしき丈夫そうな丸い金具が二つある。

「お爺さんの死体が二つ、ぶらぶら、ぶらー……」

一弥はすっかり震えあがる。

「そういうわけでして、この〈仔馬の部屋〉に探偵社があることは割と知られておりましてね。いままでもときどき依頼人がきますよ。……あっ、そういえば今朝も一人いらっしゃいましたよ」

とスパーキーが思いだす。

「田舎のいいとこの老奥様風の方でした。ここには探偵社はもうないし、今日からあなたが入居すると伝えたら、新しい入居者も探偵にならないのかとしつこく聞かれましたね。やけに古めかしい服装の方で。それに、そばにいるとなぜか寒気がして……いや、そういえばずいぶん妙なご婦人でしたね……。なんでも昔なじみの女性の息子さんが今朝から危機に陥っていて、探偵の助けを借りたいと。つぎの住人は探偵にはならないだろうと言っても聞いてくれなくてね。あなたを探しに行くと急いで帰られましたよ。思い込みが激しい方でねぇ。……あぁ、そうでした。これを忘れていかれましたね」

とチェストの引き出しを開け、三日月形の古いブローチを見せる。

ヴィクトリカは「田舎の古めかしい老奥様だと？」と顔をしかめる。

その横で、一弥が「なんでもいいけど探偵社だけはだめだよ！　危ないもの。あぁ、危ないよ。あまりにも危ない……」と頭を抱えて右往左往しだす。

管理人スパーキーが「まぁ決まったら教えてください。特別プレゼントもありますので。では失礼します」と言った。蔦をつかんで「アーアアー！」と叫び、階下に消えていく。

一弥が足を止め、

「そうだ。じゃお菓子屋さんはどうかな、ヴィクトリカ？　あれれ……」

と相手の顔を覗きこむ。

ヴィクトリカの白銀の髪が広がり、緑の瞳もいつのまにか妙にきらきらしている。

「君、急にどうしたの？」

「イタリアンマフィアに、アイリッシュギャングに、チャイニーズマフィアかね。探偵社とはそんなに危険なのか、君？　ということは、だ。すくなくとも退屈はしないだろうな」

いやな感じにうきうきと、

「虚無の川を爆弾が流れてくる……。橋の上から、私はそれを待つのである……」

「ヴィクトリカ！」

一弥が本気で叱りだす。ヴィクトリカは知らんぷりして、

「久城、この新世界にも、退屈し虚無に堕ちかけながらもなお解かれる日がくるのを待っている未解決事件がある……。しかも探偵社を開いていれば向こうからやってくる！　まるでマカロンがひよこの如く列を作ってやってくるようなうれしさではないかね」

「マ、マカロンじゃなくて……銃弾がひよこみたいに列を作ってヴィクトリカを撃ちにくる……。だ、だ、だめだよっ……」

とつぜんヴィクトリカが吠えた。

「しかし！　わたしは！　退屈だ――！　わたしは――！　退屈だったら退屈なのだ――ッ！」

壁や棕櫚《しゅろ》の葉がワサワサと揺れた。

バサバサッと鳥が飛び立って逃げていく。

掃除したばかりの床に寝転び、ゴロゴロッと横に転がりだす。

一弥が飛びあがって避ける。ヴィクトリカはむくっと起きあがると、不機嫌極まりない顔をして一弥を睨んだ。それからくるりとお尻を向け、張り切ってペンを握った。

一弥がおそるおそる覗きこむ。

木の看板にさらさらと〈グレイウルフ探偵社〉と書いている。「だ、だめだよっ」と一弥があわてて看板を取りあげ、裏返す。ヴィクトリカのよりおおきな字で〈グレイウルフお菓子店〉と書く。ヴィクトリカがむきになって取りかえし、探偵社の文字の下に〈解けない謎はありません〉と書き連ねる。すると一弥も看板をぎゅうぎゅう引っ張って、お菓子店の文字の下に〈作れないお菓子はありません〉と続ける。〈当方、名探偵〉〈当方、名シェフ〉とそれぞれ書きたす……。

「ヴィクトリカったら！　危険だってば！　君はどうかしてるよ！」

「離したまえ。退屈で死ぬほうが危険である！　もう限界である！」

「屁理屈を言わないの！」

「ここに探偵社があるはずなんだが。あぁ、ほら……」

すぐ近くで低い男の声がした。

「……あった！」

ヴィクトリカと一弥は取っ組み合ったまま、「む？」「えっ？」と顔を上げた。

上等なスーツと革靴に身を包み、一目で上流階級とわかる服装をした若い男が立っていた。ハンサムだが、つめたい日と横に曲がっている唇のせいか意地悪そうに見える。

ヴィクトリカが緑の瞳を見開く。一弥はぼんやりしていたが、ようやく気づいて「あっ、今朝の朝刊で写真を見ましたよ。あなたは……」とつぶやく。

「――ボクシング全米チャンピオンのウィリアム・トレイトンさん？」

「クランベリーの花咲くころ」

クランベリーの花咲くころ　うちに帰ろう　うちに帰ろう
君がぼくを待ってるから

クランベリーの花咲くころ　うちに帰ろう　うちに帰ろう
ママがぼくを恋しがってるから

クランベリーの花咲くころ　うちに帰ろう　うちに帰ろう
パパもぼくがいなくて寂しいから

クランベリーの花咲くころ……

クランベリーの花咲くころ……

# 七章　クリスマス休戦殺人事件

## 1

〈回転木馬《カルーセル》〉最上階にある屋根裏部屋じみた〈仔馬の部屋《ポニールーム》〉。

南国の木々が茂り、不思議な形をしたおおきな葉を広げている。赤や黄色など原色の花が咲き誇る。頭上を小鳥が飛びすぎていく。

三角窓から夏の風が吹いて、ヴィクトリカの白銀の髪を豊かにたなびかせる。

ヴィクトリカは見知らぬ来訪者を前にじっとしていた。古びた寝椅子に腰かけ、緑の瞳を空しげに見開いた妖しい無表情で来客を見上げている。その姿はまるで壊れかけた高価なビスクドールが古椅子とともにうち捨てられているようである。

さくらんぼのようにつやつやした口をぱかりと開く。しわがれて低い声が流れだす。

「ほぅ、さっそくの依頼人か、フン」

一弥があわてて「こら、探偵はだめだと言ったでしょ」と叱る。

ウィリアム・トレイトン氏は帽子を脱いで胸の前に持った。不審の目でギロリとヴィクトリカを見て、

「ここに〈セプテンバー総合探偵社〉があるはずだが、あんたたちは何者だね？　探偵には見えないし、第一、凄腕《すごうで》の元検事の割には若すぎるようだ」

ヴィクトリカが薄く笑った。金のパイプで壁に開いた無数の弾痕《だんこん》を指さす。

「凄腕の探偵はマフィアに蜂の巣にされて死んだそうだぞ。それを知らずにいまもときどき依頼人がくるらしい」

ウィリアムは壁を見て不快そうに顔をしかめた。帽子を被《かぶ》り直し、きびすを返して帰っていく。一弥が胸を撫で下ろす。

と、ヴィクトリカがその背中に、

「急いで町中駆けずり回っても、残念ながら貴様の探し物はみつからないだろうよ。ウィリアム・トレイトン」

ウィリアムが振りかえり、ばかにしたように「は？　私の探し物とはなんだね」と聞く。

「探偵だよ。ここの管理人は、つぎつぎマフィアに始末されて絶滅の危機に瀕《ひん》していると言っていたがな」

ウィリアムはムッと怒りかけた。その拍子になにかを踏みそうになって避ける。足元に落ちていた看板である。

拾いあげて読み、不審そうに、

「〈グレイウルフ探偵社〉？　ではこの探偵もマフィアに撃ち殺されたのか？」

「ぴんぴんして貴様の目の前にいる。マフィア如きにやられはせん」

「なに？　あんたたちも探偵だっていうのか？　そんなに若いくせに。それに……？」

と、あまりにもガランとした部屋を見回して顔をしかめる。一弥が「いや探偵ではなくてですね……」と遮ろうとするが、ヴィクトリカはなぜか得意そうに、

「今日、開業したばかりでな」

「なーんだ！　素人ってことじゃないか！　ばかばかしい！　帰らせてもらうぞ！」

「ところで依頼はこの二つのうちのどちらかね？」

　ウィリアムがまた苛々と振りむく。ヴィクトリカがうっそりと、

「貴様は世界大戦に従軍中、〈クリスマス休戦殺人事件〉に遭遇した。しかし戦禍のどさくさで真相は闇のままとなり、同じ部隊の人間ともそれきり会うことはなかった。だが……。おい久城」

　と急に呼ばれて一弥はきょとんとした。「……続きを話したまえ」と面倒くさそうに命じられる。戸惑いながらも仕方なく、

「えっ。ええとですね。ウィリアムさん、あなたは、んっと、今夜のボクシング戦で、同じ部隊にいたエディ・ソーヤさんと対戦することになったんですよね。で、えっと……」

　とヴィクトリカを見る。知らんぷりしているので続けて、

「あなたは再会することがいやだったのか……。えーと、今朝、警官を買収して、エディさんを微罪でむりやり逮捕させました。それで、その、多額の保釈金をかけさせ、試合の時間まで留置場に閉じこめておこうとした。……だよね？」

　ヴィクトリカがうなずく。ウィリアムはおどろいて二人の顔を見比べる。

「そんなことをなぜ知ってる？」

ヴィクトリカが答えようとせずむっつりしているので、一弥が答える。

「えっと、どうして知ってるかはともかくですね……。ところがエディさんは保釈金を払って釈放されたんですよね。で、今夜の試合にもぶじにやってくることになり……」

ヴィクトリカがパイプを玩《もてあそ》びながらけだるく、

「それで、である。わたしの質問はこうだ。ウィリアム・トレイトンよ、貴様が凄腕の探偵とやらに依頼したかったのはどちらだね。警察では頼りにならんと、探偵の手でさらにエディの邪魔をさせ、試合にこられないように細工をしたいのか。それとも……」

と言葉を切った。瞳を妖しく細め、ゆっくり問う。

「今夜エディと再会してしまうなら、いっそ事件の真相を知りたいと思ったのか。探偵を雇って〈クリスマス休戦殺人事件〉を推理させたいのかね。しかもいますぐ真相を知りたいのか」

一弥が「えっ」とヴィクトリカを見た。ついで問うようにウィリアムのほうを振りかえる。

するとウィリアムは恐い顔をしてこっちを睨んでいた。ヴィクトリカは続けて、

「チャンピオンよ。もし前者であれば〈クリスマス休戦殺人事件〉の犯人は貴様の可能性が高い。そこまで過去の仲間に会いたくないとは怪しいやつである……。しかし後者なら、だ」

一弥が二人の顔を見比べる。ヴィクトリカはうっそりと笑い、

「おそらく貴様は犯人ではないのだろう。帰国後、新世界の住人として忙しく暮らしていたが、事件のことが長らく気にかかっていた。今夜、昔の仲間と再会せざるをえなくなり、いまさらながら真相を知りたくなったのだ」

ウィリアムは帽子に手をやり、ゆっくりと脱いだ。ヴィクトリカを上目遣いに見る。

こうしてよく見ると、チャンピオンといってもずいぶん若かった。いくぶん素直な表情になったせいで、まだ子供と青年のあいだぐらいに見える。帽子のふちを握って苛々と足踏みをし、

「――私はぜったいにルーク・ジャクソンを殺してない！」

ヴィクトリカが目を細めて「ルーク？」と問う。

「〈クリスマス休戦殺人事件〉で殺されたと言われているアメリカ兵だよ！　ルークと私は仲が良かった。私とルーク、エディとミッチーがとくに親しかった……」

「ふむ。死んだ男が一人と生きている男が三人か。ルークは死んだ。ウィリアムとエディとミッチーは生きている。エディは貴様がルークを殺したと話していたぞ。ミッチーも信じていたようだ」

ヴィクトリカはむっつりと相手をみつめている。一弥も心配そうな顔になり、つい話を聞いてしまっている。

「ちがう！　犯人はエディだ！　あいつがやったんだ！　まちがいない！」

一弥がヴィクトリカと顔を見合わせる。しゃがみこんで肩を震わせているウィリアムに近づいて「ウィリアムさん……」と声をかける。

「いや、じつははっきりしたことはわからん……。なにしろ戦闘の最中だ。いまだによくわからんことがたくさんある」

「わかります。ぼくの戦隊も……」

と一弥の顔もふっと曇る。

「そうか。あんたも戦争帰りか」

ウィリアムはほっとしたように顔を上げた。気を取り直し、一弥に向かって、

「混乱の最中、ルーク・ジャクソンは味方しかいない場所で至近距離から撃たれて死んだのだ。仲間の誰かが犯人なのか？　エディがなぜか『ウィリアムが撃ち殺した』と言いだした。だが俺はやってない！　味方にそんなことするものか。私は考えた。どうしてエディはそんな嘘を言うのか、と」

と首を振る。

「きっと自分がルークを殺したのをごまかしてるんだ……。なにしろエディもミッチーも俺たち育ちのいい人間を嫌ってたからな！」

「最初から説明したまえ。君」

ヴィクトリカの声に誘われるように、ウィリアムはうなずいた。床に膝を抱えて座った。

「そうだな……。まず自己紹介から行こう」

とつぶやく。

それから急に膝から両手を離し、胸を張って演説のように、

「ご存じの通り、私の名はウィリアム・トレイトン。誇り高きピルグリムファーザーズの子孫で……ある……る……。んっ？」

ヴィクトリカが呻き、一弥も吹きだすのをこらえて手のひらで口を押さえた。

ウィリアムは情けない顔をして二人を見比べ、

「なっ？　いったいどうして笑うんだ？」

「いえ、なんでもないんです……。すみません……」

一弥が謝る。

心の中で（さっきのミッチーさんの物真似、ウィリアムさんとほんとにそっくりじゃないか……）とつぶやく。それから（探偵なんて危ないからだめだけど……。でも、困ってる人を追い返すこともできないな）と首を振る。

ヴィクトリカはパイプを片手に、古ぼけた寝椅子の上のビスクドールのようにじっと座っている。謎めいた緑の瞳を細め、何事か考えている。

風が吹いてホワイトブロンドの髪をゆっくりと揺らす。

ウィリアムが気を取り直し、話し始めた。

## 2

「戦争が始まったころ、私はNY大学の学生だった。もちろん従軍することになんの不満もなかった。誇り高きピルグリムファーザーズの子孫として、我らのアメリカ合衆国の自由と平和《アワノーブルアレイズ》を守るために率先して戦うべきだ、とね。教科書とノートとペンを置き、銃に持ち替えた！陸軍に配属され、海を渡った……」

ウィリアムは得意げに顎《あご》を上げて話す。

ヴィクトリカは黙って耳を傾けている。一弥は傍らですこし遠い目をしてなにかを思いだしている。ウィリアムの言葉にうなずいたり、目を伏せたりしている……。

おおきな棕櫚《しゅろ》の葉が風に吹かれて音を立てて揺れる。

「隊長のほか、プロの兵士はわずか数人。あとは私のような学生や労働者だった。大西洋を渡る軍艦の中で自然と話すようになってね」

「わかります。ぼくも当時は学園の生徒でした」

「そうか」

ウィリアムが片頬で微笑んだ。それから話を続けた。

「あのころ、若い兵士のあいだで目立っていたのは、なんといってもルーク・ジャクソンだった。事件で殺された男だ。私と同じNY大学の学生だが、成績優秀で、しかもボクシングの学生チャンピオン。太陽みたいに明るくて調子のいい男。どこにいても自然と目立つ……スター性のあるやつだった。育った環境や考え方に近いところがあり、私とはことに気が合った」

ウィリアムはうつむいて話していたが、つっと顔を上げて、

「私もね、ルークほど華やかではないが、同じ大学の学生で、成績も悪くなかった。なにより名門の出身だ。元ブルックリン市長である父のことは部隊の誰もが知っていた。つまり部隊の中で、ルーク・ジャクソンとこのウィリアム・トレイトンは目立つ二人組だったんだ」

ウィリアムは懐かしそうに目を細め、続ける。

「私は父を尊敬していた。父は『橋架者《ポンティフェクス》たらん』と言い、一生を困難な仕事に捧げた偉人だった」

ヴィクトリカがうなずく。

「なるほど。ポンティフェクスとは、もとはラテン語で最高神祇官《じんぎ》を意味する言葉なのだ。古代ローマでは橋を作るのは聖なる事業だった。この世とあの世、過去と現在を繋ぐ架け橋としてな。そこで建設計画は神殿に任された。転じて最高神祇官の役職が橋架者という意味をも持つに至ったのだな」

ウィリアムがヴィクトリカを見て、

「そうだったのか。それは知らなかった……。とにかく父は、マンハッタン島から新大陸に、町から町におおきな橋を架ける夢を実現せんとした」

一弥が熱心に聞いている。ウィリアムは続けて、

「そのあいだに父自身は老いてしまい、つぎの世代の若者たちが完成した橋を渡って悠々と未来に行く……。父は『ここはいい国だな、ウィリアム！』とうれしげに話していた。『呪いや因習に囚《とら》われた古い世界とはちがう。庶民の自由の真なる住処《すみか》となる新世界——我ら《アワノーブル》のアメリカ合衆国《アレイズ》！』とね。そして息子たる私にも大いに期待した。橋を渡って未来世界に行き、雄々しく生きる新しい人々の一人になることを。そして私もいつかどこかに橋を架ける立派な仕事を為し、つぎの若者たちに希望をつなぐのだろう、と」

「君自身ももちろんそう思っていたのだな」

ヴィクトリカの声に、ウィリアムは胸を張る。

「そうとも！　……私は、父がつくった橋を通るトラックの荷台を見上げているうち、輸送業に興味を持ってね。その勉強をしていたよ」

「ほぅ」

「……そんな話も、従軍の初め、大西洋を渡る軍艦でルーク・ジャクソンとしたものだよ。ルークはな、素晴らしい夢だと心から応援してくれた。やつも起業の夢を持っていてね、『僕が製造業についたら、ウィリアムのトラックで製品を輸送してもらおうかな』なんて、業務提携の約束まででした。……はは、気が早かったな」

ウィリアムがおかしげに笑う。それから真顔になり、

「一方、エディとミッチーは南部の労働者で、どちらも貧しく育ったということだった。エディは人が良くておしゃべりな男でねぇ」

と言いながらヴィクトリカをちらっと見て、

「おや、お嬢さんうなずいてるな。さてはエディのおしゃべりを聞いたんだろう？　……エディはな、力持ちが自慢だった。母一人子一人の家庭で育ち、母子ともどもおおきな綿農家に雇われてた。『子供のころから収穫のときに大活躍してたなぁ』って話してた。母親も働き者の息子が自慢だった。エディは南部に残してきた母親のことを毎日気にしてたな」

ウィリアムは腕を組んでのんびりと話す。それから言葉を切った。肩をすくめて、

「まぁ、そんな身の上話ができたのも、軍艦に乗ってるあいだだけだった。いざ旧大陸に着くと、当たり前だが敵軍が待っていてね。季節は秋から冬にかかるころだった。我々は重装備で船を下り、隊長の指示で一歩一歩歩きだした。海岸から森に入り、くる日もくる日も……」

一弥がうなずく。

「我々の行軍も過酷だった」

ウィリアムがうつむいて低い声で、

「途中幾度か敵軍の襲撃を受け、部隊はたちまち三分の二の人数に減った。軍艦の中で仲良く話し、仲間になった若者たちの腕が、千切れて吹っ飛ぶのを見た。さっきまで会話していた相手の頭が目の前で風船のように破裂四散した。塹壕《ざんごう》に隠れながら、すぐ外で撃たれて倒れている仲間の呻き声がすこしずつ細くなり、やがて永遠に静まりかえるのを聞いた。あの静寂を忘れることはないだろう」

うつむく。

「仕方なかった。私たちは戦争をしてたんだからな。それにしても敵軍が恐ろしくてならなかったよ。夜中のこわい夢の中で悪魔を恐れるような気持ち。そんな中、季節は涼やかな秋から凍える冬へと転がり落ちていった。そして……」

ウィリアムがふいに言葉を切った。

首をかしげて「おやっ」と耳を澄ます。

ヴィクトリカも顔を上げ、うっそりと目を見開いた。

……〈回転木馬〉一階からおおきな足音が近づいてきていた。螺旋階段を上がってくる。一弥がヴィクトリカと顔を見合わせる。

と、階段の手すりに節くれだった男の手の甲がかかるのが見えた。続いて日に焼けた若い男の顔が現れた。NY警察で会った南部男――ミッチーの顔である。

ミッチーはきょろきょろしていたが、まずヴィクトリカを、それから一弥をみつけて、

「あぁ、よかった！　お嬢さん、坊ちゃん。教えてもらった住所に行ったら、お姉さんにここを教えてもらってね。お礼を言わにゃと。あと、よかったら今夜の試合のチケットをあげよう

か、と……」

うれしげに話す途中で、手前にいるウィリアム・トレイトンに気づき、ぎょっとする。全身をぶるぶる震わせ、

「ウィリアム・トレイトン！　こんの味方殺しのピルグリムファーザーズ！　どうしておめぇがここにいる！」

と飛びかかろうとする。言われたウィリアムも腹を立てて、

「ちがう！　私はルークを殺してない！　何度言わせるつもりだ！」

「卑怯《ひきょう》な人殺しがいるべ！　人殺しぃ！」

「あのなぁ！　ルークは友達だったんだぞ、そんなことするもんか！」

「いんや。おおかた、ルークのほうがかっこいいからヤキモチでも焼いてたんだべ！」

「ヤキモチぐらいで人を殺すか！　寝言もいい加減にしろ、この田舎者めが！」

「なんだとぉ！　この鼻持ちならん……」

ミッチーが物真似をしだす。

「『誇り高きピルグリムファーザーズの子孫であーる！』野郎めが！」

「こ、こ、こいつ……」

肩を震わせて顔を赤くするウィリアム・トレイトンに向かって、ミッチーがさらに、

「エディが見たって言ってるんだべ！　おまえがルークを殺すところをな！　この目で……見たような気がするってな！」

「き、気がする？　おまえら、ふざけるなよ。こんな大事なことを、気がするってなんだ。は

っきりしないやつらめ！」

「でも！　エディは、エディはな！」

「……私にはわかってるんだぞ。エディは自分が犯人だからそんな嘘をついてるんだとな！」

「て、てめぇ！　言っていいことと悪いことがあるべ！」

とミッチーがウィリアムに殴りかかろうとする。一弥があわててあいだに飛びこんで止める。二人の拳《こぶし》でほっぺたをぐいぐい押されながら「あの……。むぐっ。やめ……。もごっ……。ねぇヴィクトリカ、これはもう……。お二人ともののお話を平等に聞いてみたらどうかな……。謎の多い事件みたいだし……」とヴィクトリカを見る。

ヴィクトリカは、真っ赤な顔でくんずほぐれつしている男たちから目をそらし、パイプをいじりながら面倒そうに「もう好きにしたまえ」とつぶやく。

ミッチーがようやく落ち着き、

「いや、待つだよ。ウィリアムはどうしてここにいたんだべ？　……エッ、このお嬢さんが探偵？　真相を調べてもらいにきた？　ハァ？　そりゃなんだべさ？」

と首をかしげた。ウィリアムはミッチーに締められた首をさすり、咳きこんでいる。

ミッチーが合点したように「ア！」と手を叩く。

「そうだ！　エディのやつも話してたべ。お嬢さんのことを、とっても楽しそうになァ。なんでも隣の豚箱にいたちっちゃいお嬢さんが……」

「豚箱？　ゲホッ？」

とウィリアムが不審げに聞くが、誰も答えない。

「……まるで亡くなった綿農家の大奥様みてぇな、昔風で威厳のあるしゃべり方をしてくれるから、懐かしくってつい長々おしゃべりしちまったよ、って。お嬢さんもこんなわしの相手をしてくれたべ、お優しい方だべって。『ミッチーよ。あのお嬢さんは当代一の大変わり者だべ。だけんどめちゃくちゃに頭のよいお人なんだべ。だってよ、賢すぎてご自分で困ってなさるぐらい賢いんだべ？　おめぇ、そんなおかわいそうで可愛いお人を見たことあるかい？』って。あんたがどんなにへんちくりんか一生懸命説明してたべ」

「……む。むむ。む？」

ヴィクトリカがかすかに顔をしかめた。ウィリアムが不審そうに「この子、そんなに頭がいいのかよ？　ゲホ……」と聞くと、ミッチーがうなずいて「頭が良すぎてかえって困って、もう大人なのに豚箱でしくしく泣いてたらしいべ！　どえらく変わってるべ！」とささやく。

「だから、豚箱ってなんだね？　ゲホッ」一弥がヴィクトリカを振りかえって「そうだったの、君！」と聞く。ヴィクトリカが耳まで赤くなり、いらいらと、

「わたしは断じて泣いてなんかいない。第一そんなことはいま関係ないだろう。いいからはやく続きを話せ！　とうへんぼくな二人組と、それから、その、く、久城め！」

「えっ、ぼくがなにを……」

「おい。ウィリアム、よーほほ。おめぇはどこまで話したんだべ？　このバカタレのお坊ちゃんめ」

「軍艦で旧大陸に渡り、行軍で部隊の三分の二を失い、冬になったところまでだ。南部のすっとこどっこい。つまり……」

ウィリアムがうつむく。ミッチーも別人のように怖い顔になる。

「例の〈クリスマス休戦〉の前までだよ。ミッチー」

「……そっか、ウィリアム」

ヴィクトリカがごまかすように「早く話せ。その問題の〈クリスマス休戦〉のことを。早くしないとボクシング戦が始まってしまうぞ」と言う。

二人はうなずき、真剣な顔になった。一弥も思わず背筋をさらに伸ばす。

「あれは……」

「そう」

と、ウィリアムとミッチーは交互に話しだした。


「――冬になると、戦況はますます緊迫した。私たちはドイツ国境近くのある橋のたもとに陣取っていた」

「ほんに大変だったたべなぁ……」

「あぁ、そうだな……」

とウィリアムがうなずく。

「言うまでもなく、橋は戦争においても重要だった。戦隊を橋の向こうに渡し、物資を運び、荷車を引く避難民たちが渡っていく。その橋は戦略上、ことに重大でな。橋の向こうにはドイツと英国の連合軍がおり、我々は数日睨みあいを続けていた。じつはこちらはすでに人数が少なく、戦闘を開始する前に援軍を要請していたのだよ。……向こうも同じかも知れなかった。

息詰まる静かな睨みあいをするうち、夜になり、雪が、降り始めた……」

ミッチーが大声で叫ぶ。

「クリスマスイヴだったんだべぇ！」

「だ、大事なところだけおまえが言うなっ！　……そう、その夜は聖夜だった。まぁ戦場ではそれどころではなかったがなぁ……」

ウィリアムがしみじみと腕を組んだ。ミッチーも隣で首を振り、黙る。二人とも急に物静かになる。

風が吹いて棕櫚の葉を揺らす。まるで過去の聖夜の風のようにひんやりと感じられ、一弥はふと目を細めた。

ウィリアムが静かな声で、

「日が暮れて、雪がちらちらと降る。朝までには積もりそうだなと思っていると、ルークがとつぜんラジオのスイッチを入れた。人一倍陽気なやつだったから、きっと緊張した空気に耐えられなかったんだろうな。あいつにはそういうところがあったよな、ミッチー……。夜空に音楽が流れだし、隊長が『ルーク・ジャクソン！　貴様なにやってる！』と怒声を上げた」

「ラジオから流れてきたのが、あれだべ……。新大陸一のオペラ歌手マダム・ウィーフリーのアリア！　素晴らしい美声だったなぁ！　なぁウィリアム。それとも戦場で聴いたからかねぇ」

ウィリアムも「うむ、うむ」と懐かしそうにうなずく。

「まず流れたのが『クランベリーの花咲くころ』だったな。『クランベリーの花咲くころ、うちに帰ろう。うちに帰ろう。君がぼくを待ってるから……』私たちはぐっときちまって。中には家族を思いだして泣く者までいてねぇ」

「それはおめぇだろ。ウィリアム」

「……うっ。まぁ、な」

「それにエディも泣いとったなぁ」

「うむ……。そのあと流れだしたのが讃美歌『きよしこの夜』だ。みんなしんみりして、隊長も叱るのを忘れて聴きほれちまってると……」

「橋の向こうから、ドイツ兵と英国兵がつられて歌うのが聞こえてきたんだべ」

「そう。信じられないことだが」

「でも嘘じゃねぇ。ほんとなんだべ。『きよしこの夜、星は光り……』って」

「『救いの御子《みこ》は……』」

「『馬ぶねの中に……』」

「『眠りたもう……』」

「『いーとやーすーく……』」

二人は歌い終わり、黙って顔を見合わせた。ヴィクトリカはパイプを片手に静かに聞いている。一弥もじっと話に耳をかたむけている。

ウィリアムがやがて口を開いて、

「……歌い終わるころには、敵兵を悪魔みたいに思って怯えていた私も、相手だって普通の若いやつらだったんだってわかってな。座って考えこんでたが、ルークのやつが立ちあがって…

……」

ミッチーも思いだしてあきれ顔になる。

「あいつめ、隊長が止めるのに、わしらだって心配してヤイヤイ言うのに……。上機嫌で橋を渡りだしやがってな！」

「すると！　どうやら敵兵の中にもルークみたいなお調子者がいたみたいでな。向こうからも一人やってきて。なんと……」

「たまたまルークと知りあいだったみてぇでな。二人もびっくり仰天して、橋の真ん中で握手したり抱きあったりしだしたんだべ！」

「ルークはボクシングの学生チャンピオンだったと言ったろう？　相手のほうはドラグラインといってな、ドイツの学生チャンピオンだったらしい。戦争の前に対戦したことがあるって。しかも我がNY大学のスター、ルークよりドイツ野郎のほうが強かったというじゃないか！」

「まぁそんなこたぁともかく。わしらも、向こうの若いやつらも、ルークたちにつられて武器を置いてぞろぞろ歩きだしてな。橋のちょうど真ん中辺りまで渡ったんだべ。なんせクリスマスだべ？　煙草を交換したり、冗談を言ってからかいあったり。ルークのラジオを囲んでマダム・ウィーフリーの美声に合わせて合唱し始めてな」

「橋の向こうには、こっちにはないきれいな冬の白い花が地面に咲いててな。つい見ていたら、同じぐらいの齢のドイツ兵が私の胸ポケットに一輪飾ってくれたよ。そいつは絵描きを目指す美大生だと話していた。戦争が終わったら花の都パリに留学したいとね。私も新大陸での輸送業の夢を語った。語りあい、歌いあう、夢のように楽しいひと時だったね……」

「それからな、アメリカの学生チャンピオンのルークとドイツの学生チャンピオンのドラグラインからボクシングを習ったりな。おめぇとエディはことに楽しそうだったべ！」

「そうそう！」

とウィリアムが快活に笑った。

「橋の真ん中で即席のボクシング講座が始まった。ルークもドラグラインも私とエディを褒めてくれた。筋がいい、本格的にやってみろってな。ジャブ、フックなど技を教えてくれてね。私たちはスパーリングを始めた。はは、楽しい夜だったな。……戦争なんてもうとっくに終わったみたいだった。平和……。平和な夢だ……」

「そうだったべなぁ！」

「確か、英国軍に若い司祭見習いが一人いてな。ミサをして、みんなで声を合わせて讃美歌を歌って、それから……」

ウィリアムが唇をぐっと嚙《か》み締める。

「この戦争で命を落とした仲間と、敵兵と、民間人と、それから、それから……」

「ウィリアム……。おい、泣くな」

「これからの戦闘で命を落とすだろう、我々と、仲間と、敵兵と、民間人のためにも祈った」

「そうだべ。で、夜が更けるころ……」

「夢の時間はとうとう終わった」

「そうだったべな、ウィリアム」

「あぁ。ミッチー。平和な夢は終わったのさ」

「わ、わしらのほうにな、援軍が到着しちまったんだべ！　こんなときに、いくらクリスマスだからって、橋の真ん中で子供みてぇに遊んでたなんて知られたら全員懲罰モンだべ……」

「そのうえ敵兵と友達になったなんてな！　歌ったり、ボクシングしたり、身の上話したり……」

「敵のためにも祈ったなんて、わしら、最低最悪の兵士だべ。弱い男だべ……」

「そうだ。だって戦争のまっさいちゅうだったんだからな……」

ウィリアムとミッチーは悲しげに顔を見合わせた。

「私ははしゃぎ続けてるルークの腕を引っ張って、援軍にばれないうちに橋のこっち側にもどろうとした。ミッチー、おまえも、ドイツ野郎のドラグラインとまだおしゃべりしてるエディを心配してたな。肩を摑《つか》んで叫んでたのを覚えてるよ」

「そうだったべか……？」

「そうとも！　おまえはエディの心配をしてやってたさ。仲良しだからなぁ」

「う、うむ……」

とミッチーが顔を伏せ、表情を隠す。

ウィリアムは疲れ切った顔をしてチェストにどっかりと腰かけた。首を振ってため息をつき、

「私たちは、親しくなった若い敵兵たちのほうを、振りかえり、振りかえり、橋をもどった。やつらもまた、振りかえり、振りかえり、橋の向こうに消えていった」

「声が聞こえたな、ウィリアム……。おめぇにも聞こえてたろ。なぁ？　なぁ？」

「あぁ！　忘れることはないさ。『おーい、おーい』と親しげに手を振っていたな。『生きてた

らまた会おう』『また話そうぜ』『きっと会えるさ……』『マイフレンド！』『マイフレンド！』

という若い男たちの声がした」

「隊長がしょんぼりしてたのは覚えてるべか？」

「そうだったな！　『まずいぞ。こんなに楽しいクリスマスにしちゃって……。俺きっと軍事裁判にかけられちまう……』ってぼやいてた。『禁錮《きんこ》刑モンだぞ……』でもそういう横顔には子供みたいな笑顔の名残りがあったよ」

「で、向こうにも援軍がきちまったんだべな。ゴーッと戦車の音がしたべ？　ドイツ軍の戦車はかっこよかったべな！　つい歓声を上げちまったよ。ははは。わしらを撃つための兵器だってぇのになぁ」

「だって……。私たちは男の子だものな、ははっ」

「そうして夜は終わってたんだべな」

「そう……」

とウィリアムはうなずいた。

風がつめたく吹く。雪の匂いに似た空気が辺りにひんやりと漂いだす。

「両軍とも明け方を待った！　そして橋げたに朝日の欠片が落ちるころ」

「うん、うん……」

「我々アメリカ軍とドイツ英国連合軍との、橋を巡る攻防戦の幕が……切って落とされた……」

〈回転木馬〉最上階の屋根裏じみた部屋に三角窓から風が吹きこんでくる。もわもわと熱い空気がヴィクトリカの見事なホワイトブロンドの髪を揺らしていく。隣に立つ一弥の漆黒の前髪もそっと揺れる。

ウィリアムはチェストに座りこみ、胸の前に帽子を抱えていた。いつのまにかミッチーも隣に腰かけ、腕を組んでいる。

ミッチーがちいさな声で、

「たいへんな戦闘だったなぁ。……よーほほ！」

「あぁ、そうだったな！」

とウィリアムが後を引き取る。

訴えるように一弥の顔を見上げると、一弥が黙ってうなずく。ウィリアムは続けて、

「両軍の爆撃が始まった。あちこちで炎と砂埃が舞っていた。援軍の兵士たちは躊躇《ちゅうちょ》なく銃を構え、橋に向かって走っていった。私の胸ポケットから白い花が落ち、足元で泥の中に消えた。と、耳元でエディが歌うのが聴こえたよ。『クランベリーの花咲くころ……』『うちに帰ろう……。お袋が、わしを待ってるから……』また敵の戦車の砲撃があり、近くにいた仲間が血袋みたいに破裂四散した。それで、スイッチが入った……。私たちも銃を抱えて、大声を上げ、橋に向かって走りだしたんだ……」

ミッチーはうつむいて首を振っている。

「戦闘は……長く続いた」

「だからよぅ、どこに誰がいるか、誰が生きてて誰が死んだか、わかんなくなってるんだべな

……」

ウィリアムがふと、

「ミッチー、そういや貴様はどこにいたんだ？　そんな話もしないまま別れたっきりだったなぁ」

「ん？　わ、わしかっ？　えぇと、その……」

ミッチーが言いよどむ。急におどおどしながら、

「は、橋から落っこって、あ、あ、あ、頭を打って気絶してただ。し、死体に見えてて無事だったらしいんだべぇ……」

ウィリアムは屈託のない笑顔になり、

「なんだ、幸運でよかったじゃないか！　助かったのを気にしてるのか？　ばかな田舎者め！」

「い、いや、そういうわけじゃ。あ、あ」

「なんだよ。はっきりしないやつだな。で、私はだな……」

ミッチーがふんと横を向き、

「なぜかルークを撃ち殺したんだべ？　名士の息子のきまぐれでよ」

「だからちがうって言ってるだろうが！　そんなきまぐれがあるか！」

ウィリアムが怒りだし、帽子をぎゅーっと握りしめる。ミッチーもその顔を強く睨みつける。

ウィリアムはミッチーから目を逸《そ》らし、顔をしかめた。

ヴィクトリカが面倒そうに、「それでウィリアム。貴様はなにをしていたのだね？」と聞く。

するとウィリアムが首をかしげ、

「うーむ。戦闘の終わりごろのことは、混乱していてはっきりしないのだ。だから誰かに整理して……」

「ふん。再構成してもらいたいというわけか？」

「あぁ、そうだ……」

ウィリアムが首を振り、しみじみと言う。

「私の記憶にあるのは、仲間と敵兵が折り重なって倒れ、死屍累々となった橋の上の景色だ……。アメリカ、ドイツ、英国の三色の軍服姿がめちゃくちゃな層になっていた。目を凝らすと、手足がもげ、頭が半分吹き飛び、目からは血の涙が流れた死体の山があった。私はというとな、橋の手前で仰向けに倒れ、片肘《ひじ》を地面につけてかろうじて上半身を起こしたところだった。五メートルか十メートルぐらいむこうにエディが倒れていたな。エディはこちらに頭頂部を向けた仰向けで、背を反らせてこっちを見ていた。頬におおきな傷ができ、流れる血が片目に流れこみ、血の川を作って額に落ちていた。そこで、私は……」

「ルークを撃った！」

「だから！　その場にルークなんかいなかった！」

「嘘つけ！　エディは！　二人のあいだにルークが立っていて、おめぇが撃ち殺したと言ってたべ！」

「ちがう！　ちがうぞ！」

ウィリアムが怒って、

「私が撃ったのは敵の兵士だ！　目の前にいたからだ！」

「いんや！　ルークを殺した！　エディは見たと言っとる。それに、戦闘が終わったときおめぇとエディの真ん中にルークの死体があったっていうじゃねぇか！　あいつ、あの生き生きして陽気なあいつ……ルークは……よりによって仲良しだった味方に殺されちまった……！」

「ちがうってば……」

　とウィリアムが力なく首を振った。

「ド、ドイツの軍服を着てたからな。まちがいないぞ……」

　一弥が丁寧な口調で口をはさむ。

「あの、いいですか。つまり、橋の手前にウィリアムさんが、その十メートルほど先にエディさんが倒れていたんですね。そしてウィリアムさんの記憶では、目の前にドイツの軍服を着た男がいたので、撃った、と」

「そうだ……。恐怖にかられ、敵兵に殺されると思って引き金を引いた……」

「でもエディさんはこう言ってるのですね。二人のあいだにはルークさんがいた。そしてウィリアムさんが彼を正面から撃ち殺した、と」

「そうだべ！」

「実際にルークさんは正面から撃たれて絶命していた？」

　生真面目にメモを取りながら二人に質問する。そんな一弥の様子をヴィクトリカが不気味そうにじろじろ見だす。一弥が「なに？」と聞くと、

「いや。君、さっそく新聞記者みたいになっているぞ。てきぱきとじつに不気味な姿である」

「そ、そ、そんなこと……。えっ、そう？」

と一弥は女の子みたいに赤くなる。

ウィリアムが聞き咎《とが》める。「なんだって。君は新聞記者なのか」一弥が「いえ、明日から仮採用です。じつは〈デイリーロード〉記者見習いでして」と答えると、あきれたように「じゃ、こっちの女の子は今日から探偵、こっちの男の子は明日から新聞記者見習いか。ニューヨークにやってきたばかりとでもいうのかね」と首をかしげる。

「はい。昨日エリス島に着いたんです」

ウィリアムは「はっ、昨日？」とびっくりして、ヴィクトリカと一弥をじろじろ見始めた。

一弥は熱心に「で、そのときミッチーさんは橋の下に落っこちて気絶していてなにも見てない、と。うんうん……」とメモを読み返している。顔を上げて妙にてきぱきと「ねぇ、ヴィクトリカ。これはエディさんの話も聞く必要があるんじゃないかな？　試合会場に行くしかないのかしらん。でも試合直前だから難しいなぁ……」と相談しだす。

ヴィクトリカはパイプを弄《いじ》っている。磁器人形のように青白い肌に生気がもどっている。なぜかもう退屈し始めているようで欠伸を嚙み殺している。

ミッチーが身を乗りだして「エディとわしだってずーっと胸につかえてるべさ。わしゃマネジャーだからエディに話してみてもいいべ」と言う。

「その代わりな。やいウィリアム！　もう妨害せず、試合はフェアにやると約束するんだべ！」

「わかった。真相さえわかれば私は構わないとも！」

「本当だろうなぁ！」

「あぁ。そろそろ時間だ。会場に行こう……」

とウィリアムがしっかりうなずいたとき。

また誰かが螺旋階段を上がってくる足音がした。こんどは女性らしい軽やかな音。棕櫚のおおきな葉が揺れ、赤や青の花もゆさゆさと震える。窓から見える空はもう夜に近づいている。

「ヴィクトリカさーん。一弥さん！」

と、ひょこっと瑠璃が顔を出した。長い黒髪が濡れたように光って揺れる。

その下から料理婦も、さらに下から緑青もひょこっと顔を出す。三人、頭を縦に並べて好奇心いっぱいで覗き、揃って左右をきょろきょろする。

「これ、部屋？　ちょっと一弥さん？　なんておかしなところなの？」

「ウー？」

「殺風景ですネー。ワタシ壁に絵を描きましょうカ？　絵の具は持ってマスヨ」

一弥があわてて「あの、ぼくの姉一家です」と紹介する。

瑠璃が腕組みして首を振り、

「まさかここに住むの？　ドアもないのに？　だめだめ！　わたしたちと一緒にホテルに行きましょう」

「でも、ヴィクトリカは、ぼくが……」

「一弥さんは男の子だからともかく、ヴィクトリカさんの住むところがないなんてだめです。お姉ちゃまは許しません」

「ちょっと待て。住むところがないとはなんの話だね。君たち、わけありにもほどがあるだろう」

とウィリアムが口をはさむ。ミッチーもびっくりして、

「エディからだいたいの事情は聞いてたけんど、いやはや、住むところさえないとは知らなんだ！　なんとまぁ、お嬢さんはわしらより貧しい境遇じゃったんか……」

続いて一弥に向き直り、

「お坊ちゃん、悪いこたぁ言わねぇ。ここはお姉様に甘えておきなせぇ。わしら貧乏人が意地を張るのは腹がいっぱいになってからの話だべ。よーほほ……」

「そうですヨ。このへんな兄さんの言うとおりデスヨ」

「だべな、へんな姉ちゃん」

「ほら一弥さん。多数決でもお姉ちゃまが正しい！　この方々が誰かは知らないんですけど！」

「いや、でも瑠璃、あの……」

と侃々諤々《かんかんがくがく》言いあう横で、ウィリアムが腕を組んで「自称凄腕の探偵さんとやらは、宿無しというわけか」とつぶやく。するとヴィクトリカがパイプを弄りながらのんびりと答える。

「ちなみにわたしはまったく困っていないのだよ」

「しかし向こうの記者さんはまいってしまってるようだが」

「あやつはなにしろ中途半端な秀才でな。じょぶ&ほーむの獲得にやけにこだわるのである」

「どうだね。この事件の捜査料としてアパートメントを紹介しよう。もちろん解決できたらだ

が」

言い争いから、ヴィクトリカのために瑠璃たちが作ったピンクのロングドレスのお披露目へと話題が変わっていた輪の中から、一弥が「ほんとうですか！」とすっぽんと抜けだしてきた。

「あぁ。私に用意できるのはブルックリンの移民アパートメントだがな。もちろん君たちにも家賃を払えそうな物件にしておく」

「はい！　あ、ありがとうございます！」

ウィリアムは目を伏せ、

「戦争が終わって、私は帰国して。輸送業を立ちあげるはずが、そんな気になれずぶらぶらし続けてね。あのクリスマスの夜、ルークとドラグラインから教えられたボクシングに打ちこむうち、いつのまにかチャンピオンになっていた。ホテル暮らしの毎日で、ブルックリンの父の家にも帰っていない。だが口利きぐらいはできる……」

一弥は黙った。（橋のたもとで会ったご老人たちから聞いたな。トレイトン元市長の息子さんは戦争が終わってもうちに帰ってこないと）とひとりごちる。

ヴィクトリカが瑠璃の持参したピンクのロングドレスに着替えさせられている。フリルが五段重なって足首までを覆うデザインで、袖に飾られた漆黒のフランスレースが濡れたように光っている。

緑青がそれを見てうれしそうに「ウー！」と駆け回りだした。

「もう時間だ。試合会場のブルックリン橋に行こう」

とウィリアムの声が響いた。続いてミッチーの「エディの話もそこで聞けばいいべ」という声もする。男たちがばたばたと部屋を後にし、階段を下り始める足音が響く。

廊下をアヒルの親子がガァガァと鳴きながら元気よく行きすぎる。続いてオレンジ色の巨大な亀がやけにゆっくりと進む。緑青がびっくりして「ウー……？」とついていきそうになる。

一弥の心配そうな声も聞こえてくる。

「探偵なんて危ないと思うけど、この件だけは断り辛いなぁ。クリスマス、伝説の夜、戦闘中の殺人……。殺意は、誰の心に、なぜあったのか。誰がなぜ仲間を撃ち殺したのか……」

「まぁ真相はほとんどわかっているがな」

ヴィクトリカの退屈そうな声が響く。

「え、えっ？　いまの話だけで？　ヴィクトリカ、まさか！」

「しかし確認をせねばならんだろう。そのためブルックリン橋でエディと会ってみるのも一興だ、君……。あっ！」

ヴィクトリカがパイプを落っことす。床に落ちておおきな音を立てる。アヒルの親子があわてておお尻を振って遠ざかっていく。

一弥が屈《かが》んで、拾う。

その横顔にはいつもの穏やかな笑みが浮かんでいる。片膝を立てて、ヴィクトリカを見上げてそっと渡す。ヴィクトリカは女王の如く大威張りでパイプを受け取る。

「ともかく、行こう……。ヴィクトリカ」

「フン。行くか久城」

「トランクはとりあえずここに置いていくからね」

「好きにしたまえよ」

ヴィクトリカと一弥もちいさな足音を立てながら階段を下りて遠ざかっていく。

「……緑青、なにしてるんですの？」

と息子を探しに階段を上がってきた瑠璃が、床で遊んでいた緑青をみつけ、よいしょと抱きあげた。

それから転がっている看板をみつけて首をかしげた。声に出して朗々と読みあげる。

「〈グレイウルフお菓子店〉？　〈作れないお菓子はありません〉？　あら、一弥さんの字だわ。なにかしら」

と言いながら裏返してチェストの上に置く。

それから「待って！　いま行きますよ」と叫び、少女のようにしなやかに身を翻して〈仔馬の部屋〉から走り出ていった。

「きよしこの夜」

きよしこの夜　星は光り
救いの御子は　馬ぶねの中に　眠りたもう
いとやすく
きよしこの夜　御告げうけし
牧人たちは　御子の御前に　ぬかずきぬ
かしこみて
きよしこの夜　御子の笑みに
恵みの御代の　あしたの光　輝けり
ほがらかに

# 八章　橋を架ける者

## 1

豊かな緑茂る〈ミラクルガーデン〉。

昼の日射しは火のように熱かったが、もう日が暮れて夜に染め替えられている。マンハッタン島に闇の時間が押し寄せている。花々が夜風にゆったりと揺れてはもどる。外の通りからは男たちの笑い声が遠く響いてくる。

貝殻のような形をした〈回転木馬《カルーセル》〉の入り口扉が開いた。

ヴィクトリカ・ド・ブロワがゆっくりと姿を現す。貴婦人風のピンクのロングドレス。やわらかな五段フリルでスカート部分がふっくらと膨らんでいる。襟と腰に漆黒のベルベットリボンの縁取り。ちいさな頭には黒薔薇《ばら》の飾り付きミニハットがちょこんと載り、ドレスの裾からはピカピカのハイヒールが覗いている。

びゅうっと風が吹く。ホワイトブロンドの髪が遠くまで豊かにたなびく。片手にした金のトカゲ形パイプが風に震える。

ヴィクトリカは太古の湖のような深い緑色の瞳を細めた。それから緑あふれる螺旋《らせん》状の小路に足を踏みだした。

一弥が手を繋いで横を歩く。続いて瑠璃と料理婦と緑青も出てきて、歩きだす。その後ろをウィリアムとミッチーが小声でいがみ合いながら続く。

うつくしくちいさなヴィクトリカだけが、地面から足が浮き、まるで舞台に妖精が登場したように見える。傍らを歩く東洋人青年は、地面に足をしっかりつき、誠実で芯が強そうである。後ろにいる着物姿のきれいな東洋人母子は仲良く手を繋いでいる。原色の民族衣装姿の黒人の若い女は、一人楽しく踊っているように陽気に歩く。さらに後ろを、高級スーツに身を包んだ白人のハンサムな青年と、粗末な身なりをした白人男がせわしなく口喧嘩《げんか》しながら続く。

ヴィクトリカ・ド・ブロワは、人種と文化の坩堝《るつぼ》の新しき女王らしく、ばらばらで奇妙な行列の先頭に立ち、緑の小路を進んでいく。


イーストビレッジの外れ。〈ミラクルガーデン〉前のさびれた通り。

向かいの教会からオルガンの音色が聞こえる。配達の自転車がチリンチリンと鈴を鳴らして通り過ぎていく。

スーツを着た恰幅《かっぷく》のいい男たちがウィリアムをみつけ、寄ってくる。スタッフたちが外で待っていたらしい。ウィリアムと小声で話し、うなずいている。

瑠璃が「じゃ、わたしたちはホテルにもどってるわね」と言う。「ホテル？」とヴィクトリカがうっそりと聞くと「ホテル・アリアーントンよ」と答える。ウィリアムが「おや、わたしの常宿だ……」と振りむく。

瑠璃がにこにこと、

「旅行のときの仮のうちだから、ほんとの家とちがって落ち着かないけど。たまには贅沢《ぜいたく》で楽しいものですよぅ。そうだ、ホテルの連絡先を教えておかなくちゃ。一弥さんは陰惨に育っちゃったから、お嫁さんのほうに渡しておいてっと」

一弥が「お？　よ！　い？」と転ぶ。

瑠璃はヴィクトリカにメモを渡しながら、一弥を見下ろして、

「いやだわ、転んでる！」

ウィリアムが「仮のうち、か。なるほどな」とつぶやく。それから一弥に「ではあとでブルックリン橋で会おう」と言うと、会場での通行証を渡し、歩き去っていく。ミッチーも急いで走っていく。

まだくすくす笑っている瑠璃の腕を、ヴィクトリカがつっつきだす。

「――What is Home?」

瑠璃に「えっ？」と聞きかえされ、ヴィクトリカは焦《じ》れたように、

「つまりである。仮のうちだと落ち着かないとはどういう気持ちなのだね、君」

瑠璃がまだ首をかしげていると、一弥が両手で膝をはたきながらあわてて立ちあがった。

「あのね、瑠璃。ヴィクトリカは家なるものに住んだことがなくてよくわからないんだって……」

瑠璃が女学校の先生のようなキリリとした顔になる。弟とそっくりの様子で姿勢を正す。

ヴィクトリカは人形そのものの凍って空虚な瞳で瑠璃を見上げている。長い髪が風にたなび

く。

イーストビレッジの大通りは相変わらず騒々しかった。荷車と馬車と自動車が轟音《ごうおん》とともに行き過ぎていく。ボロボロの洗濯物が万国旗の如くはためき、建物の中からは子供を叱る声や夫婦喧嘩が聞こえてくる。黒髪に黒い瞳、浅黒い肌のエキゾチックな女と子供たちや、金髪に青い目をした大柄な男たちが通り過ぎていく。

東欧系のこの街では、ちいさくてうつくしくて白銀色のヴィクトリカの姿だけがやはり架空の生物のように妖しく見えた。

瑠璃が「そうねぇ。What is Home?　ですか」と首をかしげる。

「もともとの実家はご先祖さまが建てたものなんですよ。で、いまのうちは旦那さまのお仕事の都合で引っ越してきたものなの。つまり自分で選んだ建物じゃないのよね。でも好きよ、大好き。さてどうしてでしょうね？」

と生徒にするように質問する。「はい、ヴィクトリカさん！」と指名するが、ヴィクトリカはきょとんとしている。すると瑠璃は質問しておいて自分で挙手もしてみせ、

「はい！　きっとですね、昔はお父さまとお母さま、お兄さまたち、そして一弥さん、いまは旦那さまと緑青……そしてヴィクトリカさんと一弥さん……。大好きなふぁみりーがいるからでしょうね」

ヴィクトリカがかすかに震える声で「ふぁみりー、か……」とつぶやく。

夏の風の中を、消えていった母狼の姿がうっすらと蘇る。金色の髪が翻り、緑の瞳が獰猛《どうもう》に輝く……。

ヴィクトリカのエメラルドグリーンに輝く瞳に、氷のような、涙のような光るものが浮かぶ。瞳が遠く過去を見ている。

（わたしの娘よ……。逃げるのだ……）

母狼の声が蘇る。

（逃さんぞ、灰色狼。我が娘め……）

恐ろしい父の声の記憶ももどってきて、ぶるっと震える。

一弥に手を差し伸べられ、握りしめる。

と、料理婦がにゅっと顔を突っこんできて、「ワタシはですネー！」と大声を上げた。あまりに素っ頓狂《とんきょう》な声に、過去からの恐ろしいイメージが四散する。

「子供のころ、家族で南部を出ましタ。大陸を縦断し、ブルックリン橋を渡ってマンハッタン島にきましたヨ。で、ハーレムのゲットーに住んだんですけど、治安も悪いし、部屋はぼろいし、最初は大きらいでしタ。ある日、親父が金持ちの家から盗んできた絵の具セットをくれまして。自分用の狭いスペースの壁と家具に絵を描いてみたら、うちが好きになりましタ。親父もおまえは絵がうまいなって言ってましたネ」

ヴィクトリカは静かに聞いている。一弥が「それであなたは絵が好きなんですね」と聞くと、料理婦が「ハイそうヨ」と胸を張る。ヴィクトリカのちいさな顔を覗きこんでにっこりし、「お嬢さんも好きなものをおいたり描いたりするといいデス」と言う。瑠璃も「わかるわぁ。そういえばわたしもね、女学校時代に使ってたちゃぶ台をアメリカまで持ってきたんですよ。そしたら旦那さまがチャイナタウンでお座布団セットを買ってくれてねぇ」とうなずく。

「好きなものをおくといい、か……」

とヴィクトリカが懐から青いラジオを出して、じっと見る。

大通りを進み、交差点に着く。せわしなく車と馬車と自転車がすれちがっている。舗道にも人や屋台が溢《あふ》れている。瑠璃たちが「じゃあね」と右に曲がっていく。ヴィクトリカと一弥は左に曲がる。


「……あの恐い柄のお座布団、武者小路さんの趣味だったんだね」

と歩きながら一弥がブツブツ言う。

ヴィクトリカが胡乱《うろん》な様子で見上げ、

「なんだね。妙に不満そうにモジョモジョと」

「だってあんな趣味の人がうちのきれいな姉さんを……。いや、いいけど……。でも！　美的感覚というものがだよ？」

「貴様だって金の髑髏《どくろ》をくれたではないか」

「……あっ！」

「これが小舅《こじゅうと》というやつか？　うむ」

一弥は真っ赤になって、

「えーっ！　いや、その……。だって。ウ、ウン……」

「さては姉を取られてむくれているのだろう。君」

「ち、ちがっ！」

一弥はブンブン振っていた首を、ゆっくりかしげ、

「でもヴィクトリカ、君の場合は着の身着のままで海を渡ったんだし。瑠璃のちゃぶ台みたいなものは持ってないしね……」

ヴィクトリカはまた青いラジオを眺めた。つめたい無表情の顔である。懐にしまって歩きだす。

ヴィクトリカが「おや」と足を止める。

通りの向かい側にウインドウ全体が真っ白なお店があった。今朝、なぜ白いのかと不思議に思った店である。ヴィクトリカが舗道から首を伸ばし、「なるほどな」とうなずいてみせた。一弥が首をかしげる。

「ふむ。これと同じ原理だよ、久城」

と、ヴィクトリカが背伸びをし、野菜と果物を積んだ荷車を指さした。赤いものをみっちり詰めた縦長のガラス瓶も売られている。よく見るとトマトの漬物やイチゴのシロップ煮の瓶である。

「どういうこと、ヴィクトリカ？」

「赤いものを詰めてあるから、赤い瓶に見えるのである。あのウインドウも同じ。真っ白なのではなく、白いものをたくさん……」

と言いながら、とことこ通りを横切る。左右を見もせず、でも不思議ともう転んだりぶつかったりせずにぶじ渡り終わる。一弥もついていく。

「あぁ、なるほどね！」

ウインドウを覗くと、いろんな襟のデザインをした白シャツがたくさんかかっていた。繁盛店らしく店内に人がたくさんいる。男性客の前に店員が立ち、肩幅や胴回りを測っている。一弥が合点して、

「白い店の正体はシャツ専門店だったんだね。だから遠くから見ると真っ白に見えたのかぁ」

ヴィクトリカがなぜか目を細めて、形のいいちいさな鼻に怒った獣のような縦皺《じわ》まで寄せてうなずいた。ショーウインドウの隅に飾られたおかしなデザインのシャツをみつめだす。〈ヨーロッパで流行中！〉〈新進俳優考案のダブルネクタイシャツ〉と貴公子風の金髪美男子の写真つきポスターが貼られている。襟に工夫がされ、ネクタイを横並びに二本つけられる白シャツのようである。

隣で一弥が「ぼく、君のお洋服を買えるようにならなくちゃね……」と肩を落としていると、ヴィクトリカがなぜか逃げるように店の前から駆けだした。

「あれ、ヴィクトリカ？」

とあわてて追うと、「……あっ、久城、またであるぞ！」とビルとビルのあいだの空を指さした。一弥もつられて見上げる。

ひらり、と右のビルの屋上から左のビルにかけて飛び移った人影が見える。危険な行為だが、慣れているようである。

「ヴィクトリカ。朝もああいうことをしてる人を見たよね。見上げていたら朝刊が一部ひらひらと落ちてきたけど？」

と顔を見合わせていると、ほどなく左のビルから日焼けして元気いっぱいの少女が飛びだし

てきた。新聞をたくさん詰めた布鞄《かばん》を細い肩から下げている。さらに左のビルに飛びこむ。

ヴィクトリカが目を細め、ビルの屋上を指さしてみせる。

「なるほどな！　見ていたまえ久城！」

「ん？　……あっ、まただよ？」

左のビルからさらに左のビルへ、屋上を飛び移る影……。

「ヴィクトリカ、どうやらあの子はビルからビルへ屋上伝いに移動してるみたいだね。でもそれなら、ずーっと屋上から屋上へ飛び移ればいいのに、屋上伝いに飛び移ってはいちど下まで階段で降りてくる。そして隣のビルの一階に入って、階段を上がって屋上に出て、さらに隣のビルの屋上に飛び移り……って繰りかえしてる。おかしな行動だね」

「わかってみればそう不思議なことでもないぞ、君」

「えっ、どういうこと？」

「なに？　まだわからんのかね、君は！」

ヴィクトリカはびっくりした。肩をそびやかしてちょっと得意そうにしてみせ、

「ビルの下の階に用があるなら、入って、上って、用を済ませたらまた降りてくれば良いのである。上の階にだけ用があるなら、いちいち下まで降りず、屋上づたいに飛び移っていけばよい。しかしあの人物はそのどちらでもない。あるビルの一階から入って上っていき、屋上までつくと、屋上づたいに隣のビルに入る。一階まで降りていき、出てきてまた……。つまり下から上のたくさんの階に用があるのではないか？　そして落ちてきた朝刊がヒントとなる……」

「ん？」

「彼女の正体は――新聞配達なのだ！」

一弥は遅れて「あぁ！」とうなずいた。

「なるほど。一階から入って、下から上に配達して、屋上づたいに隣のビルの上から下に配達して……とやってるわけだね。それで朝、屋上から朝刊が落っこちてきたのか」

「見たまえ、また出てきたぞ」

ビルから新聞配達の少女がまた飛びだしてきた。途中で誰かにもらったのか、おいしそうな丸パンを口にくわえている。慣れた様子で隣のビルに飛びこんでいく。真剣な顔だが楽しそうでもある。

「効率的というのはじつに新世界らしいな、君」

ヴィクトリカは笑いをふくんだ表情で一弥と目を見合わせた。

それから連れだってまた歩きだす。イーストビレッジの喧騒もちょっとだけやわらかく、明るく変わったようである。

交差点の真ん中で台に乗った警官が交通整理している。その左右を辻《つじ》馬車や黒塗りの自動車が忙しく行き来する。ヴィクトリカたちは手を繋いでとことこと歩いていく。

リトルイタリーの陽気な街並みに差しかかった。昼間より人が増え、あちこちの店から美味《おい》しそうな匂いが漂ってくる。

ヴィクトリカが「おや」と足を止めた。おおきな赤い文字で〈Poorboys〉と書かれた屋台があり、労働者風の若者が列を作っている。一弥もつられて立ちどまった。屋台でなにかを買って歩きだした長身の青年をじっと見る。

と、相手が振りむいて「あれ、おまえは？」と片眉を上げてみせた。

さきほど〈デイリーロード〉編集部で顔を合わせた妙なイタリア人青年ニコラス・サッコである。一弥がヴィクトリカに紹介するものの、ヴィクトリカはニコには興味を示さず、手元ばかり覗きこんで「それが〈Poorboys〉かね」とくんくん嗅ぐ。ニコが「うわっ、なんだこの女の子？　ものすっごくきれいだな！　うわ！　でもなんだかこわい！」とその場でくるくる回りだす。

硬そうな四角いパンに肉とトマトとレタスをはさんだものである。味付けは塩胡椒《こしょう》だけらしく、匂いもシンプルである。「なにって、俺わっかんねぇよー！　安くて腹がふくれるから食ってるだけ！」とニコが叫ぶと、ヴィクトリカが背伸びしてしつこく見て、

「名称と形態から推理するに、労働者用の屋台料理だろうな、君。働きながら片手で食べられ、満腹もする」

屋台のおじさんが忙しそうに働きながら口をはさんだ。

「そうだよ。若い移民労働者が先を争って買うからこういう名前らしい」

「うむ。それに味付けに癖もないので民族問わず食べられそうである」

「なるほど。だろうねぇ、お嬢ちゃん。ま、そううまかないが癖になる味でよ、歳取って隠居してからも、不思議とときどき食べたくなるってじいさんたちにも言われるよ」

ヴィクトリカと一弥が屋台の列を見る。

確かに年配の紳士もときどき並んでいる。三人でひとつの〈Poorboys〉を分け合う紳士三

人が「このボリュームじゃ、もう一人一つずつなんて食べきれないな」と笑いあっている。

ニコは「俺、なんにも知らなかったぜ！」と言いながら、気にせずむしゃむしゃ食べている。

一弥に向かって顎《あご》で道の先を差して、

「このさきの角にある〈ローマカフェ〉が俺の家。明日は初仕事だよな。迎えにっていうか起こしにこいよ。俺、朝弱いから。んじゃな、東洋人」

と言って立ち去っていく。一弥が「ぼくが起こすの？　もうしょうがないなぁ……」とうなずく。

そのときヴィクトリカがニコを呼び止めた。ニコが口の中をパンでいっぱいにしながら振りかえる。

「――What is Home?」

「えぇ、うち？　さぁ、俺にはわっかんねぇよ！」

とニコがパンを呑みこみつつ、首を振った。

「俺、みなしごだからさ。親戚のサッコ家に引き取られて、従姉《いとこ》といっしょに育てられて。レストランは従姉が継ぐだろうし。俺ぁ根無し草っていうかさ」

「そうか。貴様にもわかんないのか！」

と、ヴィクトリカが妙に明るく繰りかえした。一弥が「君、どうしてうれしそうなのさ」と覗きこむ。

ヴィクトリカはうきうきと「新世界の住人にも、家がわっかんないやつがいるのだなぁ！」と繰りかえす。するとニコが「おぅ？　まっ、俺はなんにもわかんないからなー。まぁそういうやつが必要になったら〈ローマカフェ〉にこいよ」と返事をした。一弥が「わかんないやつが必要に？　な、なるかな？」と首をひねると、ニコは気にせず「それも俺にゃわっかんねぇよ。じゃなー」と言い置き、ぶらぶら歩いていった。

屋台の前から、ニコとよく似た青年や年配の紳士が〈Poorboys〉を握って一人また一人と歩きだし、街のあちこちに消えていく。新世界の住人は誰もがばたばたと急ぎ足と見える。

ヴィクトリカと一弥はシンプルなビルの並ぶビジネス街を通ってブルックリン橋に向かっていった。さきほど〈回転木馬〉を出たときよりも落ち着いて、女王のように堂々と歩くピンクのロングドレス姿のヴィクトリカ。一弥が従者のように傍らを行く。

「おや」

とヴィクトリカが足を止める。

三叉路《さんさ》の真ん中に崩れかけたようなちいさな煙草屋台がある。世界各国の煙草の箱がびっしり並び、その下に夕刊各紙もいちおう置いてある。おばあさんの店番が居眠りしている。

一弥も足を止め、屋台を見る。一弥が買ってあげようかと話しかける。ヴィクトリカはうっそりとうなずく。それからじっと屋台を観察する。

イーストビレッジで見た煙草屋台と同じように、ここでも紐《ひも》で銀色の四角いなにかがぶらさがっていた。忙しげに行きすぎる男たちが、店の前で足を止めては、四角いなにかを手に持ってなにかして、また歩きすぎていく。

「これもまた混沌《カオス》の欠片である……」

とヴィクトリカはじっと見ていた。

「あの銀色のものがあるせいで、人々は屋台の前で足を止めている。なにかの役に立っているようだが、おそらく屋台のほうにも利益があるから使わせているのだろう。ついでに屋台で買い物をしていく者もいるようだから、な……」

とつぜん低い声で悪魔的に笑いだした。

「なるほどである！」

一弥が買ってきてくれた葉っぱを、パイプの中に詰める。

緑の瞳が不気味に輝く。

一人で一歩また一歩と歩きだす。またもや卵の殻を割って出てきたばかりのヒヨコのようなひょこひょことした動きである。ゆっくりと屋台に近づいていく。

銀色の四角いものに手を伸ばす。火傷《やけど》したかのようにびくっとし、それからもう一度、こんどはしっかりした手つきで、触れ、握る。四角いもの……煙草屋台に備え付けのライターを握りしめる。しっかりした手つきでパイプに火をつける。

一弥が気づいて、

「これってライターだったんだね。〈ご自由にお使いください〉ってことだね。煙草屋台のサービスかぁ。確かに、ついでにここでつぎの煙草を一箱買うこともあるだろうね」

「そのようだな、フン！　じつにたわいもない新大陸の謎である！　たちどころに再構成が済んでしまったではないか」

「う、うん。ヴィクトリカ」

「よって、知恵の泉の主たるわたしはまたもや退屈である」

と文句を言いながらも、ヴィクトリカはうまそうにパイプに口をつける。

そっと唇を離し、ゆっくりと煙を吐きながら、あきれたように「いかにも新大陸らしい合理的なサービスであるな」と嘯《うそぶ》く。

「忙しくて、貧しくて、効率を重んじる新しき人間たちよ……」

金色のトカゲ形のパイプから妖しい紫煙が細く高く上っていく。マンハッタン島の夏の夕刻の空に、かつてソヴュール王国の秘密の植物園で漂っていたのと同じ煙が魔法のように空に向かっていく。たゆたって、上空で消える。車のクラクションや馬車の蹄《ひづめ》の音が響く。

ざーっと風が吹く。

紫煙とともに、ヴィクトリカの見事な白銀の髪もどこまでもたなびく。夕刻の光を吸って、まるで古代戦士が放つ魔的な狼煙《のろし》のようにぎらぎらと輝きだす。

ヴィクトリカはゆっくりと振りかえった。一弥を見据えて、悪魔的で謎めいて残酷な光を緑の瞳に湛えながらささやく。

「ではそろそろ行くとしようか、君！」

## 2

夜空の真ん中に光る三日月がマンハッタン島を青白く照らしている。ビル壁や道路には昼の熱気がまだこもり、空気を燃やし続けている。クラクション、人々の掛け声、忙《せわ》しない足音が入り混じってこだまする。

巨大な鉄橋は昼とはまったく様子を変えていた。ブルックリン橋の入り口に集まった人々が大声で話している。一弥はヴィクトリカの手を引き、「す、すみませ……」と人をかき分けて進む。

汗を拭きながら見上げると、アーチ形の橋の真ん中に白い特設リングがそびえていた。マンハッタン島側にチャンピオンの陣営が、ブルックリン側に挑戦者の陣営がある。関係者らしきスーツの男に「探偵さん？　ミッチーさんが探してるよ」と声をかけられる。ヴィクトリカと一弥は男についてエディの控室に進む。

リングサイドの一角にパーテーションで区切られた屋根のない小部屋があった。呼ばれて入ると、ボクサーパンツ姿に着替えたエディ・ソーヤが椅子に腰かけていた。傍らにミッチーもいる。エディはNY市警で顔を合わせたときとは別人のように獰猛な顔つきをしていた。ミッチーはぼんやりと宙を見ている。

ヴィクトリカに気づくと、エディの表情が優しく変わった。

「お嬢さん！　またお会いできましたな。ミッチーから聞きましただ。凄腕の探偵におなりになると」

一弥があわてて「い、いや」と言う。ヴィクトリカは「うむ、あのあといろいろあってなぁ」と嘯き、パイプをぷかりと吸う。

エディが身を乗りだして聞く。

「なんでも、ウィリアム・トレイトンの野郎の依頼で〈クリスマス休戦殺人事件〉の謎を解こうとなさってるとか。そりゃお嬢さん。わしもミッチーも真相がわかるんならありがてぇと思っとります」

ミッチーも情けない顔で、

「そうだべ！　わしもエディとでさえあの日のことはほとんど話したことないべ。辛かったしなぁ。……さっきウィリアムはウィリアムでなにかごちゃごちゃ言っとったけどなァ！」

「そうだべか。あいつめ……。アッ、お嬢さん大丈夫だべか？」

ヴィクトリカがとつぜんふらついた。片手で頭を押さえ、「いや、なんでもない……」と呻《うめ》く。一弥が心配そうにヴィクトリカを観察する。

ヴィクトリカは顔を上げ、エディのおおきな目をひたと見た。足元はまだふらふらしているが、表情はつめたく、「あの日、君が見たものについて話してみたまえ……」と言う。

エディがうなずく。

「へぇ。……といってもお嬢さん、わしにもあの戦闘の最中のほんとうのことはよくわからんのです。銃撃戦、川べりから戦車で行われた砲撃、橋に走りこんだ兵士どうしの肉弾戦……。橋は大変な混乱でしたよ。わしはあの橋をすこし渡ったばかりのところで銃撃を受け、仰向けに倒れました」

と、右手で顔の傷を、左手で腹に残る傷も差しながら、

「倒れたまま背を反らせて辺りを見回すと、橋の手前にウィリアムのやつが倒れておりました。半分起きあがってこっちを見てましたな」

一弥がメモを確認し、「ウィリアムさんの話と一致しますね」と言う。エディは太い腕を組んで、

「そしてわしらのあいだにはルーク・ジャクソンが立っておりましたよ。わしは、ほれ、目に血が入って視界は悪かったですがな。けんど、ルークみたいに目立つやつをほかのやつと見間違えるはずがない！　ルークの髪には白い花が幾つもついてて、まるで天使みてぇでした。ルークは目を閉じてましたよ。なんでかはわしにはわかりませんがな」

ヴィクトリカは胡乱な目つきで聞いている。金のパイプから細い白い煙が夕刻の空に上がっていく。

「またウィリアムのほうを見て、わしは仰天しましたですよ。ウィリアムが恐怖に歪《ゆが》んだ顔で銃を構えていたんですから……。そしてあいつは止める間もなくルークを撃った！」

一弥が手を止め、「しかしウィリアムさんによると、ルークさんではなくドイツの軍服を着た男だったと」と言うと、エディが怒りだした。

「あいつめ！　軍服が何だ？　やつは仲間を撃ち殺したんでがす！」

ヴィクトリカがパイプから口を離し「ふむ」とつぶやいた。さらにちいさな声で「……やはりな」とつぶやくので、一弥がヴィクトリカを見る。

そのとき控室の入り口カーテンが開いて、五十がらみの南部風の粗末な服装をした女が入ってきた。エディが立ちあがり、「お袋、無事着いたか！」とうれしげに駆け寄った。

女がうなずき、

「ニューヨークなんてヨォ、えれぇ遠いなァと思ったがなァ。若奥様に追いだされちまってお屋敷にもいられねぇし。息子の晴れ姿は見たいし。わしも大陸縦断鉄道に乗ってきただよ！」

「よかったァ！　お袋、腹減ってねぇか。暑くはねぇかよ」

「大丈夫だべ。自家製ソーセージをたらふく御馳走してもらったからな！　なぁエディよ、ここは活気もあって面白ぇ街だなァ。わしゃ楽しくてきょろきょろしながらきちまったべ」

「そうか！　お袋が気にいってくれてよかったべ……」

エディが涙ぐみ、「もしわしがチャンピオンになれたら、お袋だってこの街の住人だべ……」と言いかける。

それから思案し、話題を変えようと、

「わしは今日な、ニューヨークですごく変わったお嬢さんと出逢ったんだべ。それがなんと……。ほらお嬢さん、なにかしゃべってみせてくだせぇ！」

とつぜん話しかけられたヴィクトリカが、「は？　わたしがかね？」と鳩が豆鉄砲を喰《く》らったような顔をした。パイプを口から離し、エディ・ソーヤと母親を何度も見比べる。しかし、無邪気な期待に満ちた母と息子の表情にやがて根負けして、

「……じろじろ見るでない！　なにも出てこんぞ！」

母親がうれしそうにヴィクトリカに微笑みかけた。手の甲で涙を拭きながら、

「あんれまぁ！　亡くなった大奥様そっくりだべ。あぁ大奥様、お懐かしいこってございます……」

エディも感激し、「だべ？　わしゃこのお嬢さんのお話の仕方がとっても好きでなぁ！」とうなずく。

母親が写真を見せてくれる。白髪を結いあげた大柄な老婦人と母親とエディ・ソーヤが並んでこちらを見ている。老婦人の胸には三日月形のブローチが光る。

ヴィクトリカは写真に向かって「おや……」と呻くと、〈回転木馬〉に置き忘れられていたブローチをそっと取りだし、見比べた。二つは同じものと見えた。

母親がにこにこして、

「あぁ、大奥様にもおめぇの活躍するところを見ていただきたかったなぁ。頼りねぇわしのことを長年気にかけ、息子のおめぇにまで優しくしてくださった。陽気で面白い方だったなァ。亡くなっちまって寂しいよぅ」

「お袋。けんどよ、大奥様はなんちゅうか、不思議な力を持っていそうなお方だったからな。いまもどっかから見ててくれるかもしれんべ。ほらァ……」

と夜空の三日月を指さす。

「月のカーブに堂々と腰かけて、大威張りしながらよぅ」

「あはは。目に浮かぶべ」

とおしゃべりしながら二人で控室を出ていき、やがてエディだけもどってきた。うつむいて低く、「そうだべ。こうして探偵さんと会えたのも亡くなった大奥様のお導きかもしれん」とつぶやく。

ヴィクトリカはむっつりと「うーむ」とつぶやく。

それからエディが話の続きをしだす。すこし急いで、

「とにかくですな、探偵さん……。あの日の戦闘についてもその後のことも、わしにゃよくわからんのでがす。頼りの隊長も両腿《もも》を撃たれて倒れとったしなぁ。えぇと、ミッチーは橋の下に落っこちてたんだべな?」

「お、お、お、おぅ……」

とミッチーはなぜか動揺しながらうなずいた。エディは気づかず、

「それによ、例のドイツの学生チャンピオンも、わしのすぐ近くで倒れて息絶えとったんだべ。あとから気づき、わしはなぁ……」

「エッ！ おい、そりゃほんとか？ ドラグラインもあの日、死んだのか？ 嘘じゃろ……エディ、嘘と言ってくれぇ！」

とミッチーがとつぜん詰め寄ったかと思うと、ガタガタ震えだした。エディがびっくりして
「ど、どうしたんだべ」と聞く。ミッチーは両手で頭を抱え、体を左右に激しく揺らし始める。

「お、おいミッチーよ」

と、そのとき。控室の外から男たちの怒鳴り声が聞こえだした。ミッチーが顔を上げて耳を澄ます。「俺たちは金を貸してんだよッ！」という声に、ミッチーが「いかん！」とあわてて

飛びだしていく。一弥もメモ帳を胸ポケットにしまってついていく。

控室を出ると、外の情景に思わず息を呑んだ。橋に観客が押し寄せてすさまじい人垣を作っている。期待と興奮に満ちたたくさんの目がリングを見上げている。

手前に一目でイタリアンマフィアとわかる若い男が三人、これ見よがしにバナナマシンガンを振り回しながら、「金を返すのはいつだよ！」「貧乏な挑戦者さんよぉ！」と怒鳴っていた。

ミッチーが駆け寄って押しとどめ、

「マフィアから金を借りたスットコドッコイは挑戦者のエディ・ソーヤじゃねぇ、マネジャーのこのわしだべ！」

「ハァ？　細かいことはいいから早く返せ！」

「約束じゃ今夜中ってことだったべ！　エディが勝ちゃ賞金ですぐ返せるからよぅ」

「いいから返せッ！」

と言いあう男たちの前に、一弥が「まぁまぁ」と割って入る。

「つ、つまりですね。あわわ……。エ、エディさんが勝てば、マフィアさんがミッチーさんに貸したお金も返ってくる、というわけですね。結論としましては……。いてて……。みんなでエディさんの応援をいたしましょう」

「はっ？　いや、おまえ誰だよ？　この爺《じじい》め！」

「爺！　ぼくの？　どこが？」

「この子の言うとおりだべぇ！　もうちょっと待ってくれぇ！」

「どう見てもぼくがいちばん年下じゃないですか！」

「いいから早く金を返せ！」

——と、控室の外で一弥たちとイタリアンマフィアが揉めているころ。

中ではエディが両手にグローブをはめ、空を睨んでいた。

ヴィクトリカがパイプを片手にその横顔をじーっと観察している。

エディが独り言のように低くつぶやく。

「わしは戦争が終わった後、南部のお屋敷に帰りましてな。戦争中に優しい大奥様が亡くなって、若奥様の代に変わり、居所のなくなっちまったお袋の様子を見て、もうフラフラしてちゃいかん、お袋を助けようと誓ったんでがす。けんどこんなわしにもできることはなんだべ？　ろくに取り得もねぇ男になにができるべ？　そこで思いだしたのがあの〈クリスマス休戦〉の夜に教えてもらったボクシングでがす。『筋がいいな！』『向いてるぞ！』って。ルークとドラグライン、あんな育ちのいいお坊ちゃんから、対等に扱われたことも褒められたこともなかったんで、舞いあがりましてねぇ。眩しかったお坊ちゃんたち……。夜が明けたらあっけなく死んじまった……。そんで、ボクサーを目指してトレーニングしましてなァ……」

グローブを見下ろしながら続ける。

「わしは大陸縦断鉄道に乗り、ニューヨークにやってきたんでがす！　ついにこの大都会に足を踏み入れた！　……ま、すぐ警官に捕まっちまいましたがねぇ」

「貴様も災難だったのだな」

ヴィクトリカの低い声が響く。するとエディは聴いている者がいることをようやく思いだしたように顔を上げた。

恥ずかしげに笑ってみせ、

「……へぇ！　まったくでがすよ」

「そして豚箱の中で凄腕の探偵と出逢ったというわけだな」

ヴィクトリカはそう言い、手の中の三日月のブローチをちらっと見た。「いや、何者かの手によって導かれたというべきかね……」と謎めいたことをつぶやく。

エディはにこにこして、

「へぇ、ほんに心強いことでがす。頼りになる大奥様がもどってきてくださって……いや、凄腕の探偵さんがきてくださって……。わしゃ、今夜の試合に勝ち、全米チャンピオンになってみせます。それでお袋にも楽をさせてやります。わしゃがんばりますよ！　ですから大奥様、いやお嬢さん、そのあいだに……」

滲《にじ》んだ涙をグローブの先で拭く。

「〈クリスマス休戦殺人事件〉の謎を解いてくだせぇ！」

ヴィクトリカはパイプから口を離し、エディをひたと見た。緑の光を湛《たた》えたつめたい切れ長の瞳を見開く。

「なるほど！　新世界の謎も解かれる時を待っている、か――！」

そのとき控室の入り口カーテンが揺らめき、一弥とミッチーがふらふらともどってきた。二人ともおでことほっぺたを赤く腫《は》らし、おまけに足元はよろけている。肩と腕で支えあってなんとか歩いている。

一弥がヴィクトリカを見てはっとした。かすかな変化に気づいたのか、ちいさな横顔を見守る。ヴィクトリカが一弥にうむとうなずいてみせる。

それから笑みを浮かべ、百年の時をすでに生きた怪物の如き憂いを帯びた声で言う。

「エディ・ソーヤ。貴様と仲間たちの過去には、疑念と悲しみという虚無の川が流れている。わたしはその川に橋を架ける者として、今日、貴様たちの前に現れたのだ」

それから低い声で、

「何者か……そう、真の依頼人の導きによって、な……」

とつぶやくと、三日月のブローチをそっと懐に仕舞う。

エディとミッチーがヴィクトリカをじっとみつめる。ヴィクトリカは静かに「……今宵、チャンピオンと挑戦者、そして意志を持つ死者と橋架者の夜の始まりである」と続ける。

そのとき、外でドーンとおおきな音がした。

ヴィクトリカと一弥が、エディとミッチーが、並んで空を見上げる。三日月がおおきく見える。夜に変わった都市のくすんだ空にピンクとオレンジの花火が打ちあがる。外の歓声がワーッとおおきくなる……。

3

ヴィクトリカと一弥は控室を出た。すると学校や仕事帰りと見える若い群衆がさらに増えていた。白いリングのほうを振り仰ぐと、中央にマイクを握った黒人のアナウンサーが仁王立ちし、「今宵、全米チャンピオンの拳《こぶし》がこのブルックリン橋で炸裂《さくれつ》し……！」「挑戦者の目に宿る炎の目撃者となる……！」とおおげさな身振り手振りで観客を煽《あお》っていた。花火がまた上がり、雷鳴のような歓声が轟《とどろ》く。ヴィクトリカが暮れかけた夜空をじっと見上げる。

アナウンサーの紹介で緑のドレスをまとった大柄なうつくしい女性――マダム・ウィーフリーが登場し、高らかに歌いだす。

「クランベリーの花咲くころ

うちに帰ろう

うちに帰ろう

君がぼくを待ってるから……」

観客は一転して静まりかえると、透明な歌声に聴き惚れる。一弥は熱心に聴いている。その隣でヴィクトリカは目を閉じ、頭痛と幻覚から逃れんとちいさな体を硬くしている。

曲が終わり、歌手が下がる。巨大な鉄橋は割れんばかりの拍手に包まれる。

前座の試合のあと、ついにチャンピオン戦が始まる。アナウンサーの「挑戦者ァ！」という声に、観客が「エディ！」「南部の田舎者！」「俺たちより貧乏なやつめ！」「おまえなんか負けて泣いてうちに帰るに決まってら！」と叫びだした。

「――エディ・ソーヤ！」

ブルックリン側に作られた控室のカーテンが翻り、エディが出てくる。真っ赤なボクサーパンツに筋骨隆々とした体つき。顔にはおおきな傷痕《あと》があるが、おおきな目は善良そうで夢見るようにきらきら輝いている。

続いて「チャンピオン！」と呼ばれると、観客が歓声を上げる。「ウィリアム！」「ハンサムよね！」「いつものハードパンチを見せてくれ！」楽しげな手拍子まで始まる。

「——ウィリアム・トレイトン！」

マンハッタン島側の控室のほうを、みんな固唾《かたず》を呑んで振りむく。

橋の上が静まりかえる。

カーテンがゆっくりと開く。

白いボクサーパンツ姿のがっちりした男、ウィリアム・トレイトンが威厳を湛えて現れる。観客が口笛を吹く。「ウィリアム！」と掛け声がかかる。スタッフが行列を作ってついてくる。

チャンピオンは弾む足取りで通路を駆けて階段を上ると、リングに飛びこんだ。

リング中央でお互いの顔を睨む。プロボクサーらしいおっかない顔つきで額を合わせて腕をぐるぐる振り回し始める。

ウィリアムが黒人のアナウンサーからマイクを奪い取り、見回す。観客は息を呑んで見守る。

と、ウィリアムが腕を振りあげ、

「見よ！　私が！　チャンピオンである！」

わーっと歓声が上がる。ウィリアムは胸を張り、

「私の名は、ウィリアム・トレイトン！　誇り高きピルグリムファーザーズの子孫で、あーる！」

その瞬間、ドーンと花火が上がる。夜空が人工的に輝く。観客から「お父さんには昔世話に

なったぞ！」「お母ちゃんもいい人だったわ！」と年配の男女の声もする。「なんだかわかんねぇけどかっこいい！」「名家の王子さまなの？」「ほんとハンサムね！」と若い声もする。

「私はどのような挑戦者もしりぞける。なぜならチャンピオンだからである！ 今宵も私は勝利するであろう！ エディ・ソーヤ……貴様など、ピルグリムファーザーズの子孫たる私の手にかかれば、一秒足らずで……KILL！ BOMB！ BLOOD！」

歓声の中、マイクを、はい、とエディに渡す。

渡されたエディはびっくりし、きょろきょろする。ウィリアムがおまえの番だぞとジェスチャーする。

観客がつぎはエディの話を聞こうとわくわく見守りだす。

「え、え……。えーっとですなァ……」

エディは困り果て、コーナー横にいるミッチーを振りむく。ミッチーも、はて、どうしたらいいのか、と首をかしげている。

エディの声が女のようなので、観客がおどろいてざわつきだす。

ミッチーの横に一弥とヴィクトリカがいる。一弥はやきもきしていたが、はっと気づき、ヴィクトリカに耳打ちする。ヴィクトリカは眉間に皺を寄せ、「は？ 助け舟を出してやれだと？」「う、うん。ヴィクトリカ……」一弥に手招きされてエディが小股《こまた》でとことこともどってくる。仔犬のような目でヴィクトリカを見下ろして待っている。ヴィクトリカはまた鳩が豆鉄砲を喰らったような顔をしたが、人のよい一弥の顔と、ぼんやり見返してくるだけのミッチーの顔と、困りきっているエディの顔を順に見て、あきらめる。仕方なく背伸びして耳打ちしてやる。

あでやかなピンクのロングドレス姿のヴィクトリカが、なぜか挑戦者にこちょこちょと内緒話をする様を、周りの観客が「あの子誰?」「変わった友達だな」「ねぇ見て、ものすごくきれいな子がいるわ!」「女優だろうか……」と注目する。

やがて小股でリング中央にもどっていった挑戦者が、マイクを握り直し、恥ずかしそうに赤面しながら、

「き……貴様なんかカボチャである……」

観客はぽかんとし、ついでドッと笑う。「新聞で読んだぞ!」「悪口が面白いな!」「それにしてもなんて情けない声だよ!」と笑い声が飛びかう。「面白いやつだなァ! 応援しようぜ!」という声もする。

エディはますます赤くなりながら、

「しなびた胡瓜のピクルスである、魚の餌になるミミズである……」

ヴィクトリカはむっつりして聞いている。観客の笑い声とともに、会場に温かみが生まれる。

「そのうえお茄子……」エディは恥ずかしそうにマイクを返して、頭をかいた。ウィリアムも苦笑しだし、楽しそうな観客たちに向かって肩をすくめてみせる。二人はリングコーナーにもどる。

試合開始時間が近づく。

空には夜が訪れ、月が青く光っている。人工の光も橋を照らしている。一日働き、学び、疲れ切った新世界の観客の顔も興奮で輝いている。

それを一弥が見回していると、ヴィクトリカがかたわらで呻いた。一弥がはっと顔を覗きこむ。ヴィクトリカは頭を押さえながら、小声で、

「〈クリスマス休戦殺人事件〉――。せわしない今日に影を落とす戦争の謎！　久城、ウィリアム・トレイトンとエディ・ソーヤの姿を見てみたまえ」

一弥もリングを見上げる。二人の男が拳を構えて向かいあっている。頭上に不吉な月が瞬いている。

「あの夜も二人は橋の上にいたのだ。遥か遠い旧大陸の戦場でな。二人のあいだに男が立っていたという……」

パイプの先でレフェリーを差す。反対の手の指を銃の形にしてみせ、

「そして、ウィリアムが、撃った！」

バーン、と撃つ真似をする。

「エディの話では、立っていたのはルーク。彼の髪に白い花がつき……」

夜空を見上げる。

ヴィクトリカの目には夏の空が冬に、星が雪に見え始める。その幻が見えるかのように一弥も目を細める。

「……まるで天使のように見えたそうだな」

一弥がメモ帳を取りだして、

「うん……。エディさんは男の顔を見た、確かにルークだったと言ってる。彼はなぜか目を閉じていたとも。ウィリアムさんは、帽子にさえぎられて顔を見ていないがドイツの軍服を着て

いたという。……どういうことだろ?」

リングの真横に椅子が設けられた関係者席がある。そこにエディの母親がちょこんと腰かけていた。二つ離れた席にはトレイトン元市長の姿もある。白い髭《ひげ》をたくわえ、ステッキを握って心配そうに息子を見上げている。

「試合が始まるぞ」

ヴィクトリカの声に、一弥はリングに向き直った。

試合開始のゴングが鳴る。夜空に観客の声が響き渡る。

両コーナーからチャンピオンと挑戦者が飛びだしてくる。グローブをはめた右手と右手を合わせる。

ウィリアムのパンチが二発連続でエディの顔をとらえる。男たちの歓声が上がり、女たちは悲鳴を上げる。エディの首が折れたように後ろに曲がってはもとの位置にもどる。エディもあわててジャブを繰りだすが当たらない。

男たちが「行け、チャンピオン!」「ピルグリムファーザーズの子孫!」「市長の自慢の息子!」と声を上げる。「情けねぇぞぉ、挑戦者ぁ」「おいおいもう終わりかよォ」と囃《はや》し立てる声も続く。

ヴィクトリカは目を見開き、リングを見上げている。苦しげに頭を押さえだす。幻覚と幻聴がまた襲ってくる。ヴィクトリカはぎゅっと目を細める。一弥が手を繋いでぎゅっとする。

ヴィクトリカの目には、夜空から星が消え、雪が降っているように見える。夏の熱風も冬の凍える空気に変わる。

「一九二五年の冬、か――。二度目の世界大戦が始まり、世界が闇に覆われた季節。我々の暗黒の歴史……」

一弥と手を繋ぎながら、ヴィクトリカは目を閉じる。

すると再び過去の闇の中にいる。

湿気の籠《こも》るつめたい暗い部屋。ヴィクトリカは四肢を拘束されて鉄の椅子に縛りつけられている。薬物を投与され、世界中の戦局のデータを脳に流しこまれている。

（この薄汚い獣め……我が娘にして……呪われし灰色狼め……ッ！）

むなしく開かれたちいさな口から、未来の戦局を予言する呪われた言葉が溢れでる。監獄〈黒い太陽〉の奥の地獄――。

（早く逃げるのだ、わたしの娘……。あの子は……新しい……可能性なのだ……）

現在のヴィクトリカの声も遠く重なる。

「ドイツ郊外のとある橋……。アメリカ軍とドイツ英国連合軍の攻防戦……。クリスマスの夜が明ける。明け方に起こった戦闘……。知っているとも！　地獄の季節、わたしは機械であった！　あの嵐におけるほぼすべての戦局をいまも記憶している。私の記憶中枢は過去の木が枯れ果てて折り重なる広大なる終末の荒野で、ある……」

カッと緑の瞳を開ける。

「――ここだッ！」

橋の上の夜空に半透明になって浮かぶ、旧世界の地図。

東ドイツ郊外の一点が白く光る。ヴィクトリカの意識が両手を上げ、そこに向かって夜空をふわふわと上昇していく。

橋……。雪の降る夜……。響く歌声。青年たちの笑い声。遠くから到着する戦車の轟音とあわてて橋の両端に分かれていくちいさな足音。（元気でな）（また会おぅ）（マイフレンド……！）（マイ……）ゴォォォッ……と近づいてくる最新式ドイツ戦車の車体が朝靄《もや》に不吉に輝く。川べりから大砲の音が響きだす。白煙。誰かの握りしめる銃身が黒く光る。

灰色に染まる終末世界――。

地面がくるっと反転する。

ヴィクトリカは不思議な妖精の如く白銀に光り輝きながら橋の上に落っこちた。もんどりうってころころ転がり、うぅ、と呻いて起きあがる。

ゆっくり左右を見渡す。

ヴィクトリカはいま一弥とともに新大陸のブルックリン橋の真ん中にいながら、同時に過去の新大陸のドイツの橋の真ん中にもいた。新大陸の橋からは歓声が聞こえるが、旧大陸の橋からは砲撃の音、銃撃戦、呻き声や悲鳴が響いている。

目の前には、兵士たちが重なりあって倒れ、煙が上がり、血の匂いが充満している。ウィリアム・トレイトンらしき兵士の胸から白い花がゆっくりと落ちていく。誰かに踏まれてひしゃげる。嗚咽《おえつ》交じりのエディ・ソーヤの歌声も聞こえる。「クランベリーの……花咲くころ……」「うちに帰ろう……帰ろう……」「お袋が……」「わしを待ってる……から……」

現在の橋の真ん中でボクサー姿のウィリアムとエディが殴りあう光景も薄く重なる。ヴィクトリカの意識は過去のドイツの橋に、肉体は現在のニューヨークの橋にある……。エディ・ソーヤがパンチを受けて仰向けに倒れる。一弥が「あっ」と叫ぶ。「一、二……三……」とレフェリーがカウントしだす。ウィリアムがコーナーにもどり、両手を上げて観客にアピールする。

過去の橋ではエディがやはり仰向けに倒れて背中を反らせている。顔に傷がついて血が流れている。ウィリアムのほうは上半身だけ起きあがり、銃を構えている。ヴィクトリカの意識がエディ・ソーヤに近づいていく。ヴィクトリカもエディの隣に寝転んで同じ姿勢で背を反らせ、彼の視点でウィリアムのほうを見る。

エディとウィリアムのあいだに人懐っこそうな童顔の青年が立っていた。なぜか頭に白い花をいくつも飾り、目を閉じている。アメリカの軍服姿である。

「あれがルークかね。ふむ、顔がわかったぞ」

と、遠くでウィリアムが銃を構える。隣でエディが「う、う、撃つんじゃねぇ！　ウィリアムなにすんだァ！」と叫ぶ。だがウィリアムは引き金を引く。

どさっとルークが倒れる。

「ふむ……」

とヴィクトリカは瞬きする。過去がふっと遠ざかる。

——新大陸の橋ではレフェリーのカウントが続いている。

「四、五、六……っ」

ヴィクトリカはゆっくりと目を開ける。ヴィクトリカの肉体はエディ側のコーナーに立っている。右に一弥が、左にミッチーがいる。ミッチーは拳を握りしめ、エディに向かって叫んでいる。後ろの観客が興奮して背中を押してくるのを一弥が押しとどめ、ヴィクトリカを必死で守っている。

観客がブーイングする。「弱すぎるぞ、挑戦者！」「もうちょっと粘れ！」エディが起きあがろうとする。「七、八……」「ウッ……」「……九」と、エディがむりやり立ちあがって、両拳を腹の前にかまえてファイティングポーズを取る。ふらつきながらもまたウィリアムと右手どうしを合わせる。エディもパンチを出すがなんなく避けられてしまう。ウィリアムが笑う。と、その隙にエディのフックがウィリアムの腹をとらえる。ウィリアムがよろける。観客がおどろいて悲鳴を上げる。ウィリアムが尻もちをつき、レフェリーが「一、二……」とカウントしだす。エディがいちどコーナーにもどる。

ヴィクトリカは一弥の腕に守られながら、目を細めてウィリアムをじーっとみつめている。

そのまま意識がゆっくりと過去の旧大陸の橋にもどっていく。

砲撃の続く橋。

明け方。雪がちらついている。ヴィクトリカの息も白く染まっている。暗い灰色に覆われた戦場で、きらめく白銀の髪と野獣の如き緑の瞳が光る。ピンクのロングドレスが雪に濡れそぼって色を濃くしていく。裾の五段フリルがつめたい風に翻る。

ヴィクトリカは一歩一歩、ウィリアム・トレイトンに近づく。「貴様のほうはなにを見たのだ？」とつぶやくと、相手の視点に同化していく。

ウィリアムの前にはドイツ兵が立っている。帽子に隠れて顔は見えないが、軍服はドイツのものである。なぜか丸腰で銃を構えてはいない。胸の前で両拳をかためたファイティングポーズで立っている。

ウィリアムは恐怖で全身が凍りついている。その向こうにエディがいて、仰向けに倒れたまま背を反らしてこっちを見ている。エディがなにか叫んでいるが聞こえない。

ドイツ兵に向かって、ウィリアムが引き金を引く。

黒い弾丸は撃った本人の恐怖に硬く凍りつきながら飛んでいく。

ドイツ兵の胸にプスッと穴を開ける。ドイツ兵は膝をつき、ばったりと倒れる。

ウィリアムが一声叫ぶと、目を閉じ、気を失う。

「……五、六」

レフェリーがカウントする声がする。

ヴィクトリカはまた目を開ける。

現実のブルックリン橋では、ヴィクトリカは一弥に守られながらエディのコーナー側に立っている。リングの上でウィリアムがよろけながら立ちあがったところである。エディとウィリアムはまた右手どうしを合わせる。と、ゴングが鳴る。二人ともふらふらとコーナーにもどっていく。

ミッチーが「落ち着いてきたべ」「ちゃんとパンチが見えとる」と叫びながらエディの世話を焼く。エディは「うんうん、もう大丈夫だべ」とうなずいている。

またゴングが鳴る。

ボクサーたちが立ちあがり、リング中央にもどっていく。

エディがさきにジャブを放つ。ウィリアムが巧みに避け、エディの顔にパンチを当てる。エディがよろけると観客が声を上げる。エディのパンチもウィリアムの顔に当たり始める。

ミッチーが急にヴィクトリカにささやく。

「わしゃ、ずっと黙ってたことがあるんだべ……」

その声にヴィクトリカが顔を上げる。

「あの夜、どうしてわしが橋の下に落っこっていたか。人に言っちゃいかんとばかり思って、誰にも洩《も》らさなかったんじゃ」

ヴィクトリカは黙ってうなずく。一弥も静かに聞いている。

いつのまにか隣にいるミッチーの上にも雪がちらついて見える。アメリカの軍服姿に変わっている。頬に乾いた血がこびりついている。そばを銃弾が飛び交い、白煙が上がりだす。

ミッチーがひどくしょんぼりと、

「探偵さん。あんたはすごく頭がいいんだってなぁ。賢すぎてたいへんでしくしく泣いてたなんて、まったく面白い嬢さんだべ。なぁ、そんならわしの秘密も聞いてくれるかよ」

「話したまえ。ここは過去と現在を繋ぐ橋。ここにはわたしがいる。貴様たちの過去を探すために死者の手で遣わされた過去世界からの旅人がな」

ミッチーはゆっくりと顔を上げる。

砂埃と泥にまみれた若い兵士の顔に涙が伝う。過去の血のついた手の甲で汚れた顔をごしごし拭きながら、

「〈クリスマス休戦〉直後の戦闘のとき、じつはわしはな……」

と震える声で話しだす。

ひゅん、ひゅん……と銃弾が空気を切って飛びかう音。

折り重なる兵士の死体。ミッチーは右腕と左肩から血を流し、呻きながらよろよろと歩いている。

白煙の籠る中、反対側から歩いてきたドイツ兵と思いっきりぶつかる。ミッチーは「あっ、あひゃっ……」と悲鳴を上げる。ドイツ兵もあわてて銃を構えて引き金を引く。ミッチーが「お陀仏《だぶつ》だべぇ！」と叫んで目をつぶる。

カチッ、カチッ……。弾が切れている。ドイツ兵は舌打ちして補充しようとし、ふと顔を上げ、「おまえは？」とつぶやく。

ミッチーも「へ？」とこわごわ目を開ける。

ドイツ軍の黒帽子の下にドラグラインの顔があった。切れ長の目とがっちりした顎をしたドイツの大学生――。

ミッチーも「なんだ。おめぇさんかよ……」と返事をする。

弾を充塡《じゅうてん》された相手の銃をみつめ、また震えだす。あわてて欄干によじ登って逃げようとするが、肩と腕を怪我していてうまく登れない。

ミッチーはすぐあきらめ、くるっと振りむくと、

「まぁしょうがねぇ！　ドイツのチャンピオンにやられるんなら、わしにしちゃ上出来のお陀仏だべ！　ほれ撃て、ドラグライン！」

「う、うむ……。わかった、撃つぞぉ！」

「お陀仏だべ！」

相手の銃口がいつまでも火を噴かないので、「ドラグライン！　構わねぇ。こりゃ戦争だべ……」と叫ぶ。やけになって両腕を広げ、「きーよーしー、こーのよーるー……」と歌いだす。

「ほーしーはー……。おいドラグライン？　こわいから早くしてくれぇ……。こらドラグライン？」と目を開けると、相手が苦虫を噛《か》み潰《つぶ》したような顔で見下ろしていた。

「ミッチーだっけな。さっきチキンスープの話してた子だよな」

「お？　おうよ。さぁ撃て！」

「両腕怪我しちゃって。おまえ、それぜったい死ぬだろ」

「はっはは一！　わざわざ教えてくれんでも知ってるべや！　わしゃ貧乏だがばかじゃねぇ！さぁ殺せェ！」

「下にいろよ」

「はぁ？」

「下で死んだふりをしてりゃ、運がよかったら助かるかもしれん」

ドラグラインが銃を仕舞い、きょとんとしているミッチーの両足をつかんでエイッと持ちあげた。たちまちミッチーは橋から落っこち、「ワ、ワーッ……」ゴーッと風を切る音とともに、川に折り重なる死体の上に着地してしまった。

「お、おい。どうしてだべ……？」

ミッチーは橋を見上げた。痛む腕と肩を庇《かば》い、呻きながら「ど、どうしてわしなんかを助けてくれるんだべ。おいチャンピオン……？」白煙に覆われる橋の上はここからはよく見えない。

ミッチーは痛みに気が遠くなりながらも、「お、おい……」と橋に目を凝らす……。

現在のブルックリン橋の上。

試合は続いている。エディのパンチが炸裂し、ウィリアムがコーナーに追いつめられる。クリンチしてもつれあってリング中央にもどっていく。観客の声援が高まる。右からも左からも押されて翻弄《ほんろう》されながらも、一弥は両腕を広げてヴィクトリカを守っている。

夜空には眩しい月が瞬いている。

「わしゃ、ずっと誰にも言わなかっただよ。探偵さん……」

ミッチーの声に一弥もヴィクトリカを庇いながらうなずく。

「わ、わかります。それってドラグラインさんのことも気になさって……？」

「おうよ……。なにしろあいつはドイツじゃ有名な学生チャンピオンで、若いやつのあいだじゃちょっとした英雄扱いだったべ！　そのドラグラインが戦闘中にアメリカ兵を助けたなんて、まずいべ。恩返しのつもりでな、わしゃ帰国してからも黙っとったよ。仲良しのエディにさえなぁ……」

とミッチーがうつむく。

「わしは学がなくて新聞もろくに読めんからな。ドラグラインがまさかあの戦闘で死んじまってたとは、さっきまで知らんかった……」

ヴィクトリカの上空で星が瞬いている。

その星々がまた過去の旧大陸の橋に降った雪へと姿を変え始める。ヴィクトリカと傍らの一弥の上に白くはらはらと降り注ぐ。

リングで戦い続けるウィリアムとエディの上にも、雪が……。過去と現在が混ざり始める……。

「いまの貴様の記憶から、ドラグラインの顔がわかったぞ。もういちど行くぞ。ウィリアムの記憶へと……」

とヴィクトリカが目を閉じる。

一弥が覆いかぶさるようにして群衆からヴィクトリカを守る。

リングの上では、ウィリアムが顎に強烈なパンチを受けて吹っ飛ぶ。レフェリーがカウントし始める。ウィリアムが起きあがろうと必死でもがく。

ヴィクトリカはぶるっと震え、また過去へ……。


過去のドイツの橋。

ヴィクトリカは仰向けに倒れて上半身を起こしているウィリアムの隣にいる。視線を合わせるように座りこむ。

灰色の戦場。ピンクのフリルの裾がそこだけ色鮮やかに光っている。白銀の髪も魔術の火のようにつめたく燃え広がる。

ウィリアムが銃を構えている。右腕がガタガタ震えている。

「ドイツ兵だ、ドイツ兵……ッ！」

と譫言《うわごと》のように繰り返す。横顔は恐怖で凍りついている。

ヴィクトリカはウィリアムの視線の先を見る。

白煙の上がる中、確かにドイツの軍服を着て帽子を被《かぶ》った男がヌッと立っている。男は丸腰である。両腕を胸の前におき、なぜかファイティングポーズのように両拳を握っている。風が吹いて白煙がそよぎ、帽子の下にある顔がほの見える。

切れ長の目と男らしくしっかりした顎――ドラグラインの顔が！

ヴィクトリカがよいしょと立ちあがり、ドイツ兵のほうに歩いていく。間近に立って顔を覗きこむ。

「まちがいない。ドイツの学生チャンピオン、ドラグラインである。ウィリアムが見たドイツ兵とはドラグラインであったのだな」

そのときウィリアムが叫び声を上げながら引き金を引く。

銃弾は恐怖に凍りついてまた飛ぶ。ドラグラインの胸に穴を開ける。どさっとドラグラインが倒れる。

ヴィクトリカがしゃがんで顔を確認する。

「――ドラグラインも死んだ！」

それから反対側を振りむく。

エディ・ソーヤがこちらに頭頂部を向けて仰向けに倒れ、背中を反らせて見ている。「ルーク！　ルーク！」と叫びだす。

銃弾の飛びかう橋を、ヴィクトリカが白銀色とピンクの幻のように歩き、エディのほうに近づく。隣に寝転んで背中を反らせ、エディの視線に合わせてウィリアムのほうを見る。

時間をゆっくり巻き戻していく。

エディが見た光景とは……。

そこには確かにルーク・ジャクソンが立っている。頭に白い花を幾つも飾っている。両腕を広げて十字架みたいなポーズを取って目を閉じている。

その向こうでウィリアムが銃を構える。

エディが気づいて「ウィリアム、やめろぉ！」と叫ぶ。

ヴィクトリカは、隣で背を反らせて目を見開いているエディに話しかける。

「君が嘘をついていないこともわかっているとも。だが疑問はある。こちら側にいた君になぜルークの顔が見えているのか？　また、頭に花をつけて両腕を伸ばし、目を閉じているという彼の格好はなんだね？　君は正直な男だが、なにか重大な見間違いをしていたのである」

仰向けになったまま、背を反らせてみせる。

「それはこの姿勢のせいだと推測される。これでは、空が下に、橋が上に。頭が下に、脚が上に。すべてがさかさまに見えるな、君……」

そのとき、遠く、現在のブルックリン橋から、「一、二、三……」とレフェリーがカウントする声が聞こえだした。目を凝らすと、現在のエディがリングの床に仰向けに倒れていた。起きあがってまだ戦おうと必死でもがいている。

ヴィクトリカは過去の橋の上でゆっくりと体を起こした。パイプをぷかりと吸ってみせる。金のパイプが不気味に光る。「さて、もういちど時を巻き戻さねばならん」と嘯くと、ぷかり、と煙を吐く。

ごぉぉぉぉっと音がする。地面がおおきく揺れ、橋が獣のようにいなないた。明け方の空が割れそうに見える。ヴィクトリカも橋の上でころころと転がっていく。ドイツ英国連合軍側の橋げたまで……。

ごぉぉぉっ……。ようやく揺れが収まる。

ドイツ軍の戦車が銀色に光り、爆撃音がこだまする。そのたびに地面が揺れ、兵士たちも転びそうになる。橋のこちら側の地面には白いちいさな花が咲いている。

ドイツ兵のドラグラインがミッチーらしきアメリカ兵を橋の下に投げ落としている。ふらふらとドイツ側にもどりながら「よし。あのチキンスープのやつ、これで助かるぞ」とつぶやく。

橋を渡ってふと足元を見ると、アメリカ軍のべつの兵士が倒れている。

はっとしてしゃがみ、汚れた顔をぬぐう。ルーク・ジャクソンの顔が現れる。ドラグラインは思わず抱き起こし、「おい、アメリカのチャンピオン……！　ルーク、おーい！　おまえはもしかして死んだのかよ？　さっきまであんなに笑ってたのに……？」と揺さぶる。だが返事がない。ドラグラインはルークを置いて立ちあがり、また歩きだそうとする。だがついもどってきてしまう。

ため息をついて、

「死んでんのか気絶してんのか知らねぇけど……。こんなとこに倒れてたらどっちにしろダメだぜ」

首を振って「俺、俺なぁ、ルーク……」と倒れているルークを横抱きにしようとするが、重くてあきらめる。両足を摑《つか》んで背中側にぶらんとぶら下げるように持ちあげ、重たいリュックを担ぐ要領でルークを運びだす。

ドラグラインの背中で、ルークが頭を下に、脚を上にし、ぶらぶらと揺れる。

ヴィクトリカがパイプをぷかりと吸う。パイプで差し、

「ふむ、やはりな。頭を下にして運んだからドイツ側で咲いていた白い花がついたのだったな……」

ルークの頭に花冠のように白い花が付着する。

ドラグラインは橋をアメリカ側に向かって渡っている。背中では逆さまのルークがユサユサ揺れている。

「なぁルーク。俺、いまな。出来心でアメリカ兵を一人助けちゃったんだよ。だってあんな怯えた顔をされちゃなぁ。なぁルーク。俺にゃとても撃てやしなかったよ……。そんで、一人助けたら、もうな、俺は一人のアメリカ兵も撃てなくなっちまった！　おどろいたよ。もとはボクサーなのにだぜ？　俺きっともう一生誰の顔も殴れないぜ。生きて帰れてもボクサー引退、なんてな。そしたらベルリンの下町でさ、あつあつのチキンスープ屋でもやろうかなぁ。さっきのアメリカ人からレシピを習ってさ。……なぁ、どうだいルーク？　戦争が終わったらおまえはどんな大人になる？　どんなふうに世界をびっくりさせてやるつもりだよ？」

笑う。

「でもさ、もしやおまえ、もう死んでるよな？」

そのままよろよろと橋を渡っていく。

「ルーク、ルーク、ほんとに、おまえもう死んでんのか？　あんなに強くて楽しくて太陽みたいだったおまえもか？」

足を止め、橋を見渡す。

折り重なる青年たちの死体、死体、死体の山……。

「なんてあっけなかったんだ！　青春、俺たちの、楽しかった……笑ったり歌ったりしてた……時間はよぅ……」

またよろめいて歩きだす。

「こう見えて、俺は戦場でも優秀な兵士だったんだぜ？　そのあいだ、おまえとかさ、敵国にいる友達のことはなるべく考えないようにしてた。でもこうして……。友達だってことを思いだしちまい、撃てなくなった兵士なんて、弱いからな。きっと、ルーク……」

背中でルークの死体が重たく揺れている。

「俺はきっとこの橋で……」

ゆっくりと首を振る。

「俺はきっとこの戦争で死ぬんだろう」

色をなくした灰色の唇が震える。

「でもいいんだ。もう殺したくないから。もう友達を一人も殺したくないから。会ったことないやつも、この戦争に巻きこまれた兵士たちはみんなよく知ってるやつみたいで……。俺はもう生きてベルリンに帰れなくてもいいって……」

黒い銃弾が飛び交う。白煙が上がり、灰色の死体がどんどん積み重なる。

ドラグラインは一人、この世からあの世へ向かうように灰色の死の橋を渡っていく。

一方……現在の橋ではエディとウィリアムが死闘を繰り広げている。力の限り殴りあい、相手を睨みつけ、怒声を上げて拳をぐるぐる振り回している。

そこに遠い過去の橋から……ドラグラインの声が……。

「ルーク、天国でまた会おう。そんときはもう戦わねぇ。ボクシングなんて、パンチなんて、痛くていやだぜ。なんてな。そのときは肩を組んで歌おう。語りあおう。……なぁ、ルーク。さっきまで俺たちすっごく楽しかったなぁ！」

「きーよーしー、こーのよーるー……。ほーしーはー……。ひーかー……りー……」

「すーくいーのー、みーこーはー」

「もうすぐ、橋を渡り終わるぜ。橋の向こうは、なんだろうな」

「未来の世界か」

「ルーク」

「未来へ……」

「なにが起こるか、わからない……わくわくする……」

「――未来へ！」


銃声が響いた。恐怖に凍りついた一つの弾丸が飛んでくる。その瞬間、過去の橋の時もハッと凍りつく。ヴィクトリカ以外のすべての動きが止まる。

ヴィクトリカは目を凝らした。

橋の上。もうすぐ渡り終わるところ。ドラグラインが歩いている。両腕は胸の前にあり、拳をつくったファイティングポーズのように見える。ヴィクトリカが背伸びして、凝視する。背負っているルークの両足首を摑んでいるからこのポーズだったのだとわかる。

その胸の前に銃弾が飛んでくる。

いまにも胸にめりこむところ……。

ヴィクトリカが振りかえり、ウィリアムを見る。白銀の髪がひるがえり、雪の舞う空で不気味に輝く。

ウィリアムは恐怖に顔を強張《こわば》らせ、銃を構えている。引き金に指がかかり、力がこもって青くなっている。

「ウィリアムが撃ったのはドイツ兵でまちがいない。嘘をついてはいない」

とヴィクトリカがつぶやき、ドラグラインの後ろにぐるりと回る。

背にルークが背負われている。頭を下にし、両腕をぶらりとさせて十字架のようなポーズである。頭に白い花がついて冠のようである。死んで目を閉じている。

反対側にエディが倒れている。頭頂部をこっちに向けた仰向けのポーズで、反り返って見ている。血だらけの逆さまの顔が恐怖と悲しみに凍りつく。

「そしてエディが見たのはルーク・ジャクソンでまちがいなかったのだ。こちらも嘘を言ってはいなかった……」

パイプを握りしめ、うなずく。

「エディは天地が逆に見える角度で見ていた。おそらく混乱する戦況の中、ルークの姿が頭を下に、脚を上に、さかさまに見えていることには気づかなかったのだろう」

つぎに橋の欄干にもたれて下を見る。ミッチーらしきアメリカ兵士が腕と肩から血を流して倒れている。中央で立ち尽くしているドラグラインと、背負われて逆さまのルーク、両脇で見ているウィリアムとエディ。「戦闘の混乱の中、五人はそれぞれこのように行動していた。誰も嘘などついていない！　悪意を持って仲間を殺した犯人も存在しない！　犯人がいるとするなら……」と呻く。

「――残虐なる世界大戦そのものであろう」

ヴィクトリカがパイプを吹かす。目を伏せ、金色の睫毛《まつげ》を震わせる。

過去の自分の恐ろしい姿を思いだす。縛られた椅子。薬物を投与されてのたうつ細い体。そして苦しむヴィクトリカを見下ろす一人の男の姿。片眼鏡越しのジットリと酷薄な目……。

ヴィクトリカはぶるっと身震いする。おそるおそる目を開けて、凍りついた灰色の世界を眺め渡しながら、

「しかし過去を変えることは誰にもできん……。時の流れを止めることも。犠牲者の命を救うことも……」

とつぶやく。パイプを下ろし、ちいさく、

「このわたしに……母狼を取りもどすことが、けっしてできぬように……」

過去の風が、もっと過去の風を運んでくる。なつかしい季節の、嵐の前に確かにあった平和なときの、優しい風を……。母狼の面影……。

ヴィクトリカそっくりのうつくしくちいさな顔。しかしヴィクトリカよりも大人びて複雑な面差し。包みこむような静かな声……。

（生きろ。逃げるのだ。愛しきわたしの娘……！）

（不思議な運命によってこの世に生まれ落ちたわたしの娘よ……。おまえは古き者の末裔《まつえい》であると同時に……。未来に繋がる……新しい可能性なのだ……！）

「ママン！　ママン……」

ヴィクトリカはその風がはらむなにかに耳を澄ませる。

「行かないで……！　ママン！」

しかし優しい幻聴は遠ざかっていった……。

ヴィクトリカは緑の瞳をカッと見開いた。さくらんぼのようにつやつやした唇を開くと、震える声で、

「時の川は――流れる――！」

しわがれ声を境に再び風景が動きだす。

ドラグラインの胸の前に飛んでいた銃弾がびしっとめりこむ。血が飛び散り、ドラグラインとルークが同時に倒れる。エディの悲鳴が聞こえる。ウィリアムは気絶して倒れる。

灰色の滅びの風が世界に吹き荒れる。

橋が揺れ、ヴィクトリカはよろめく。その足元にドラグラインとルークの死体が折り重なっている。

現在のブルックリン橋では試合が続いている。

三日月が輝く。次第にまた夏の風が吹いてくる。

ヴィクトリカはゆっくりと目を開ける。隣の一弥を見る。

一弥は変わらず両腕を広げ、真剣な面持ちで、ちいさなちいさなヴィクトリカを守り続けて

くれていた。

しかしヴィクトリカの目には、一弥もまた東洋の島国の軍服姿に見え始める。頬も泥と涙に汚れ、なにより右足の腿から恐ろしい量の血がどくどくと流れている。

左足だけでなんとか立ち、蒼白《そうはく》な顔に見たことのない絶望の表情を浮かべて、空の向こうの遠いなにかをじっと見上げている。

——再び過去の旧大陸の橋。
時はさらに巻きもどり、まだクリスマスの夜の初め。
折り重なって死んでいた兵士たちが、操り人形のように一人また一人と蘇り、そこかしこに立っては明るく談笑し始める。
欄干におかれた古いラジオから、マダム・ウィーフリーの澄んだ歌声が流れている。
「きよしこの夜
星は光り
救いの御子《みこ》は
馬ぶねの中に……」
橋の上にアメリカ軍、ドイツ軍、英国軍の三色の軍服姿の青年たちが集まっている。中央に英国軍所属の司祭見習いの青年が立ち、クリスマスのミサを執り行っている。ラジオに合わせてみんなで歌いだす。
ミッチーが欄干に肘《ひじ》をつき、ぺちゃくちゃしゃべっている。身振り手振りをつけて「チキンを丸ごと……」「香辛料とタマネギ、鍋でぐつぐつ……」「南部風のスープってやつさ……」と話すのを、周りも楽しそうに聞いている。

と、ドラグラインが宙にパンチを繰りだしながら、

「いいなぁ。俺はうちであったかいごはんを食べたことないぜ。おまえんち、いいなぁ」

「おや、なんで食べたことないんだべ？」

「さぁな、なんでだろうな。両親とも仕事と社交で忙しくてな。子供のころから、ハムの塊を自分で切って、あとふかしイモと固パンをだな……」

「聞いてるだけで喉《のど》がつまりそうだべ、チャンピオン……」

「水で流しこむ！」

「ゴホン！　うーん、近所に住んでりゃチキンスープのおすそ分けにいけるがなぁ。よーほほ……」

聞くともなく聞いていたエディが「うちのお袋のよ、赤えんどう豆ピリ辛煮込みもうまいべ」と口をはさむ。

その横でウィリアムが習ったばかりのフックを宙に繰りだしている。ルークが「左のフックを右脇腹に炸裂させるといいぜ。よし、その意気だウィリアム」と熱心に教えている。ウィリアムが「でもどうして左がいいんだ？」と聞く。

するとドラグラインが会話に入ってくる。「右の脇腹には肝臓があるからだよ。理科で習ったろ」「うん」「肝臓を殴られると息が止まっちゃってダウンしやすいってわけ」「そっか。面白いなボクシングって」とウィリアムが感心する。

そこにミッチーも寄ってきて、笑いながら、

「それにしてもよ、ルークがお調子モンでよかったべ。おかげでこんな楽しい夜を過ごせたべ。よーほほ」

「ほんとだべ」

「そうだな。ルークよ、俺も久しぶりにおまえと会えてよかったぜ」

「へへ。じゃ、ぜんぶぼくのおかげってわけだね」

英国兵の司祭見習いが、眼鏡の位置を直しながら、「こら、君たちもちゃんと歌いなさい」と注意する。五人は顔を見合わせて照れ笑いする。「学校みたいだな」と誰かが言うと、どっと笑い声が上がる。

みんなで夜空を見上げる。うつくしい雪が舞い続けている。

「きーよーしー、こーのよーるー……」

「ほーしーはー、ひーかーりー……」

五人もいっしょに讃美歌を歌いだす。

「すーくいーの……」

とヴィクトリカも小声で歌う。

すると現在の橋で彼女と手を繋いでいる一弥も、よくわからないながら「みーこーはー……」と歌う。

過去と現在の若者たちの、若い生者と死者の歌声が、二つの橋の上で合わさる。

「まーぶねーのー、なーかーにー」

「ねーむりーたーもーうー」

「いーとーやーすーく……」

過去の橋の上にはクリスマスの夜の夢のようにきらめく雪が降り注いでいる。


――現在の橋の上。

試合がいよいよ佳境を迎える中、エディ側のコーナーにイタリアンマフィアが三人、バナナマシンガンを振り回しながら近づいてくる。

ミッチーはエディの応援に必死で気づかない。傍らの一弥が彼らを見咎《みとが》め、押しとどめようとする。

「あ、あの、もうちょっとで試合が終わりますから……。お願いです。邪魔しないでくだ……」

「今夜中に返すって話だろうが！　マネー！　マネー！」

「でもまだ夜になったばかりで……」

「ったく！　またてめぇのお札で鼻をかんでやろうか！」

ミッチーがはっと振りかえる。ゆっくりと憤怒《ふんぬ》の表情になり、「もしかして、そんでさっき一枚足りなかったんだべか？　てっ、てめぇ、人の命のかかったグリーンで鼻をかむんじゃねぇべ！」と怒鳴りだした。マフィアに摑みかかり、パンチしようとする。一弥が止めようとあいだに入り、両方からほっぺたを叩かれて、「いたっ！　どっちもやめてください！　試合が終わるのを、待って……。こらーっ！」と怒る。

ミッチーがマフィアの一人の襟をつかんで引っ張っている。残りの二人がミッチーを殴ろうとするのを、一弥が止める。「え、えいっ！」と、大昔に兄たちから習った柔術を思いだして背負い投げする。「こうだったっけ？　わわっ！」横からもう一人が摑みかかってくるのを横蹴《げ》りで止めて、右肩から懐に入り、両腕で相手の膝を持ちあげてうまく転がす。そのあいだにミッチーが本格的に首を絞められ始めていたので、そちらにも飛びかかり、背後から羽交い締めにしてずるずると引きずる。「いまです、ミッチーさん！」という声に、ミッチーが咳きこみながらうなずき、一弥が羽交い締めにしているマフィアに走り寄って、「この野郎！」と……脚を踏んづける。「い、いて？」とマフィアがつぶやく。

「って、ちがうでしょ！　ミッチーさん、お腹、お腹！」

「わしゃ慣れてなくて……。坊ちゃん意外とやるなァ」

とミッチーが感心する。

一弥は急に右足の力をなくしてがくっと崩れ落ちそうになった。なんとかマフィアを支えながらも、蒼白になって痛みに耐えている。

ヴィクトリカが気づいて無表情でその姿をみつめた。と、手にしていたパイプをゆっくりと水平移動させ、一弥が羽交い締めにしているマフィアのお腹に……ぴたっとつけた。じゅっ、といやな音が響く。マフィアが「熱っ！」と悲鳴を上げる。ヴィクトリカは黙って目を逸らす。

一弥はマフィアを押さえつけながら、右足を引きずってよろめく。ヴィクトリカに向かって「やっぱり……探偵稼業は……危ないからだめだよっ！　マフィアとの争いがつきものだもの……。ヴィクトリカ……ッ！」と改めて意見する。

残りの二人のマフィアも起きあがり、襲いかかってくる。ミッチーはおたおたしてその場でステップを踏む。一弥がミッチーを庇って右足を引きずりながら近づく。一人の顎を肘で打ち、もう一人の首の後ろに手刀を振り下ろす。だがたまらずよろめいて尻もちをつく。左足だけでなんとか起きあがる。

白シャツのお腹に穴が開いてしまったマフィアが「新品のダブルネクタイシャツが……」と泣き声を上げている。それから「この野郎！」とヴィクトリカに向かっていく。「ヴィクトリカ！　危ない！」と一弥がまた足を引きずりながら走り、マフィアの背中に覆いかぶさって止める。振りかえったマフィアにいきなり顎を殴られ、右足に力が入らなくなって左膝をつく。

観客たちが「おまえら邪魔だぞ」「試合がいいところなのに！」「でもこっちのイタリア人と東洋人の拳闘《けんとう》も面白いかも！」と騒ぎ出す。

一弥が歓声を浴び、よろよろと立ちあがる。唇の端が切れて血が滲んでいる。マフィアがヴィクトリカの肩を摑もうと腕を伸ばすと、一弥が「やめろ！」と叫ぶ。振りかえったマフィアの顎に一弥の右パンチが炸裂する。マフィアがズサッと音を立てて倒れる。

そばの観客が「おぉ！」「やるな、君！」と拍手する。

一弥が足を引きずりながらヴィクトリカに走りより、「大丈夫？」と聞く。ヴィクトリカは「うむ……」と答える。一弥は振りむいてミッチーにもうなずいてみせる。

ミッチーが「坊ちゃん、NY市警でもグリーンを一枚くれたしよ。いまもよ、おめぇさんには世話になるなぁ。オイ」とにこにこする。すると一弥が小声で、

「じつは……ぼくもポーランドの国境戦線にいたんです。それで……警察署で話を聞いたとき

……」

ミッチーがおどろいて一弥を見た。黙りこむ。それからしみじみと、

「なんと！　そんじゃおめぇさんはあんときの敵国の少年兵士の一人！　……あ、お、おい、大丈夫か。その脚はいま怪我したんだべか？」

「いえ、これはそのときの古傷で。治ってるはず……」

うつむく一弥の頬をミッチーがみつめる。一弥が「ぼくもあやうくお陀仏でして」と言うと、

「みんなそうだべ。おめぇさんも……助かって、よかったべな……」とつぶやく。

と話していると、ヴィクトリカが目を見開いて振りかえり、金のパイプの先でリングのほうを差した。

「接戦だぞ」

あっと急いで一弥が向き直る。

ミッチーもまたエディ・ソーヤに声援を送りだす。

「ほら、久城。試合が終わる……」

一弥ははっと息を呑み、リングに目を凝らした。

ウィリアム・トレイトンとエディ・ソーヤがパンチを繰りだしあっている。腫れた顔と汗まみれの肌が光っている。と、エディの左フックがウィリアムの右脇腹にめりこむ……。ウィリアムは驚いたように口を開け……。ゆっくりとその場に崩れ落ち……倒れる。

会場が静まりかえる。立ち尽くすエディの、はぁ、はぁ……と荒い息遣いだけが観客の耳の奥に響く。「一、二、三……」「五、六……」「八……」とレフェリーがカウントする声が続く。

ヴィクトリカがくっと目を細める。

エディは疲れ切って傷だらけの姿で立っている。倒れふすウィリアムを見下ろす。肩と背中が汗できらきら光る。横顔にさっきまではなかったどこか王者らしき表情が浮かび始める。

レフェリーが信じられないという面持ちのまま、「九……」とカウントを終えようとする。

「……十ッ！」

夜空の星さえ身動き一つせず見守っている。

ゴングが鳴り響く。

レフェリーが立ちあがる。エディに近づく。右手首をつかんで持ちあげ……。

「勝者！　エディ・ソーヤ！」

観客がどっと声を上げる。花火が打ちあがり、歓声と拍手が渦巻く。

エディはしばしぽかんと橋の上を見回していた。それからうれしそうな笑顔になる。レフェリーの声が続く。

「今夜――新チャンピオンが誕生しました！　みなさまッ……」

4

会場を包む大歓声がすこしずつ遠くなる。

観客が一人また一人と帰りだす。パブに繰りだして今夜の試合の話をする者、うちに帰って食事をする者……。

マンハッタン島側にある控室。

ウィリアム・トレイトンが疲れ切った様子で椅子に腰かけている。取り巻きの姿はだいぶ減っている。ゆっくりとグローブを外す。

記者とカメラマンが敗者のコメントをメモしたり写真を撮ったりしている。質問にうなずくと、ウィリアムはどこかのんびりした口調で、「そうだなぁ。もう引退するかな」と話している。「まだ若いしさ」「じつは戦争前に計画していた進路があって。NY大学で勉強し直そうかと……」と言いながら、顔を上げる。

右足を引きずりながら入ってきた一弥に気づいて立ちあがる。

一弥が小声で耳打ちし始める。ウィリアムはびっくりした顔で聞いている。「うむ」「ほら、やっぱりドイツ兵だったよな!」「……なに、ドラグライン!」「そうか。では私がドラグラインを……。なんてことだ!」と肩を落とす。

「私は親しくなった男をこの手にかけていたのだな……」

うつむいて考えていたが、やがて顔を上げた。一弥を見て、

「しかし真相がわかってよかった。肩の荷が下り、新たな罪がやってきたがな」

一弥が「ええ……」とうなずく。ウィリアムは「生きて帰ってももう人を殴れねぇ、引退だ、かぁ。ドラグラインのやつ……」とつぶやいた。

グローブを空いている椅子の上にそっと置く。「私も、もう……」と唇を噛む。

それから顔を上げて、「……そうだ。探偵さんと約束しただろう。アパートメントの件だ。手配しておいた」と地図と鍵を差しだす。「あ、ありがとうございます」とお礼を言って一弥が受け取る。

地図を開いて、瑠璃にもらった地図と見比べ、「ここは……」とつぶやく。

白髭の老人の絵で描かれたブルックリン橋を渡ってすぐのところにあるブルックリンハイツ。ヴィクトリカの気にいっていたピンクのケーキが描かれた辺りである。

──クランベリーストリート一四番地。

「新米記者さんのお給料で家賃が払えるぐらいってことで、ちいさな古い部屋にしておいた。文句はなしだぞ」

そのとき、控室に、白い髭を垂らしてステッキをついた老人が入ってきた。ウィリアムが目を見開いて「と、父さん！」とつぶやいた。


そのころ、ブルックリン側にあるエディの控室では。

記者とカメラマンが押し寄せ、チャンピオンベルトを巻くエディ・ソーヤの写真を撮ったり質問をぶつけたりしていた。エディもミッチーも母親も笑顔で答えている。フラッシュが光り、弾む声が飛びかう。

「これからどうします、新チャンピオン？」

「どうってよぅ。まんずお袋とニューヨークに越してきてだな！」

「一夜にして新時代のスターになったお気持ちは？」

「いや照れるねぇ！」

控室は笑い声に包まれる。

エディが隅で聞いているヴィクトリカのほうを振りかえる。ヴィクトリカがゆっくりとうなずいてみせる。

ミッチーが「エディが負けたらマネジャーのわしもお陀仏だったんだべ……」と話しだす。その輪からエディが出てきてヴィクトリカに並ぶ。

ヴィクトリカが小声で説明しだすと、エディも「えっ！」「そんならウィリアムが撃ったのはドラグラインだったべか」「ウィリアムも知らずにか……」「ドラグラインもルークを運んでくれとったんか」「なんてこった！　それを知っちまってウィリアムもつらかろうな……」「しかし、わざとひどいことをしたやつなんて最初からおらんかったのか。わしの誤解だったんか」とつぶやく。

「そういうわけである」

とヴィクトリカがうっそりと言い、パイプに口をつける。エディは夜空を仰ぎ、「そうかぁ……！　ドラグラインか……。けどよぉ……」とつぶやく。

「あのときわしにもっと力があり、ウィリアムを止められたらなぁ。わしは、もっと強く……」

とグローブをぎゅっと握りしめる。

記者たちから呼ばれて腕まで引っ張られ、よろめいて遠ざかっていく。

ヴィクトリカが背を向け、控室を出ようとすると、エディが「お嬢さん！」と声をかけてきた。ヴィクトリカがうっそりと振りむく。すると記者とカメラマンに囲まれたエディが手を振っていた。

フラッシュが光る。控室の喧騒がおおきくなる。質問の声がたえまなく響く。

「ありがとうござます《さんきゅー》だ、凄腕の探偵さん」

ヴィクトリカはまたまた鳩が豆鉄砲を喰らったような顔をした。それから意外なほど人懐っこい笑みをほんの一瞬浮かべると、フランス語で答えた。

「……どういたしまして《どうーりやん》、新しいチャンピオン」

それから口にパイプをつけて一服吸うと、控室を静かに出ていった。

## 5

試合の観客が帰途につき、静寂に包まれていくブルックリン橋。

夜の帳《とばり》が下り、頭上には三日月と星がきらめいている。下から涼やかな水音も聞こえてくる。ひどく静かな夜である。中央のおおきな白いリングも片付けられ、もとの鉄橋にもどっている。川の流れる水音が涼しげに聞こえてくる。マンハッタン側を見ると摩天楼の人工的な光が星のように瞬いている。人々の楽しそうな声や足音がどんどん遠ざかっていく。

ヴィクトリカと一弥は橋の隅に並んで立ち、夜のイースト川を眺め下ろしていた。ヴィクトリカのピンクのドレスの裾がはたはたとたなびいている。ホワイトブロンドの髪もひるがえり、新しい都市の闇を白々と照らす。

一弥は生真面目そのものの顔をして、

「……一日のうちにじつにいろんなことがあったけどね。ともかくアパートメントがみつかってほんとうによかったよ。あとはぼくが明日から猪突《ちょとつ》猛進で働いて、お給料をもらってね。君の寝床と、お菓子と、それと書物と、えーとえーと……」

ヴィクトリカがうっそりと、

「それと、謎だろう？　君」

「えーと、その前に生活を……」

「生活だと？　フン」

「ヴィクトリカったら。しかし、謎かぁ……」

と一弥が考えこみ、

「あっ、でも探偵社はだめだからね！　だって今夜も、イタリアンマフィアがミッチーさんの後を追ってきて、あんなに暴れて……どうやらこの新しい町では事件とマフィアは切っても切れないらしい。ぼくは、君の安全を……」

「……でも、退屈なのだよ」

「えっ、もう？　ほんと？　だって事件が解決したのは今だよ、たった今！　もう〜、ヴィクトリカ〜」

「退屈だったら退屈なのだ！」

とヴィクトリカがふくれる。

ぷいっと横を向くヴィクトリカの顔を、一弥が「もう退屈？　ほんとに？　君って人はねぇ……」と言いながら覗きこもうとしたとき、背後から物音と話し声が響いた。

一弥が振りかえる。ヴィクトリカもけだるくパイプを吹かしながら横目で見た。

ほとんど解体されつつある控室から、元チャンピオンのウィリアム・トレイトンがゆっくりと出てきた。父親のトレイトン元市長も杖をつきながら続く。大勢いたスタッフの姿はすっかりいなくなっている。

橋の上でウィリアムは夜空を見上げた。

それから父親と連れ立ち、静かなブルックリンのほうに歩きだした。父親の歩調に合わせて一歩ずつ。

と、ちょうど反対側の控室からも誰かが飛びだしてきた。エディ・ソーヤである。粗末なシャツとズボンの上からピカピカのチャンピオンベルトを巻いている。続いて母親も出てくる。冗談を言いあって笑っている。

おや、と母親がウィリアム父子に気づく。トレイトン元市長に向かって、膝を曲げて顎をぐっと引くという昔ながらの南部風の挨拶をしてみせる。元市長も気づいて、胸を張って右手を肩の高さまで上げるという、これまた歴史の教科書の挿絵で見るような極めて旧式の挨拶をしてみせた。

二人は歩み寄って和気あいあいと話し始める。

その横でウィリアムとエディは互いの顔を見て、うつむき、もじもじしたあげく、同時に「どうだべ！　今夜からわしがチャンピオンだべさ！」「私はNY大学にもどろうと思ってなぁ、エディ」と言う。それからどちらも気まずそうに口を閉じる。

「そうか……。ウィリアム、おめぇは輸送業の勉強をしたいと話しとったなァ」

「あぁ、そうだ」

とまた目を逸《そ》らしあう。エディが小声で「探偵さんから聞いただよ。おめぇさんはルークを撃ってなかったと、な」と言うと、ウィリアムは鷹揚《おうよう》にうなずき、「だがドラグラインを殺していたのだ。それにエディ、おまえが嘘をついてると疑ってもいた……」「わしもさ。お互いに誤解しあうってこともあるんだべな」「私たちは意思の疎通に欠けてたようだな」と言いあうち、表情が明るくなってくる。

それからようやくお互いの顔をじっと見あう。

エディが遠い目をして、小声で、

「クランベリーの、花咲くころ……」

と歌いだすと、ウィリアムが「おまえ、その歌が好きだったよなぁ」とうなずく。つられて、

「うちに帰ろう」

「うちに帰ろう」

二人は声を合わせて、

「パパも私がいなくて寂しいから……」

「ママもわしを恋しがってるから……」

「うちに帰ろう」

「うちに帰ろう」

歌い終わると、互いの顔をみつめあった。

すると長いわだかまりがようやく消えていくようだった。どちらからともなく、さっきまで殴りあっていた右手を差しだし、握手し、

「じゃ、さよならエディ。新しいチャンピオン」

「あぁ。達者でな、ウィリアムよ……」

息子たちに合図され、トレイトン元市長とエディの母親がまた丁寧に挨拶をしあう。

新チャンピオンのエディ・ソーヤは、母親の手を引いてマンハッタン島のほうへ。ウィリアム・トレイトンは父親と並んでブルックリンのほうへ。

ちょうどヴィクトリカと一弥の前ですれちがい、右と左に分かれていく。

一弥が漆黒の瞳を見開いて四人を見ている。黒い前髪が夜風にやわらかく揺れる。

その隣で、ヴィクトリカは……。

太古の深い湖の如きエメラルドグリーンの瞳をきゅっと細めて、べつの方向に視線を投げかけていた。

エディ・ソーヤと母親が歩いていく先に……。

風が吹いているのに、全身のどこもそよいでいないという、不思議な様子で……。

古めかしい茶色のロングドレスに身を包んだ南部風の老婦人が……。

白濁した目を細め、しわしわの両手を広げて立っていた。

死後硬直したような硬い動きで両手をさらに広げる。口元はかすかに笑っているようである。エディ・ソーヤも母親も老婦人に気づく様子もなく歩いていく。楽しそうにしゃべりながらすーっと老婦人の体を通りぬけ、華やかなるマンハッタン島へと向かう。

と、老婦人の首がガクガクと硬そうに動いた。白濁した二つの目がヴィクトリカの姿をとらえた。

ヴィクトリカはパイプを吹かしながら黙って見返している。

すると老婦人は、硬そうに苦しげに動き、ヴィクトリカに向かって――

膝を曲げて顎をぐっと引くという南部風の古めかしい挨拶をしてみせた。

ヴィクトリカが片頬でかすかに笑った。

それから、懐から三日月型のブローチを取りだして差しだした。老婦人がいらないと首を振ると、ヴィクトリカはうなずいて、

「では調査料としていただいておこう。真の依頼人よ」

どこからかつめたい風が吹いた。ヴィクトリカの耳元で、低くしわがれた、しかし隠しきれない生前の明るさを残した声が……。

(依頼を受けていただいた礼を言おう！　凄腕の探偵とやらよ……)

「ふん、貴様のようなものがわたしの最初の依頼人というわけか！　なんと奇妙《ビザール》な……」

とヴィクトリカが笑う。

老婦人も死後硬直したつめたい顔に笑みを浮かべた。すっかり満足したらしく、死者とは思えないほど気楽にうなずく。夏の風に吹かれて姿を消しかけながらも、南部の人間らしい生来

の陽気な口調で、

（ありがとう《さんきゅー》、お嬢さん！）

「どういたしまして《どぅーりゃん》、大奥様！」

——強い風が吹いた。

するとそこには誰もいなくなった。

ヴィクトリカは黙ってパイプを吹かしている。

橋の上に星がたくさん瞬き、三日月が揺れる。

傍らの一弥に「ヴィクトリカ、なにしてるの？　へんな方向を見て。そろそろ行こうよ」と言われ、ヴィクトリカはうむとうなずいた。そして一弥と並んでゆっくりとブルックリン橋を渡り始めた。

## 6

そのころ、東欧系の下町イーストビレッジの外れ。緑茂るミラクルガーデンの奥に建つ貝殻形の建物〈回転木馬〉——。

夜になり照明が落ちて静かである。窓から吹く夏の風に南国のおおきな葉が揺れている。枝にとまったまま眠る小鳥たち。夜行性の動物だけが瞳を青く光らせてのそのそと歩きすぎる。

「アーアアー！」

と叫びながら、ターザンの格好をした端整な顔立ちの青年が吹き抜け天井を横切っていく。やわらかそうな茶色い長い髪が鬣《たてがみ》のようにたなびく。

最上階の階段わきにある〈仔馬の部屋〉の前に「あ、あっ……。いたっ！」と情けなく落下する。

もう人の姿はなく、この管理人のほかは不思議な異国の動物と植物ばかりである。

管理人は蠟燭《ろうそく》に火をともし、新しい店子《たなこ》を迎えたばかりの小部屋の様子を観察する。一弥が置いていった古いおおきなトランクが隅に積んである。なにが入ってるのかな、と首をかしげて見る。

と、チェストの上に置かれた木の看板に気づき、蠟燭を近づけて、フンフンと読みあげだす……。

「〈グレイウルフ探偵社〉……？　おや！　じゃ、やっぱりあの方々は探偵社をやるんですね。〈解けない謎はありません〉？　〈当方、名探偵〉ですか」

と真面目な顔でうなずく。それからふと顔をしかめ、

「……またマフィアに撃たれたり吊るされたりしなきゃいいんですがねぇ」

とつぶやき、看板を元の場所にきちんと置く。

「さて、引っ越し記念のサービスで新聞広告をプレゼントしてあげましょうね」

とメモをしてから、天井を見上げてすこし考える。「当方、名探偵、か。……そうだ！　独創的……かつ哲学的な……と付け足してあげよう。それと、あのオリエンタルな男の子は助手

なのかしら」とメモを続ける。

それから、唐突に蔦《つた》をつかんで「……アーアアー！」と叫び、また遠くに飛んでいく。

おおきな梟《ふくろう》がバサバサと飛んできてチェストにとまった。ほーっほーっと鳴き始めた。

天井から三日月の光がきらめきながら落ちて、原色に咲き誇る謎めいた異国の花を照らしていた。

# 終章　ごーほーむ

夜のブルックリン橋。

試合会場は片づけられ、いつも通りの橋の姿にもどっている。

ヴィクトリカと一弥は橋の真ん中からブルックリン側へとゆっくりゆっくりと渡っているところだった。

まるで亀のようなジリジリジリとしたスピードである。一弥は右足が痛むようで引きずっている。ヴィクトリカはそんな一弥を支えるように肩を貸し、右に左によろめきながらも、不満そうでもなく歩き続けている。

アーチ形の巨大な橋は真ん中からゆるやかな下り坂になる。

三日月が輝いてちいさな二人の姿を青く照らしている。

二人とも疲れてはいるが、笑顔で歩いている。

「久城よ。アパートメントなるものについたら、貴様はまずどうするのだ？　確か扉があるから家と認識されるのだったな。ということはだ。扉を開けて、中に入り……」

「えーっ、そこから？　君、ほんとに、なんにもわから、な……」

と一弥はおどろいて言いかけ、言葉を飲みこむ。

代わりに「そうだね。うーんとねぇ」と首をかしげ、想像をめぐらせ始めた。

「まず、一階の玄関扉を開けて、そしたら階段を上がる。一階、二階……。三階、って……」

ヴィクトリカがとても真剣に聞いているのに気づいて、改めて背を正し、

「そして部屋に着いたら……」

「ふむふむ、着いたら？」

「鍵を使って、部屋の扉を開ける。で……」

「で？」

「まず掃除して。寝床を清潔にし、疲れてる君をよく休ませて……それから……。ぼくは父上に手紙を書かなくちゃね！　瑠璃もずっと気にしてたもの」

ヴィクトリカが「そうか」と真剣にうなずいた。

一弥が足を引きずって歩きながら、「それなら君は？」と聞いた。するとヴィクトリカは自信ありげに、

「わたしはもちろん決まっている」

「なぁに？」

「瑠璃たちが言っていたではないか。なにか持ちこむといいと、な！」

と懐から青い携帯ラジオを取りだして見せびらかしだした。一弥はあきれて「でも欠けちゃってるよ。新しいのを買ってあげるから、そんなの……」「わたしはこれがいいのだ！　ばか！　このばか！」「ば、ばか？　ぼくのどこが？　もう我慢ならないよ、君！　どうしてどうしてどうしてさ？」と喧嘩《けんか》になるうち、知らず足も軽くなり、歩くスピードも上がってくる。

揉《も》めながら、ようやくブルックリン橋を渡り終わる。

広々とした板張りの桟橋広場があった。心地よさそうな場所で、月光と星が降り落ちてきている。町の住人らしき普段着のカップルや若者グループがたむろしている。この辺りはユダヤ系移民の町らしい。若者たちは揃って物静かで思慮深そうなちいさな灰色の目をしていた。髪の色だけは赤や黒などさまざまだが、服装は黒と白を基調にしたシックなものである。

どうやらこのちいさな町でも、輝く白銀の髪と緑の瞳をした、ちいさくてうつくしいヴィクトリカ・ド・ブロワと、黒髪と漆黒の瞳をした久城一弥の姿は浮いているようである。

広場を通り過ぎ、右にカーブするゆるやかな坂道を上がる。一弥が地図を見て「えーっとね、ブルックリン橋を渡ってすぐ、この辺りからもう、ブルックリンハイツという住宅街のはずだよ。ほら、ささやかなる一軒家やアパートメントが建ってて……」と話していたが、急に立ちどまったヴィクトリカにつんのめって「わっ？」と転びかけた。

「どしたの、ヴィクトリカ？」

「見てみたまえ、君。新世界の謎がまたひとつ解けたぞ」

と、ヴィクトリカが笑いをこらえるような声で言う。

「んん？　謎？　まだなにかあった？」

と一弥もヴィクトリカの視線を追う。

ヴィクトリカはブルックリンハイツの入り口にある最初のアパートメントの窓を見上げていた。

どの窓にも灯《あか》りがつき、煮込み料理の鍋を囲む若夫婦や、宿題をする子供や、安楽椅子に腰かけて本を読む老人などの姿が万華鏡のように見えた。

その中に不思議な光景が交ざっていた。子供たちがスプーンで肉の茶色いシチューを食べる食卓。左と右に若い父親と母親が笑顔で立ち、黒い蝙蝠傘《こうもり》を一つずつ広げて食卓と子供たちを守っている。

一弥がうなずいて、

「昼間もイーストビレッジでこういう情景を見たね。室内で傘をさしてご飯を食べる不思議な家族を……」

「ふふ。わかってみればたわいのない謎である」

ヴィクトリカに指さされて、一弥はその部屋の天井を見た。

天井から漆喰《しっくい》が粉のように落ちてきている。おや、とさらに上の部屋を見ると、お洒落した老夫婦がくるくるとダンスの練習をしている。

ヴィクトリカはくすりと笑い、「古いアパートメントだから、振動によって天井から漆喰が落ちてくるのだな。上の住人に文句を言うのではなく、傘をさすほうを選択するとは合理的な解決法である、君。新世界の謎というやつは、まったく」「なるほどね」と一弥もにこにこする。

二人はまた歩きだした。一弥の歩調もだいぶもとにもどっている。ヴィクトリカは慣れない森を歩くように注意深くゆっくりと進む。

「この角を曲がるとクランベリーストリートだね。あっちがオレンジストリート、こっちがパイナップルストリート。全部食べ物の名前になってて……。ここだよヴィクトリカ……」

と一弥が足を止め、地図と見比べて指さす。

二人はまた仲よく並んで歩きだし、角を曲がった。

すると、白っぽいピンクの花が一面に咲くかわいらしい通りが現れた。

とつぜんのことで一弥はおどろいた。

脳裏に、なつかしい東洋の島国の景色が……子供のころに家族でお花見をした公園や、近所の古い桜並木……懐かしい情景がいきいきと湧きあがった。ピンクの浴衣を着て走り回る幼い姉、父と母、兄たち……。戦火で焼け、もう存在しない、うつくしい故郷の通り、公園、古い木々……。

今朝、大人になった瑠璃から聞いた、最初の移民《ピルグリムファーザーズ》たちの逸話も思いだされる……。

（船で、海を渡って、ようやくついた新しい土地に……ピンクの花が咲いていて……）

（みんな……この花を……）

（大好きになったの……）

そしてピンクの浴衣を着たヴィクトリカのかわいらしいちいさな姿も。

「わぁ、きれいだね。とってもきれいな通りだね。ねぇヴィクトリカ？」

「うむ久城。ここはまるで……」

ヴィクトリカも謎めいた緑の瞳をまんまるに見開いてクランベリーストリートの街並みをみつめていた。左右に建ち並ぶ建物を順番に熱心に見上げる。

街路樹の花の向こうに広がる、黒と白が基調になった、古めかしく荘厳なモノトーンの街並み。

橋を渡る前に見たマンハッタン島の近代的なビル群とはちがう……。

# 終章
## ごーほーむ

海を越えてやってきた移民一世たちがヨーロッパの古い技術のままに建てたのか。不思議な魔法にかかって旧大陸にもどってきたような錯覚を起こさせるほど、旧式で荘厳だった。黒煉《れん》瓦《が》造りの外壁、木骨組の四角い窓、魔的に絡まる緑の蔦《つた》。そして奇怪なガーゴイルのドアノブに、つめたい鉄の外灯……。中世ヨーロッパのミニチュアの如き街並みだった。

ヴィクトリカと一弥がゆっくりと足を踏みだした。二人の後ろ姿がふっと町に溶けこみ、すぐに自然な風景の一部となる。初めてきたのに懐かしいような、不思議なクランベリーストリートに、一歩一歩入っていく。

ヴィクトリカ・ド・ブロワの顔に、笑みかもしれないものがよぎる。

「ほーむで、貴様は手紙を書くのだったな。久城」

一弥も楽しそうである。

「うん。君はラジオを置くんだっけ、ヴィクトリカ」

ヴィクトリカが老賢者の如くいかめしくうなずく。

二人は左右に聳《そび》える古めかしい建物と花の咲き誇る街路樹の間をゆっくりゆっくりと進んでいく。

やがて一弥がちいさなアパートメントの前で立ちどまった。周りの建物より小ぶりで、古く見える。玄関扉だけがおおきく、魔界への扉のように黒い。銀のドアノブは寝そべった犬の形をしている。

「ここだよ、ヴィクトリカ！」

と一弥が住所の書かれた鉄のプレートを指さす。ヴィクトリカも、しわがれていて低い、じ

つにヴィクトリカらしい声をかすかに弾ませ、

「うむ。久城！」

と答えた。


こうしてこの夜――。一九三〇年七月一〇日。ヴィクトリカ・ド・ブロワと久城一弥は、その後長らく、ニューヨークにおける久城家の住所となる移民アパートメント、ニューヨーク・ブルックリン・クランベリーストリート一四番地にとうとう辿《たど》り着いた。

二人は建物の前に並んで立ち、手を繋いでしばらく黙っていた。やがて一弥が「入ってみようよ、君」とささやくと、ヴィクトリカも「うむ！」とうなずいた。そして通りと家を繋ぐ十段の階段をいっしょに上がっていった。

一弥が銀の犬のドアノブに手を伸ばした。

ぐっと力を込めた。


ゆっくりと、ほーむの玄関扉が、いま、開く……。

〈デイリーロード〉

――一九三〇年七月十一日朝刊十五面

〈グレイウルフ探偵社　本日開業！〉

イーストビレッジの〈回転木馬〉最上階〈仔馬の部屋〉にて。独創的かつ哲学的な名探偵とオリエンタルな助手が依頼人を募集中。料金格安、迅速解決。

――「我々に、解けない謎はありません！」

桜庭一樹（さくらば　かずき）
2000年デビュー。04年『砂糖菓子の弾丸は撃ちぬけない』が、ジャンルを超えて高い評価を受け、07年『赤朽葉家の伝説』で第60回日本推理作家協会賞を受賞。同書は直木賞にもノミネートされた。08年『私の男』で第138回直木賞受賞。他著作に「GOSICK—ゴシック—」シリーズ、『伏　贋作・里見八犬伝』『無花果とムーン』『ほんとうの花を見せにきた』などがある。

本書は書き下ろしです。

GOSICK《ゴシック》 PINK《ピンク》

2015年11月30日　初版発行
2016年2月25日　3版発行

著者／桜庭《さくらば》一樹《かずき》

発行者／郡司 聡

発行／株式会社KADOKAWA
東京都千代田区富士見2-13-3　〒102-8177
電話　03-3238-8521（カスタマーサポート）
http://www.kadokawa.co.jp/

印刷所／旭印刷株式会社

製本所／本間製本株式会社


ISBN 978-4-04-103646-4　C0093
JASRAC　出1512893-603